Marguerite Duras

Des journées entières dans les arbres

Le square

L'après-midi de Monsieur Andesmas

Œuvres complètes

03

Marguerite
Duras
杜拉斯全集

午后

［法］

玛格丽特·杜拉斯

著

王道乾　刘方

译

上海译文出版社

目 录

成天上树的日子

刘方　译

献给让娜·马斯科洛

成天上树的日子

他往别处看，为的是避开她那润泽不再、黯淡无光的眼睛。在她下飞机那一刻，见她下舷梯时那战战兢兢的模样，他一切都明白了。完了，真是那么回事儿：坐在他身边的就是一位老太太。母亲注视他，是因为她儿子的眼里噙着泪水。于是她握住儿子的手。

"我这是一下子发生的，"她轻轻解释着，"就在两年前的冬天。一天早上，我一照镜子，再也不认识自己了。"

"不是那么回事。"

"是的，是那么回事，我知道。就是那样发生的，一下子。我当时应该给你寄几张照片，谁都想不到这点……不过，用不着难过。我老了，如此而已，我身体很好。"

"妈妈。"

"是的，我的孩子，是的。我再也受不了了，我必须见到你。五年。五年没有见面，今后再也不能干这种事儿了。"

"这倒是。"

她摇晃着自己短小的手臂。上衣的袖子翻了起来：他看见她的手腕上戴着几只手镯，她瘦削的手指上戴着钻戒。

"你的首饰很漂亮。"他说。

"噢！那是因为我变得富有了……"她说话时微微笑起来，笑得像一个不露声色的人。

富有，而且从此穿金戴银达到疯狂的程度。完了，儿子想。他从未想过，人，在某一天会如此不看好自己的母亲。这让他感到吃惊。

"不，我知道，你很富有。"

"哦不，你不知道富有到什么程度。"

"比过去更富啦？"

"富得多，我的小家伙。"

他抱住她的双肩。

"可是，为什么戴那么多手镯？"

"这可是金子。"她吃惊地答道。

她伸直手臂，把手镯亮给他看，让他欣赏，她并不在乎自己身在巴黎。那太大的一串手镯在她手上叮叮当当响。

"我还不那么糊涂，如今，我把它们戴上。"

"全戴上啦？"

"全都戴上了。我这辈子缺这些东西缺得够可以了。"

外边，春天的艳阳显得青葱，一阵阵清新的微风扫过大街。自由自在的人们行走在人行道上，他们的母亲在外地或者已经过世。

"你做得对。"他说。

"什么？把它们都戴上？"

"对。"

"可我好冷。"

"没什么，妈妈。是劳累引起的，没事儿。"

他们一回到家，她便跌坐进一把安乐椅里。

"这下好了，"她宣布说，"我到了。"

出现了一个年轻女人。

"玛塞尔，"儿子说道，"她跟我同居，我写信告诉过你。"

"您好，小姐。"她找自己的包，戴上眼镜，看那年轻女人。

"您好，夫人。"玛塞尔眼泪汪汪。

"我在离开人世之前一定要见见我的儿子。"

"对不起，我从没有见过我的母亲，所以我哭了。"

"社会救济所。"儿子说。

"当然，当然，"母亲说道，"但是您也别哭。我这个母亲和别的母亲一样。您就看看我吧，很快就会过去，别哭了。"

儿子背靠在壁炉上，红红的眼睛还噙着泪水，打这一刻起，他有点烦了。

"我这就让你看看你的房间，来吧。"

她吃力地从安乐椅里站起身，用手臂在椅子上绕一圈。

"你住玛塞尔的房间。房间很安静，床也很好。"

"我习惯了大空间，我感觉这里什么都很小，"她抱歉地说，"三间房，总算不错了，似乎是这样，不过，在那边，我住二十间房，一想到这点，二十间房，我一个人住！一想到这点，多么不是滋味！我在小套房里，在小房子里总感到憋闷。我老需要住大房子，住非常大的房子，周边有花园……非常非常大的房子，我有的是……住在里面，夜里听见狗叫我就害怕……老是那么大，就像我的计划，就像我做的一切，唉！"

"别想那些了。"

她停下来，察觉到他头上有点什么。

"你两鬓长白头发了，"她说，"我原来没有发现。"

"不少，"他笑笑说，"没事儿，不算什么。"

"当年你的头发是大伙当中最黄的，是金黄色。"

他们回来时，看见玛塞尔在餐厅里。

"您可能饿了，"她说，"就一次，我们可以早点吃饭。你怎么想，雅克？你妈妈，她也许饿了。"

"老饿，"母亲响应说，"我老饿。夜里，白天，老饿。今天尤其饿。"

"那么，都同意马上吃饭？"

"马上，"雅克说道，他笑起来，"我也是，你想想，我也老饿。"

母亲朝儿子笑笑。眼里洋溢着爱。

"还跟二十岁时一样吗？"

"还一样。我一吃饭就走运。"

"上个礼拜，我们参加了抽样调查，试用了食欲抑制剂，"玛塞尔说话时竟哈哈大笑起来，"坚持了四天，是吧，雅克？"

"而且照样快乐。"雅克说道。

母亲见谈话离了主题，有点担心。

"那么，我们吃饭？"

"马上，"雅克说，"有火腿，色拉……我们原想，你在飞机上颠簸之后……"

玛塞尔一个人在她待着的角落笑。母亲又惊愕又懊丧。

"因为我，我要吃，"她叹着气说道，"我必须吃饭，我。一点火腿，远远不够。我太老了，消化不良，我得吞下大量的食物，才能抵补我的需要……"

"也就是说……"

"我明白，我明白，但如果你们同意，我就下楼去店铺里，我要补足你们的菜单。"

"行，"玛塞尔边说边跳起来，"我去穿件外衣。"

"不，"雅克说，"该我下去。"

"麻烦的是，"母亲又叹着气说，"还得等，而我已经饿得够呛了……"

"现成的东西，"雅克说道，"这里的商店有的是。到处都能找到，所有的店铺里都有，多得很。你就别担心了。"

"下楼，我们这就下楼，小家伙。你不知道这种饿是怎么回事。"

母子俩便下楼采购食物。儿子一只手拎着三个偌大的空袋子，另一只手挽着母亲的胳膊。一走到街上，他就认为解释的时机到了。

"我不能一个人生活，你明白。身边没有一个人，在我这样的年龄。"

"我冷。"

"那是累的，没什么。在我这样的年龄，一个人生活是不正常的。"

"这边就没有不错的猪肉店可以找到我喜欢的那种腌酸菜？那种泡得很入味再用白葡萄酒烹调的？"

"你要的一切都有，"儿子劲头十足地说，"这边的街区食物供应充足，非常出名。"

"烹调起来快得很，你把它热一下，然后加一滴白葡萄酒，成了。"

"好吃之至。"

"之至。我看得出来，幸亏我来了。"母亲快活地大声说。

他们动身刚半个钟头，便回到套房里，带着那三个装得胀鼓鼓的大袋子。

"腌酸菜、烤牛肉、青豌豆、奶酪、博若莱葡萄酒。"雅克快活地对在如此丰富的食物面前双手合十的玛塞尔说。

"我们得美美地饱餐一顿！"玛塞尔笑起来还像孩子。

母亲在门厅站得笔直，她看着他们拆开袋子，饿得眼睛都迷糊了。

"所有的东西都得加热，"她说，"尤其是烤肉，可别让任何一样变质。像今天这样的微风，我可熟悉了，什么都会变质，尤其是肉食。春天无所不在。"

玛塞尔连忙加热腌酸菜，并按母亲的指点加了一滴白葡萄酒。

"您真好，"她说，"雅克曾经告诉我您当年有多么善良，您这一生有多么善良。"

"没必要夸大其词。"母亲说——语调里有些许恼怒。

她走进餐厅，离腌酸菜远远的，跌坐进一张安乐椅里。儿子和玛塞尔留在厨房里。

"可我好饿呀，"她自言自语，"我好饿。如今乘飞机，人家就只给你淡茶、烤面包片、薄荷糖，就这些，借口是飞机让某些女士肚子不舒服。我呢，我得承认，飞机对我毫无影响。我这辈子生活那么动荡，这类小小的不舒服奈何不了我。我好饿，饿得足可以啃骨头。"

玛塞尔有点担心。

"她在说话。你应该去看看。"

但母亲已经停止说话。她找到一张报纸，漫不经心地看起来，直到昏昏睡去。儿子来摆饭桌时，报纸正摊在她的膝头，她也合上了眼。他来到她身边，她吓了一跳，把报纸指给他看。

"情况不妙，"她说，"战争，瞧瞧。战争不断，而我却一直待在那里……战争，一想到战争我就想死……"

儿子轻轻抚摩着她的头发，微微一笑。

"就只有战争吗？"

"我这一生什么事都记不太清楚，"她又说，有点不好意思，"你还是去看看她在怎么处理腌酸菜吧，这个人儿还太年轻。"

"马上就好了，"玛塞尔叫道，"我这就来。"

各式各样的小吃和腌酸菜终于摆到了饭桌上。母亲站起身，坐到桌前，边看边打开餐巾。

"好，哦，"她说着，却心不在焉，眼睛盯着腌酸菜，"我来了，我惊得回不过神。"

"好了，"玛塞尔说，"您又见到了您的儿子。"

"真的，这么快就成了。"母亲说着叹了口气。

"难以置信。"玛塞尔说。

他们吃腌酸菜时没有说话。腌酸菜做得好，而且他们都很欣赏这道菜。

"除了看我，"儿子问道，因为他的好胃口稍微得到了满足，"除了看我，你这次来还为了什么？"

"没什么大事。也许给自己买一张床，不过，这并不急，对，一张床，为了死在上面，我自己的床很糟糕。我有这个权利，是吧？请给我一小块排骨，小姐。"

"怎么说，您有这个权利。"玛塞尔说道。

"把排骨的肉给她，在那里，左边，软得像奶油，一进嘴就化。"

"骨头也要，"母亲叹着气说，"我喜欢这个，爱嚼骨头。"

"骨头也要。"儿子说。

他们把骨头也给了她。于是，继续吃饭。他们三人都有这个共同点，那就是天生胃口大。儿子和玛塞尔如此，是因为他俩经常生活在半饥饿状态。母亲如此，是因为年轻时她就具有很大而又从未满足过的权势欲，她至今还保留着这类奢望，还保留着对一切食物的报复性大胃口。腌酸菜吃去一大半之后，她突然大声说：

"八十个工人。"

"八十个？"玛塞尔停下吃饭，问。

"八十个，"她叹口气说，"而且我还没有算我个人的跟班。这不，我已经在考虑，我不在时，他们会怎么样。你们瞧，富有就是这么回事。多么不幸！"

她用戴满钻石戒指的手拿起小排骨的骨头啃起来。儿子偷偷看着她。实际上，就胃口而言，她并没有太大的变化。他很了解她，在贫困状态下，她曾是个不知疲倦的吃家，发财之后，她依然故我。他为此感到一种透着悲哀的自豪。

"看你吃饭是件乐事。"他说。

"这是我这个年龄的优势，可以说是唯一的优势，你瞧。我吃的东西几乎全没有进入我的躯体。总之，吃东西除了快活，对我一无用处。"

"哎呀！我多么愿意能像您说的那样，"玛塞尔说道，"我吃任何东西都对我有用，真难以置信！我吃一块牛排，一个钟头以后，我就长胖了，真难以置信……"

有一阵了，玛塞尔一直盯着那双戴满钻石戒指的手指看。总不能看见了而不说点什么吧。手指正以诱人犯罪的方式引起别人注意呢。

"您有好多漂亮的首饰呀。"她说。

母亲想起来了，她把排骨的骨头放到盘子里，将戒指慢慢取下来，把它们放到身边的桌面上堆成一堆。

"没错……我也一直在想，我太累了。这些东西有多重，唉！我把它们暂时放在这里，吃完饭，请您帮我把它们放到一个安全的地方。"

"没错，首饰那么多，一定很沉。"玛塞尔说。

"唉，"母亲叹口气说道，"不是我爱俏，不，不是那么回事，我是不敢把它们留在没有我居住的房子里。房屋周围就是那八十个人，我一个人住里面，明白吗？孤零零像条狗，不行，我不敢。有时候，一看见金子就够……大伙儿都知道我很富有，这类事总会让人知道的。人可以严严实实掩盖贫穷，但富有，唉，永远掩盖不住。而且，有什么办法，小姐，我这一生，富得有点晚，有点太晚，所以很不适应。那烤肉，您准备让我们今天吃，还是明天吃？"

"我做这道菜本来想吃凉的，但如果您愿意吃，烤得正合适。"

"也许可以尝尝？"

玛塞尔跑到厨房去取。

"腌酸菜太棒了。"玛塞尔走后，儿子见冷场了，说道。

"是很棒，"母亲说，"我来得对。哪怕就为这个，就为这腌酸菜呢。"

她想起来了，便小心翼翼地双手捧起那些首饰。

"也许你可以把它们放到壁炉上。"她悄声说道。

儿子站起身，把首饰接过来。

"你如果愿意数数。"

"为什么？"

"为了原则。谁知道呢，万一你记不起数目。"

"十七件。"母亲冷冷地说，看也不看。

儿子在玛塞尔端着烤肉冲进来前一秒钟将首饰塞进壁炉上的大瓷缸里。他随即坐下，开始切肉。大家都恭恭敬敬地看着他切。

"切一片尝尝，"母亲说，"蒜和橄榄油抹得不错，烤得也恰到好处，恭喜您，小姐。"

于是，他们开始吃烤肉，仍旧沉默着。烤肉味道极佳，他们也都给予好评。随后，母亲的好胃口终于得到了满足。

"我忽然不饿了，"她轻轻抱怨说，"可我感觉冷。别，小姐，别，不用给我准备热水袋，是我的血液不愿热起来，我的血液今后都会拒绝发热。没有任何办法，无论如何都用不着再麻烦了。"

儿子注视着这个片刻前才下飞机，他此后得叫母亲的老妇人。

"你得睡一会儿，来吧。"

"对，我突然感到疲倦了。"

他站起身，扶着她的肩膀。她一疲劳就显得更加矮小，那些她认为必须吞下的大量无用的食物起作用了，她走起路来摇摇晃晃。

"可我竟没有喝酒，"她抱怨说，"还得给我一杯酒。"

他给她斟了一杯酒递给她。她小口喝起来，但喝得精光，还假装成尽义务的样子。他接过酒杯，放下后，便将她领到她的房间。玛塞尔也吃得很饱，独自坐在桌旁沉思。儿子拉上窗帘，扶母亲躺到床上。她躺在床上是那么瘦小，整个身子都似乎消失在柔软的沙发床垫里了。那里面却怀过六个儿女，儿子想。只有她的头露出来有如历史遗迹，头发的颜色令人想起废弃城市的城墙。

"我的头发，你忘了！"她仍然怨怨艾艾地说。

他小心解开她的发髻。一条细小发黄的辫子散在枕头上。他随即挨着她坐到床上。她则用新娘一样的眼光往窗外瞧，突然感到拘谨。

"你在那边还好吧？"

"我的儿子，"她低声说道，"我早就想跟你说……我早就想跟你说，那边有金子，听见了吗？有金子好赚。"

"睡吧。闭上眼睛。睡一会儿。"

"对。你现在知道了。你如果愿意听我说，我就再说说。重要的是，你得知道。"

"有的是时间。睡吧。"

她闭上眼。他等了片刻，她却没有再睁开眼睛。她那双摊开的手放在自己身子旁边，手很瘦削，但总算能认出来了，没有戴首饰，跟他童年那贫困却不贫乏的时期见到的那双毫无装饰品的手一样。他俯下身子亲了一下。母亲吓了一跳。

"你在干什么？我正睡觉呢。"

"对不起，妈妈。"

"你疯了吗？"

"我这一生让你吃了不少苦头。我想起了那些事。没别的。"

"不，你按照自己的意愿安排生活。要离开母亲也没有别的方式。哪怕那些自认为为孩子们而自豪的母亲，为他们很风光的职业以及别的什么而自豪的母亲，她们也和我的处境一样……我冷……"

"是劳累引起的。睡一会儿。"

"对，我一直想问你……你现在干什么工作？"

"跟过去一样。睡吧。"

"好。跟过去一样，是真的吗？"

他犹豫一下后仍然这么说。

"真的，跟过去一样。"

他走出去，把门关上，来到餐厅里。玛塞尔一直在沉思。他坐到沙发上。

"我想死。"

玛塞尔站起身，开始默默地收拾饭桌。

"好像再见到她已置我于死地。"

"你很快会习惯的。来，来喝点咖啡。我已经煮好了，很香。"

她把咖啡给他端过来。他喝咖啡，她也喝。情况好了些。他躺在沙发上。她走到他身边，吻吻他，他让她吻，他太疲惫了。

"如果你想让我走，"她说道，"你就告诉我，我可以走。"

"我还是宁愿你留下来，倒不是因为我爱你，不是。"

"我知道。"

"我一个人和她在一起，不，我会发疯的。她要占去你所有的时间，全部的时间，我会发疯的。"

"哦，我可不会。"

他感到吃惊。她还在沉思，眼睛往窗户的方向看。

"我喜欢她们，所有的，你明白我的意思，"她解释道，"好的坏的都喜欢，是个怪毛病，是吧。比如说，甚至这一位，我也想象不出，某一天我会厌烦她。"

"那也许是因为你这辈子当妓女当得太久，就有了这样的感情，谁知道呢？"

"我并不聪明，我不晓得是不是因为这个，我就有了这样的感情，还是因为别的东西，比如，因为我愚蠢。我不知道。"

他俩就这样闲聊了十分钟，聊到最后，重新扎上头发的母亲竟突然闯了进来。

"我睡不着，"她唉声叹气地道歉说，"但我的确很疲倦，"她跌坐进一张安乐椅里，"可能是因为高兴，重又看到了孩子……还有那个工厂，我留在那边的小工厂……还待在那边的八十个工人，没人监督的工人，这一切让我从床上跳了起来。"

"我看见你从老远跑来，两天以后我又得看着你走。"

"孩子，你应该理解我。我来不及习惯拥有那么多的财富，可以说那些财富来到我的生活里就像巨大的灾祸。小姐，我希望您给我，比如说，一块需要缝补的抹布。我不能够坐着啥也不干。一块抹布，或者别的什么，什么粗笨又容易干的活，因为我的眼睛，肯定的……我并不想打扰您。我冷。但别为我做任何事情，任何事情都无济于事，我已经太老，血液流动不利索了。再说，我这次来，准备住一个月，别忘了这点，所以我不愿意一开始就麻烦你们，我这一辈子从没有麻烦过任何人，我不能从现在开始去打扰别人。您瞧，生活就这么奇怪。我五年没有看见我儿子了，可现在，我最想干的是缝补抹布。在那边，我是同那些人一起，同那些随时准备咬我喉咙的狼待在一起，我在那边待的时间比眼下同你们待的时间长。我同你们没有什么关于你们的内容可谈，但关于他们，我可以对你们谈个没完没了。往后就谈他们了。小姐，请给我一块抹布。"

"如果你睡不着，我们可以出去。"儿子说。

"出门，干什么？"

"不干什么。有时候人出门去啥也不干。"

"我恐怕再也不会这么做了，我再也不会出门啥也不干。"

玛塞尔起身打开一个五斗橱，取出一块抹布递给她。她戴上眼镜，仔细看着抹布。分别站在她左右两边的玛塞尔和儿子注视着她查看抹布，像对待圣哲一般勉强忍受着她所做的一切。玛塞尔又取了一块缝补用的棉布和一根针，也递给了她。

"真的，雅克的家里有好多活儿。"她说，语气很肯定。

母亲抬起头，朝玛塞尔笑笑，放心了。

"您明白吗，小姐，"她说道，"我就不该想事。我一旦想事，就死去活来。"

"我明白。我马上给您热一杯咖啡，让您暖和暖和。如果您愿意，咱们可以去检查一下您儿子的厨房用抹布。"

玛塞尔往厨房走去。

"比如，这床，我们也许可以去买床。"儿子说。

"这床，我可以明天去买。"

"这么说，你来到的第一天就要缝补？"

"为什么不呢，小家伙？让我干吧，我求你了。"

"你老是那么让人受不了，"他笑笑，"你永远改不了！"

"除非死掉。没有别的办法，真的。"

玛塞尔端着咖啡回来。母亲津津有味地喝着。玛塞尔随即去找出了一大叠抹布。

"你的工厂，还不错吧？"儿子漫不经心地问道。

"太不错了。可工作会把我累死。"

"要是为了我才工作，那就拉倒吧。"

"说晚了，我再也歇不下来，而且一想到这个我就高兴，我这一辈子，就这个想法让我受得了。我只有你，我想你，有你这个儿子，却不是我选择的。小姐，如果您相信我，这块抹布没必要再缝补，需要一块新的。您要有一块布头就好了。你们还是得给我谈一点你们俩的生活……稍稍努把力吧。"

"还是老一套。"儿子说。

"确实?"

"绝对是老一套。"儿子重复一遍。

母亲不再坚持,她对玛塞尔解释说:

"他就像我,小姐,您要是知道我当年有多懒惰就好了。真正跟水蛇一般懒惰。十五岁那年,人们在庄稼地里找到我,我在排水沟里睡着了。哦,我喜欢那样,闲逛,睡觉,待在外面,比什么都好。一开始,我说的已经是二十年前的事了,我看见雅克老是什么也不干,我就想,正是我的这种天性又回到他身上了。于是,我开始揍他,揍他。每天揍。他十八岁了我还揍他。你还记得吗?"

她仰天大笑。玛塞尔注视着她,很是着迷。

"我记得。"儿子笑着说。

"我一直坚持。每天,揍了五年。"

"我有什么变……"

"后来,我明白了,根本没有办法……我也就习惯了,跟习惯其他事情一样。总得有像他这样的,不是吗?总会有这样的……任何生活制度,任何伦理道德都永远不可能使人摆脱内心的游戏……全都是捏造的,那种可能性根本不存在。我是花了不少时间才明白的,不过现在,我知道了。我知道,我个人的运气,从天而降的运气,正是有一个懒惰的儿子,儿子们当中快乐的那部分,因为需要有那一部分。我敢冒昧地说,小姐,这些抹布的情况不妙。一个管理得很整洁的家庭,内衣、床单、抹布、围裙等等,都得好好缝补，摆放整齐，这最重要，相信我吧。"

"我相信您，夫人。您让我感到那么惊奇，我准备相信您说的一切，包括内衣、抹布之类。"

"唉，孩子们一个个来到世上，我又很快当了寡妇，生活一直很艰难，人总不能同时又养育孩子又做自己喜欢的事呀。我很早就开始越来越少做自己喜欢做的事，后来，干脆完全不做了，再后来，我竟连究竟什么东西比我当时干的更让我感兴趣都不知道了……您瞧，我喜欢做的事回到我脑子里也才几年，可以说几年前我喜欢做的事才回到我的记忆里……不过这一切都完了。"

"人不能对屁事儿都满足，"雅克说道，"满足于看火车开过去，看春天走远了，看日子一天天过去。需要别的东西。我赌博，你知道。"

"我知道，小家伙。您瞧，小姐，我一开始工作，就只能干个不亦乐乎，总之，就像我从前懒得……疯狂一样：我生命中的二十五年都埋葬在工作里了。我们就是这样，雅克和我，只要开始干点什么，都这样。啊！他如果工作，他能把大山举起来……"

"无论如何，"儿子说道，"一个人一大早乘第一班地铁回家，乘车前站在咖啡店门口足足等了两个小时，饥肠辘辘，身无分文，有时候也会琢磨，不能老这样下去了。"

母亲抬起手制止他。

"我并不愿意抱希望你哪一天会改变。这方面我已经希望过头了。别再一次把这个后悔虫，把这个希望往我心里放。什么也别对我说。我对你没有别的要求，只不过希望你能让我了解你。我要你们谈谈你们的生活时，我说的是你们俩的生活，不是别人的生活，见鬼……"

"我做灯罩，"玛塞尔说，"然后，到晚上，我们在蒙马特尔有一份轻松的活儿。"

"你听不明白。"儿子说。

"原谅我……"玛塞尔脸红了。

"我乘飞机，为这花了两万法郎，怎么，我听不明白？你胡想些什么呀？"

"每天晚上，玛塞尔和我，我们去一家小小的令人愉快的夜总会工作。那里有吃的，晚饭、香烟和三份饮料。"

"有肉？"

"有肉。"

"这最重要。那中午呢？"

"中午不吃肉。"玛塞尔说。

"得看是什么日子。"

"原来如此，所以你们俩脸色苍白，活像白萝卜。"

"夜里工作嘛，肯定会这样。我们一早回来睡觉，醒来时，已经是夜里了。要想见太阳，我们就必须放弃睡觉，专门去晒。"

"因为您，您也没有受过任何教育，小姐，我听明白了吧？"

"我识字，就这么点儿。不过在这方面我并不感到遗憾，我生来就没有读书的天赋。谁要让我受教育，我还可怜他呢，哈哈！……"

"您不可能知道，因为您没有试过。"

"不，"儿子说道，"她不行，她呀，简直空前绝后。我在她旁边就算得上才智出众。"

"你一直不算太笨，但才智也跟你毫不相干。不过，至少你们俩还讨我喜欢。他一定跟您说过，他的兄弟姐妹都念过书？"

"是我给他们打电话，"玛塞尔说，"说您要来。"

母亲的目光离开抹布。

"我不知道他们已经得知我要来。这么说，他们很快会来这里？"

"我说的是明天，不是之前。"

"我再也不了解他们了……他们根本不需要我。现在不是我，是别人，或者是他们自己养活自己。当孩子们这么彻底摆脱他们的母亲时，母亲就不像过去那样了解他们了。请理解我，不是因为我祝愿他们过一种……放荡的生活，不是，但，怎么跟您解释得清楚呢？他们让我厌烦。嘿，您瞧，我又说开了，你们还什么也没说，或者几乎什么也没说呢。"

"他们并不坏。"儿子说道。

"当然，"母亲说，"当然，我也不知道……不过，总而言之，他们上了学，有了职位，结了婚，一切都像吃果酱那么甜。天生性格随和，从不需要，从来不跟互相对立的强烈倾向作斗争……这很奇怪……有什么办法，我这人，我就是不喜欢这样的。"

"他们太爱劝诫人，"儿子说，"这些人最主要的缺点就在这儿。我本来可以时不时去看看他们，但这种劝诫，不行，我受不了。"

"他们说过对我有什么看法？"

"我也不知道。"

"我理解你，你不愿谈论这些事……那么，给我谈点你们在那个小小的令人愉快的夜总会都干些什么？"

"我们迎接来客，请他们进去，请他们喝最贵的东西。那叫做营造气氛。"

"我明白了。这么说，每天晚上我都得一个人在这里等你们回家啦？"

"除非放弃这家夜总会，"玛塞尔说，"我也不知道该怎么办。"

"这事儿我已经考虑过了，"儿子说，"你可以和我们一道去那儿。"

"就凭我这副模样，对不起，小姐，人家见了我可能得逃跑……注意了，在某种意义上，这倒不让我讨厌。就我过去这段生活而言，我缺少的正是这东西，我从来没有空闲时间走进这类去处。哎呀，我还感觉冷。"

"我去给你弄一个热水袋，不管你愿意不愿意。"儿子说道。

"找这样一个工作需要什么条件？"母亲问道。

"英俊小伙子，"玛塞尔说，"口才好，就这些。"

"他本来可以做那么多事，"母亲沉思着说道，"他热爱铁路到了疯狂的程度……在他整个童年，他在哪儿都爱画火车、机车后面的煤水车、火车头……你还记得吗？"

"记得，"正从厨房走出来的儿子答道，"是的，那是一种病。"

"为此，我自然而然想到让他投考综合工科学校①。"

"我明白。"玛塞尔说。

"后来，喀嚓，他十五岁时，突然没人能管他了，他再也不听别人谈任何事情，谈火车也不行，谈什么都不行。咱们或许可以吃一丁点什么东西？今天缝补这么多抹布够了，小姐。"

完了！儿子又这么想。她得死在这个吃上。

"不行，"儿子温和地说，"不行。"

"就吃一口。但如果你们不饿，我就该怨我自己……唉，我那些手下人……再过一个半钟头，工厂就该关门了。我让人安了一个小汽笛……呜呜……我一想到那里……"

"你一定坚持不了一个月。水开了。我去给你找热水袋。别想那些手下人了。"

"我自己呢，"玛塞尔说道，"我是在共和国广场被人在一个长凳上捡来的。我那时才六个月，而且是冬天，我几乎冻僵了。有人把我送到公共救济事业局，雅克对您谈到过这事。我在那里待到十

---

① Polytechnique，法国著名高等学府。

三岁。他们便把我送到一个车间学做花边。我在那里学了一年，有好几个老板，一年以后，因为我没学到本事……"

"谁要求你说什么啦？"儿子问，他正拿着热水袋走回来。

"没人要求，"母亲说，"但既然她开始说了，就应该说完。"

"我织花边实在太笨，这么着，他们便把我送到奥弗涅几个农夫家。我在那里放牛，我仍然啥也没学到，不过在那里还挺不错，吃得好，我就长身体了，空气好，肯定能发育，再说，那家的主妇人挺不错。想不到有一天，我也弄不清楚我中了什么邪，偷了她五个法郎，那是圣诞节前一天，我现在已经搞不清我当时想要啥了。她发现了，哭了一阵，因为跟我处了两年，毕竟对我有了点感情。后来她把我做的事告诉了她丈夫，她丈夫便给公共救济事业局写了封长信，还把信念给我听。他在信里说，会偷蛋，就会偷牛，我的恶劣本性已经浮出水面等等，他认为应该提醒他们注意。而我呢，且慢，回救济局，永远别想，宁可死——请注意，其实在那里并不比在别处差，但问题是，关在那里不自由，您不可能知道——那天夜里，我带着小包袱逃走了，最后来到克莱蒙国家公路上的一个岩洞里。就这样。"

"把你的热水袋放到脚下。"

"后来呢，可怜的小家伙？"

"后来嘛，就没什么意思了，"儿子说，"你想来一片面包吗？"

"我很想吃一片面包，也很想听她讲下去。"

"你继续讲，"儿子说，"但得讲快点。"

"我在那个岩洞里整整等了三天三夜，我害怕那些吓人的条子，我心想，他们准会在全区里到处找我……三天没有吃饭。喝水，还行，所幸还有一股小泉水，在岩洞尽里边，也算是运气吧。但过了三天，我毕竟饿了，饿得太厉害，便走出了岩洞，坐在洞口。就这样。"

"我们要不要去买那张床？"儿子问道。

"一旦坐在洞口又怎么样了呢？"

"有一个人打那儿走过。我这才开始自己的生活。"

"您乞讨了吗？"

"您要这么说也可以。"玛塞尔犹豫了一下说。

"那张床？"

"我们就去买，这主意不错。"母亲说，"不管您做了什么，小姐，我也会做同样的事。贫穷、饥饿迫使您做的一切，我都能理解，一切，真的，我个人的理解力正在于此。您和我们一起去选床，出主意，三个人并不算多。"

玛塞尔去梳头。母亲在安乐椅里往后一仰，笑起来。

"真的，说起我得换床这事儿……哈哈！……你想想，就我拥有的几百万，我的床绷每天夜里在我的后背下边劈劈啪啪响……哈哈！……"

玛塞尔听见他们说话，觉得他俩的笑声很相似，她把这种感觉说出来了。

"一家人，老是这样，笑起来声音一样。"

"这么说，那床在你背上劈劈啪啪？"

"每天夜里，多的一根弹簧，砰……哈哈！……我对自己说，你以后要死在上面的床，你去巴黎看你儿子时，一定得买一张……一个想法，跟别的想法一样……"

"你呀，你活得到一百岁，还要多点……哈哈！……"

母亲又变得严肃，她俯下身。

"你现在知道了……可以赚钱的事，可以赚大钱的事。"她悄声说。

我在我母亲面前死定了，儿子想。

"我已经离不开巴黎了。"

"巴黎？当你感觉到钱进来了，进来了……各个柜子里满是钱，利润每天都在增长，每大，明白吗？简直就是磨房的水……你就不会厌烦任何东西。"

"就像你现在这样。"

"我过去也这样，但是谁也不知道，我不知道，任何人都不知道，因为我那时穷。人都一样，都是钱铸的人，只要开始赚钱，就什么都行。"

他犹豫一下，还是说了，为了不对她说谎，就一次。

"我不爱钱。"

她在如此孩子气的蠢话面前耸耸肩，继续说：

"不需要多么主动，一切都会自己运转。你呢，就监督。看不出来是在监督，好吧！干两个月以后，你就离不开那边了。你就监督，时时刻刻监督，监督一切。"

"我不想让你难过，但我认为我不爱钱。"

受到触犯，母亲的脸色沉了下来。

"我原来也这么认为。"

"我原来也是，但不，"他朝她俯下身，"听我说，我度过的最美好的夜晚，那就是在输掉一切之后回到家里，精疲力竭，一丝不挂，像条虫。"

她不想再听他说下去。

"你监督。你看着。你会发现，没有你什么也做不成。我手头有八十个人。我都给你。"

"我会感到羞愧，因为我，我什么也没有干过。"

"但我，我就不再感到羞愧了，"她尝试着笑一笑，"总而言之……我这次来，要对你说的还有这个，那就是我再也不感到羞愧了……"

她朝天举起双手，显出恼怒的样子。

"工作，工作，人们都在工作……这让我恶心……"

他打退堂鼓了。

"我一想，你这辈子究竟得到了什么？"

"咳，无非是另外一种生活。"她的话音有点异样。

"所有那些企业。"

"没事儿。此前是我缺乏理智。那么这床？"

"我准备好了。"玛塞尔大声说。

她来了。儿子站起来,但母亲仍然坐着,眼睛看着远处。

"要我给你拿外衣吗?"

"你愿意就拿吧。"

"也许你改变主意啦?"

"我也不知道。"

她还是站了起来,穿上儿子递过来的外衣,在镜子前照了照,看看她身后的他俩,悲哀地笑笑,转过身来。

"咱们三个看上去像什么?"

玛塞尔和儿子也看看镜子里的自己。

"真的,我们看上去不大协调。"玛塞尔说道。

母亲又坐到椅子上,像在耍小孩脾气。

"不,我不想要这张床了。不,肯定不要。我宁愿睡觉。"

儿子坐下来,玛塞尔也一样。

"这个时段,巴尔贝斯家具店正好在打折。"

他们三人都同意购买折扣商品,就像同意去买食品一样,但再一次各有各的理由:玛塞尔和雅克,是因为除了快活这唯一的理由,他们认为任何别的花费似乎从来都不能算很正当;母亲则出于一种长期以来难以根除的节约习惯。不过,这一天,她还是顶住了折扣的诱惑。

"即使打折扣,我也不想买床,多么不幸。"

"你为什么这么说?"

"因为我没完没了，瞧，我又需要一张床了……就这又需要床，瞧我像什么……多么不幸！"

"你要是再改变主意，那也晚了，"儿子说，"要快点。在马真塔，只能买到这个，折扣床。"

"不，肯定不去了，就让这张床等等吧。"

儿子起身脱去上衣，放在一把椅子上。

"但你们别管我，我这就去睡觉，"母亲唉声叹气地说，"这一次，我得去睡觉。"

她听任儿子把自己带到房间里。他跟一个钟头前一样，把她放到床上，她听任他摆布，也不再要求什么，而且睡着了。他回到饭厅，还在等，玛塞尔也在他旁边，都等着看她再一次从她的房间走出来，又被新的什么事折磨得忧心忡忡。但她并没有回来。于是他俩也在等她时睡着了。不过，那是一个春意正浓、风和日丽的日子，他们三人竟用来睡觉。因为他们都有一个共同点，那就是不把平常习惯的睡觉时间用来睡觉，却在随便哪个钟点随便天有多亮时睡觉。玛塞尔和儿子，是为了消磨他们难以忍受的闲暇时间；母亲则为了避开她那过于频繁的饥饿感。

他们一直睡到夜幕降临。他们从容不迫地吃着饭，试图——但没有做到——吃完母亲上午购买的那两公斤腌酸菜。晚餐吃得很愉快，他们还喝了博若莱葡萄酒。将近晚上十点钟他们才来到蒙马特尔。夜总会令人愉快，每瓶香槟酒在那里卖两千五百法郎，这也算上了档次，因为这在当年可算是价格不菲。雅克立刻往老板身边走去：那是个独眼龙，他大概也尝尽了人间的酸甜苦辣，但对做生意的强烈兴趣使他嘴里发出呕吐物般的苦味。他已经穿上了无尾常礼服，手上摇着鸡尾酒调酒器。

"你提前到了，雅哥①，出什么事啦？"

"我母亲来了，"他介绍母亲，"如果你允许，她在我们干活的时间段在大厅里等我们。"

"在一个别人看不见的角落里，"母亲说，她很胆怯，说话像小孩子，"拿一满瓶香槟酒。"

老板本想考虑考虑，但母亲提到香槟酒，这很合他的心意。母亲明白了，她挺直身体，显出财富赋予她的皇家气派。老板鞠了一躬。

"认识您很荣幸，"他说，"我听见过不少雅克母亲的事。"

"冰镇的酩悦香槟。这还只是开头。"

"行，夫人。雅克经常谈到您。"

"我是他的骄傲，所以他谈我。我是在一般人该死的年龄变得很富有的。"

"今天晚上我们不吃饭，"儿子说，"临走前我们大吃了一顿，吃了多少东西呀！"

他的坚持没有逃过老板的眼睛。老板陪母亲来到一张桌子旁边，果然是一个角落。

---

① Jacquot，雅克的昵称。

"这样，夫人，您可以欣赏表演，又不会受到烦扰。"

"总可以来一份餐后点心吧，行吗？跟香槟酒一道上？"母亲问道。

"你想要就要，"儿子说，带着尽量显得自然的庄重和自豪，这样的庄重和自豪是他在那样的生存状态下很少有机会显露的。

"来些梅尔巴①，相信我，你会赞不绝口的。"

老板在笑。雅克和玛塞尔告诉她说，他们得去穿衣服。母亲很吃惊，但没有说什么。

"他们必须穿晚礼服。"老板解释说。

"我知道。"

但她什么也不知道。她的眼睛老老实实说明了这点。在老板的眼里闪过几分尴尬，他宁愿回到吧台去捣碎冰块，以便做冰镇酩悦香槟。他冲吧台后的门大声点了香槟，还有梅尔巴。两个顾客坐在凳子上边喝马提尼边玩骰子，他也去招呼他们。母亲孤零零坐在那里，仔细观察着，在这么多陌生人面前，惊异和恐惧使她的嘴唇微微张开了。老板想：我的上帝，她多么老迈，雅哥的妈妈。他也有过一个母亲，一个西班牙女人，那已经是很久以前的事了。他在刹那间回顾了他一生中的那段经历，他觉得两个母亲很相似。他端着香槟朝她走去。

"我会很安静的，"她对他说，"什么也别担心。"她的声音有

---

① Melba，一种桃子口味的冰淇淋。

些颤抖。我的上帝,她多么老迈,雅哥的妈妈!老板还在想。母亲脱掉她短小的黑色上衣,然后转身将上衣放在椅子的后背上,动作显出她又细心又节约。在她活动时,她手臂上戴的金首饰光芒四射,还有她手指上的钻石。老板忘记了自己的母亲。

"我有五年没有看见我的孩子了,我必须看到他。假如有人奇怪我来到这里,您可以把这情况告诉他,也就一次……"

"可是,夫人,您光临夜总会应该说使我备感荣耀……我一定要说实情,您是我们的伙伴雅克的母亲。"

"是这样,"她在犹豫,"是这么回事……人到我这样的年纪,您知道,对事物的理解只能半通不通,甚至可以说只能看见事物的一半……您可以对他们说,比如,您不知道我是谁,我就这样进来了……您不能对您的所有顾客负责……不过,归根结底,如果您认为说实情更好,您就说实情。在这儿坐一会吧,坐在我身边,先生。"

老板坐下,又害怕又腻烦,眼睛盯住手镯和戒指看,也有些许惊奇。

"我不会老留住您,先生。只待一会儿。我本来就想问您一件无关紧要的事……我已经好久没有见到我的儿子了,我并不确切知道……他究竟能在您这里干什么。近几年我非常担心,想知道我是否有权利管我孩子们的事情,因为有那么多孩子,他们都到了摆脱监管的年龄。所以,如果不想回答,您可以不回答我的问题。"

老板斟了两杯香槟酒,自己喝起来,母亲也喝,而且点燃一根香烟。

"他在我这里才工作了半个月。"他说道。

他眼睛里流露出有罪的神色。母亲却没有看见。

"母子之间能谈的事情不是很多，请原谅我。我这方面只出于好奇，没有别的。"

她说话的声音很低，而且她已停止了微笑。她的眼睛也几乎变得黯淡了。一股怜悯之情掠过老板那颗业已变得乖戾的心。

"您知道，关于我儿子的话，我什么都可以听。"

老板将手镯抛在了脑后。

"我明白，"他说道，"雅克人很好，但是……他不太严肃。"

母亲抬起手臂，仿佛在保卫什么。

"我想问您的不是这个。"她叹着气说。

他伸出手，放在母亲的金镯子上。

"雅哥干的事叫不出名字。"

她把他的手拿开，喝一口香槟酒，垂下眼睛。

"我谢谢您对我说了些话，先生。"

"说了一切，同时什么也没说……"

母亲听他讲话时留着神而又假装懒得留神，但她却并不愿意看着说话的人。

"他迎接顾客，他跳舞，总之，活儿不重。"

他思维枯竭，便道歉说他不能谈得更多。

"但干吗道歉呢，"母亲说，"我已经知道了我原想知道的事。"

她笑了笑，显得很高傲，又问：

"像我儿子这样的人，在所有这类地方都有吗？"

"都有。"

"这是一个职业，跟别的职业一样，怎么搞的，这职业竟没有名称，真奇怪。"

"名称并不能说明什么。"

"只不过有名称更方便些，我只就这个意义说，只就这个意义。"

老板好像为了安慰她，改变了话题。

"您的首饰很漂亮。"

母亲抬起胳膊，想起来了，她看看自己的首饰。

"唉，太重了，"她叹口气说道，"我很富有，没错，我把所有的首饰都戴上了。我有一家工厂。八十个工人。我真不知道我不在他们究竟会干什么。我真不愿再想这事儿了。请给我一点香槟酒。"

"噢！那是主子的眼睛，尖着呢，我也这样，这也是我的原则，任何东西都不能代替主子的眼睛。"他给她斟上酒，相当吃惊。

母亲喝香槟酒，把酒杯放到桌上，用筋疲力尽的声音说道：

"都这么说，但归根结底还得信任。"

他们两人都在想同样的事。老板窘住了，他再也不说话，思想又回到他快节奏的生活里。再说，顾客在这时已开始进入大厅，他表示抱歉之后转身回到他的吧台里。母亲独自待在那里，直到儿子和玛塞尔出现的时刻，他们分别穿上了无尾常礼服和晚礼服。儿子第一眼是看他的母亲。她正戴上眼镜看他们。老板总算抽时间观察了他们片刻，随即把他们抛在了脑后，只顾摇他的调酒器。儿子和玛塞尔默默地坐到母亲的桌子旁边。母亲感到她儿子仍然挺漂亮，但他们一来到，并坐到她身边，她就把眼镜摘了下来，放到包里。因为她看见儿子显得很羞愧，便不再看他。正是他显得羞愧这一点让她感到痛苦。她感到痛苦，同时也惊叹不已，因为在他当着母亲的面感到的羞愧中呈现出一种无限美妙的青春活力，因为在他那一身跟过去一样透明的晚礼服中，她终于完全找回了自己的儿子。她从遥远的过去，从越来越不清醒的头脑里追问自己，是什么东西为她如此这般保护了儿子，在这样一批人当中保护了他，她发现自己很幸运。

"你穿这身礼服挺合适。"她说道。

"当然啰！"儿子回答。

"喝点香槟酒吗，儿子？"

"可以，我不怨谁，听我说，这一切都怪我。"

"一切，什么一切？"她问。她的眼睛明亮清澈。他消除了疑虑，再一次感到减轻了在母子关系中欠下的巨额债务。但他又有一丁点想哭的愿望，跟上午一样。

"假如你们必须马上开始工作，"母亲说，"我想我不应该妨碍你们，但我又很愿意和你们俩一起喝一杯香槟酒，孩子们。”

“不喝也不行呀。”儿子说。

“哦！是的，同您一道喝香槟酒，”玛塞尔说，“您要是知道……”

“知道什么，小姐？”

“您要是知道，我们晓得您在这里，在这个大厅里，我们有多么高兴。”

母亲又戴上眼镜看玛塞尔，此前她一直忘记了这么做。玛塞尔袒胸露肩，施了那么重的脂粉，几乎认不出她了。她美丽而年轻，还算年轻吧。母亲摘下眼镜，她明白了在此之前她没有留意去了解的事，在这个新发现的影响之下，她的脸猛然红了起来：她明白了玛塞尔自十六岁从岩洞里出来饱受饥饿煎熬之后过的是什么样的生活。这样的回顾使她的心承载着巨大的怜悯之情。

“这梅尔巴来得好慢呀！”她说。

玛塞尔起身去吧台，她把这事告诉了老板，老板说梅尔巴快到了，她便在那里等。

“她人挺好。”母亲说道。

“那不算什么。”儿子说话时用手往空中甩了一下。

“我原来并不了解。”

“那也没什么要紧，”儿子说话时垂下眼睛，“我说的不是这个，而是她，对我来说不算什么。要是谈别的，那我会更自如，我。”

"我的儿子，你瞧，一喝香槟酒，我又感到疲倦了。"

"你这次旅行都是为了看我。"

母亲显然没有听见。三个也穿着无尾晚礼服的黑人乐手来到一个台子上，他们调试着乐器的音准，一个萨克斯风，一套打击乐器，一只小号。母亲又戴上眼镜，好奇地审视着他们。有两对舞伴来到舞池。乐队奏一支探戈舞曲。玛塞尔端着梅尔巴回来了，他们便立即开始吃起来，他们是在沉默中品尝餐后点心的，他们已经习惯这样的沉默。母亲一直戴着眼镜，无拘无束地微笑着，视线时而停在她的盘子上，时而停在黑人乐手身上。一对舞伴起身去跳舞。吧台的一个顾客连忙跟过来邀请玛塞尔。他一出现，玛塞尔便乖乖地跟着他走，还没有来得及吃完她那杯梅尔巴。

"她连梅尔巴都没有吃完。"母亲抱怨说。

"让她去吧，她今天吃得够多的。"

"真奇怪，"母亲说话时注视着儿子，"就好像你对她吃的东西感到惋惜似的。"

"我向来如此。人们一吃东西，我就感到惋惜，我可惜他们吃的东西。我也不知道为什么。"

"也许你这人本来就不善良。"

"我不善良。我不善良，因为当我偶尔想善良时，我马上就为这个想法感到可惜。有时我真心诚意给她带回来一块牛排，她随即吃起来，我一看见她吃，我就感到可惜……我感到可惜，怎么对你说呢？挺心酸的。"

"没错，你竟会这样，这的确很奇怪……"母亲仔细观察这个儿子，试图在他身上看出自己的血脉，"而我呢，当有人吃东西时，我不能说随便哪个人，我就高兴。"

"当她吃牛排时，就好像全世界都再没有牛排吃了似的。我不知道为什么。"

"也许，喜欢看人家吃东西，这并不能说明什么，也不能说明是好人或别的，啥意思也没有。或许是因为曾经有过孩子，如此而已。"

她竭力让自己看上去令人安心，然而他，儿子，他却一向喜欢迅速概括一切，仿佛时间在催促他这么做。

"我从不希望任何人好，从不。我很恶。"

母亲的眼神变得悲哀，充满绝望的亲情。

"真的，你不希望任何人好……我想起来了……有些时候我也问自己，你是从哪里来到我这里的……"

"我时不时也有过希望人好的情况，情不自禁，注意，但事后，得，又后悔了。"

"可是，一般说，你父亲和我自己……我不是说现在……我们还是比较善良的，我觉得是这样。"她边回忆边说。

"别想方设法去理解了。"儿子笑笑，因为他已开始担心他们谈话的走向。

"但儿孙们，一个个来到世上，年代长着呢，"她叹着气说道，"年代好长。每个人身后都有一大群子孙……哎呀呀！多么不幸……我希望你给我一点香槟酒。瞧，我又想起我厂子里那些人了。我一想到他们就好像要呕吐。"

他把杯底剩下的酒小心地倒在她酒杯里。

"好像要呕吐。一想到他们，我就没好心肠了。我也不知道为什么。"

她喝酒。他没有说话，却仔细观察着大厅，看看有没有哪个女人应该由他接待。

"但你并不那么恶，不，"母亲又说，"最主要的，是你自己愿意成恶人，纯粹的恶人，就像你做什么事都想彻底一样，愿意成为不折不扣的恶人，就这么回事……"

"也许吧，"他笑笑，"算了，别谈了。"

"但你的内心深处并没有丝毫坏的东西，一点也没有，这我知道。对我来说，完全是另一回事。你明白，我呀，现在的情况是，我什么也不想知道。不想了解任何事情，"她做了一个了结一切的手势，"也别跟我讲任何麻烦事。当他们的老婆来找他们，比如说，戴着漂亮的首饰，金首饰，跟我花六十年才配得到的金首饰一样的首饰，好，我就想杀了她们……而且我并不对自己掩饰这点，我对自己这么说……"

"臭娘们儿。"

母亲戛然而止，她再一次受到这个儿子的蒙蔽。

"你为什么这么说？"

他有点惊吓，仿佛从梦中醒来。

"我不知道。因为我是坏人吧。"

母亲仍然怀疑。

"那毕竟不是她们的错。"

"那倒是，那不是她们的错。你瞧我多么……"他在开玩笑。

"这是为了让我高兴，我知道。"

他没有回答。

"不，不……"她叹着气说，"你不明白。那不是她们的错，是我……对我来说，事实是……是他们在干活……"她用双手遮住脸，以掩盖她的烦恼，"是他像粗人一样干活……"

她语不成声，竟变得呜呜咽咽。

"而你，我的小儿子，你却啥也不干……"

他抓住她的手，用教训的口吻亲切地说：

"真傻。为什么想到我？像我这样的人，不完全值得一提……总之，我的意思是，不，值得一提，当然……但也不是在社会上。"

她注视着他，仍旧怀疑着。他在微笑。

"我是身不由己，"她叹口气说，"我干什么都充满恶意。显然是因为我变得太老，太老了……谁知道那是从哪里来的？我再也没有力气同这样的感情作斗争……我什么都没有了。"她摊开双手，把手朝他伸过去，"没有好心肠，没有道德……什么也没有。再给我一点香槟酒，给吧。"

"不能喝得太多，妈妈。"

"但酒让我舒服点，我的小儿子。"

"那倒是。"他说话时垂下了眼睛。

有几个顾客已经走了。还有两对舞伴在跳舞，他们紧紧搂抱着，欲火中烧，忘记了周围的世界。老板又开始摇调酒器。儿子一直盘算着给她提个意见，他在犹豫，但最后还是说了。

"你呀，不管怎么说，你戴的手镯实在太多了。"他笑着说道。

母亲也笑了，她看看自己的胳膊，很感动。

"你这么认为？"

"简直就是橱窗，很显然。"

"那把它们怎么办？"

"你把它们好好放到柜子里，锁上柜子，再也别想它们。"

"那我别活了！"母亲叹着气说，"那都是钱带来的东西呀。"

"必须试试，妈妈。"

儿子如此坚持，这倒着实让她吃惊。

"你真的这么想？"

"真的。两只胳膊戴十七只手镯，四不像。"

"哈！哈！"母亲笑道，"多么不幸！"

"我原想问你别的事情，假如你能对我说的话。我想问你，为什么你那么眷恋那个工厂？"

母亲把身子蜷缩起来，她闭上眼。

"我什么也没有了，只剩下这工厂。"她说。

她摸摸自己的胳膊，像在摸什么贱价的商品。

"什么也没有了，"她又说，"没有孩子，没有头发。你瞧瞧我这胳膊……什么都没有，除了这工厂。"

"不管怎么说，这辈子过得不怎么样。"但儿子不再听下去了。

"我一想事，我又会看见你们，我想到你们当时正在家里睡觉，每个角落都有……在绿色帘子遮荫的地方，你还记得吗……当时我正在哭泣，因为我欠了好多债。你们在那里，我呢，在哭泣。"

"我记得。我夜里起床撒尿，我发现你正在黑黢黢的地方哭泣。有一次，我当时八岁，你竟问我怎么解脱。"

"唉！奶水充足，壮得像牛，我却在哭泣……我现在再也不哭了。我本来也想对你说这个，我发誓永远不再为任何事情哭泣，任何事情，你听见了吗？不为任何事情哭泣。我这辈子一直那么傻，这是对我这傻劲儿的惩罚。"

"你说得对，可是，你瞧，我得去请那个女人，她在那里，在乐队的右边。"

"我让你厌烦了。"母亲叹口气说。

"不，不是的，妈妈，但我的工作，就是跳舞。"

母亲看看那个女人。她很美，而且正在注视她的儿子。他们俩跳起舞来。老板看见母亲单独坐在那里，便走到她的桌旁，问她梅尔巴好不好吃。

"挺好。"母亲说道，她刚发现玛塞尔还一直在与那同一个顾客跳舞。

"那姑娘跳得不错。"她说。

"唉!"老板叹了口气。

玛塞尔边跳舞边朝母亲微笑,却对她的舞伴很冷淡。老板也对她笑笑,但他的笑是非常职业化的。而雅克跳舞的模样却跟刚才不一样了,他两眼低垂,鼓起来的嘴流露出悲哀和厌恶。那女顾客很招他喜爱,但他竭力不表现出来。母亲很明白,她把兴趣转到玛塞尔身上。

"她笑起来毕竟很漂亮。"她说道。

"唉!"老板仍旧叹了口气,想寻求看法一致的人真是枉费心机。

母亲对玛塞尔表示鼓励: 她亲切地朝她点点头,微微笑着。雅哥的老妈真是太老了,老板想,她啥也猜不出来。很显然,她已经忘记了玛塞尔是什么人,她还以为玛塞尔跳舞只为了好玩呢!再说,谁也可能搞错。玛塞尔微笑着,非常注意母亲,注意她那么兴致勃勃地看她跳舞。她在舞伴的怀里,终于能无拘无束地为自己一个人享受一次母亲。老板有点扫兴,又回到吧台去了。别的顾客陆续到来。那是个礼拜六的晚上,来的客人不少。人们走进来会马上看见这位满手臂金饰的老太太,尽管老板给她指定的位子很隐蔽,她仍然引人注目。他们都面带微笑,询问着她怎么会,她为什么会坐在那样一个地方。有人把她的情况告诉了询问的人,但母亲并没有看见他们的惊异表情,因为她正全身心地注意观看着玛塞尔跳舞。她在舞厅朦胧的灯光里显得非常苍白。她那双在沉重的金镯子压迫下的手臂在黑色的长裙上对比强烈地突显出来。

玛塞尔在吧台的门后消失了。音乐从没有间歇，而舞伴们也从不停止跳舞，他们一直互相紧紧依偎着。由于玛塞尔没有再回来，母亲有点想她，她模糊地问自己，玛塞尔究竟干什么去了，她对自己提这个问题时并无诚意，她其实有所意料，因为她已经有点醉了，而且又已老迈，此刻也并非注重道德之人。这时，只有那女顾客走了。因此儿子回来看他的母亲。

"如果你愿意，"她对儿子说，"咱们可以再要一瓶酩悦香槟。"

儿子忙不迭从桌边给老板打了一个互相领会的手势，替她要了一瓶。老板跑过来开了瓶新酒，给老太太斟了一杯。她一喝完酒便宣布：

"我饿了。"

"不行，"儿子说道，"你今天吃了那么些东西，不能再吃了。饿只是你的一种感觉。"

"因为我太老了，你不能理解。"母亲低声叹着气说。

她用抱歉的神气朝他微微一笑，这种抱歉仿佛已被时间压缩成了一种遥远的记忆。他俯身拿起她一只手。

"我并不是有意变成这样，"他喃喃说道，"这又像我二十岁那年一样。我还不明白自己出了什么事。"

"我知道。但没有必要为这个感到悲哀。"

他朝她更低地俯下身去。

"我不能工作。"

面对如此真切的心里话，母爱又像初生他时那样强烈地震撼着她。她什么也没有回答。

"我永远也不能工作。"

"不过，我的儿子，"但她说话时已失去了信心，"不过，那是金子，那是需要赚的金子。"

"即使去了，过两天我也会走。我好像处在边缘，属于开玩笑的一族。我做什么事都成不了。我缺一点什么东西。"

"别这么想，我的小儿子，别伤心。"

"我不大清楚是什么，但我缺了点东西，这是肯定的。"

"你什么都不缺。只不过……"

"什么？"

"你当时在睡觉，你当时一直在睡觉。你不愿上学。你在睡觉。"

"不，这不能解释一切，不，肯定在我身上发生了别的什么。"

"别的什么就是我，不是别的，就是我，是我听任你睡觉。你不愿上学，我就由着你，我听任你睡觉。"

"噢！我想起来了，你一说，我就想起来了……"

他竟然还在笑，在他这样的年纪，想到那样的睡眠。

"假如没有人叫醒他们，世界上所有的孩子都会那样睡觉而不去上学。我……我，我当时就没有叫醒你。"

"不对，你叫醒我了，不对。我还记得你是怎样叫醒我的，你对我说……"

"不，不是那么回事。另外五个，我叫醒了，你，没有。你，每天，我都没能叫醒。"

她垂下眼皮，很庄重的样子，以念令人痛苦的警句的语调说：

"我当时真正宁愿你睡觉。"

她摘下眼镜，听任一种死亡一样明显的疲乏侵蚀全身。

"我突然感觉有点疲乏，是坐飞机……"

"但我既然对你说过，我想起来你是怎样叫醒我的，你对我说……"

"不。常发生这样的情况，五个孩子里，突然有一个，为什么？有一个没有叫醒。这是很大的不幸。"

他还想回答，但她什么也不愿听。不过，他还在尝试。

"你是叫醒我了，但我没有去上学，却去掏鸟窝。"

"不，不对。我对你的一切都太了解……而且只了解你的一切。我当时没有叫醒你。"

"喝点香槟酒。"

"这么说，你曾经相信，生活就是这样。"

"喝吧。"

他给她斟酒，把酒杯递给她。她喝酒。他又充满希望。

"你瞧，当我看别人时，"他用平常同她聊天的口吻说，"比如，看我那些哥哥时，嘿！我不理解，我认为他们在浪费时间。"

母亲朝她的儿子俯下身子，她经受着爱的煎熬，眼神里洋溢着火辣辣的激情。

"但那是一回事，我的小家伙，是不折不扣的一回事。你会怎么想呢？比如说我，假如我工作，那是因为我喜欢工作。归根结底，那是一回事……工作……不工作……只要一开始，只要养成了习惯就行。你一开始干……一个礼拜之后就能做到……问题是……"

"听其自然吧，妈妈。"

"对。我原本想说的问题，就是不要想得太多，如此而已。"

她再把自己的身子往后一靠，又一下子感到疲惫不堪。

"要那样，就没有必要为此而后悔。"她说。

他抓住她的双肩，笑了。

"你瞧瞧我，我看上去很不幸吗？"

"其余的事嘛……无关紧要。"

"我不想让你太难受。"

她不回答，她在思索。

"必须把工厂卖掉，尽量卖个好价钱。你们把钱分了。从此再也不谈此事。"

"如果我得到那个厂，我一夜就把它输光。最好还是卖掉它。"

"对，你说得有道理。"

有人叫他。他犹豫着，但他母亲鼓励他去。玛塞尔一见母亲就剩下一个人，便摆脱她的舞伴，来到她身边。

"我出去透了透气，"她说道，"我回来了，我就跳了一轮舞。"

母亲在观看她的儿子跳舞。玛塞尔坐下来。

"您一下子显得很疲倦。"她说。

母亲仍然没有回答。玛塞尔也开始观看雅克跳舞。

"我不知道我为什么那么依恋他。"她说话的声音非常低。

母亲始终在观赏她儿子跳舞，玛塞尔心想，她快要睡着了。她便借此机会倾诉心声，悄悄地。

"我甚至相信我爱他。"她说。

母亲一听见这几个字便颤抖起来。

"可惜呀！"她喃喃说。

"他不，他永远不会爱我。"

但是，母亲已经再一次回头观看儿子跳舞了。

"而且他告诉过我这点。他永远不会爱我，永远不，永远不。"

母亲又回过头来，用茫然若失的眼神观察着她。

"他从不想上学，"她说道，"从不。"

"无论如何都……从不，从不？"

母亲点点头。

"从不。一切都因为这个。就是这样开始的。"

"为什么？"

母亲摊开双手，表示无能为力。

"我一直都不知道，我永远也不会知道。"

她俩都沉默一会，玛塞尔随即回到自己忧虑的事情上。

"他只要能让我待在他那里就行……除了这个,我没有别的要求,但愿他让我待在那里。"

"有些孩子,比如说我其余那些孩子,他们都自己走自己的路,没有必要去关心他们。别的孩子,你拿他们毫无办法。他们都是在同样的情况下长大的,他们都出于同一血脉,可您瞧,他们是那样不同。"

玛塞尔没有说话。母亲想起了她。

"那他不愿意您待在他那里?"

"他不愿意。每隔一天他都要把我赶出门。"

"至少可能是因为您的职业,也许他老想到您的职业,一个男人是不可能忘记这个的,我不知道,我……我一生只当过一个男人的妻子,而……"

"要忘掉这个,他不花任何力气,也许情况恰恰相反。"

"一直没有时间。"母亲补充说,她老得昏了头。

"不见得是因为我的职业,最重要的是,他一旦有个女人,同时就想勾引另一个。没完没了。"

"这就是生活。"

"这倒是。"玛塞尔犹豫片刻之后说道。

"他把您赶走以后呢?"

"我没有住处。"

玛塞尔抽抽噎噎地干哭起来。母亲转身面对着她,从头到脚审视着她,疲劳和香槟酒使她的眼睛变得模糊。

"小姐，我完全可以告诉您到我那里去，但是……"

玛塞尔吓了一跳，她将双手往前一摊。母亲不再看她，她敲敲桌子，垂下眼睛。

"但是我太疲惫了。"她声明说。

玛塞尔更是泪如泉涌。

"可是，夫人……"

"瞧，要是五年、三年前，我会对您说：来我这里吧，既然您无家可归。现在可不行，不行，我不会对您这么说。"

她再一次端详玛塞尔，再一次从头到脚，用饱经诱惑的眼光审视她。

"不行，不行。"她叫道。

吧台后面的老板心想：瞧！她醉了，雅哥的老妈。他又拿起一个调酒器，同时盯着她看，有点担心。玛塞尔不敢吱声。泪水从她那饱施脂粉的脸颊上滚落下来。

"就是这样，"母亲再说话时，又在桌上拍了一下，"您可以把我砍成几块……不行，不行，没戏了。"

玛塞尔一冲动便朝她靠过来。

"夫人。"

母亲一扬手将她推开。

"有可能，"她说，"但没戏了。"

她用发抖的手抓起香槟酒瓶，给自己斟酒，将酒洒在了桌布上。玛塞尔并没有在意。

"我一回想起那令人讨厌的工厂，我一个人在那里，同那八十个工人一起待在里面，他们那么随便，那么放肆……"

"每隔一天。我每次都像一条狗一样回来。"玛塞尔又说。

"还有那座房子，它也是孤零零的，上了锁，再也派不了用场……孤零零的……"

玛塞尔为自己的命运稍感宽慰。

"您也是，您在生活中也特别孤独。"她说道。

然而，母亲正一个劲想她自己的心事。玛塞尔一边哭泣，一边拿起雅克的酒杯给自己斟酒。母亲不由自主地把她的酒杯也递过去，玛塞尔也给她斟了酒。

"其实，跟我一样孤独。那也不算理由，因为我在干我现在干的，跟我一样孤独。"

"成天上树，就好像世界上只有那个，只有鸟儿似的……"

她凝视着他，他又开始跳舞了，她看见他因为她正在担忧。这让她更加感到懊恼。

"除了这个，为人还不好，任何一个人都可以是好人，随便哪个人……甚至最懒惰的人……他竟每隔一天把这个姑娘赶走一次，就这样，没什么理由，就因为他人不好。"

玛塞尔做了一个否定的手势，她小心翼翼地反对说：

"我不认为是那样，是他为人不好，还不如说，他也许和别人不完全一样……"

母亲摇手，她很清楚是怎么一回事。

"他小时候也许是个与众不同的孩子，但如今，您瞧瞧他。"

她把儿子指给她看。玛塞尔忽然笑起来，笑得满足而开怀。母亲也笑了，她仍然指着儿子继续说：

"任何类型的人都不是独一无二的，不存在这样的人……可是您瞧瞧他，您瞧瞧他……"

完了，儿子再一次这么想。

"是这么回事。"玛塞尔说，她相信了，仿佛这一切足以宽慰她似的。

她们俩又喝了点香槟酒。接着，母亲又开始琢磨玛塞尔的命运。

"您瞧，"她说道，"在那座住宅里，或者不如说在那个工厂里，我哪怕再孤独十倍，嘿，我也永远不会叫您去那里。"

玛塞尔在预防危险。

"再也别想这个了！"她格外温柔地劝母亲说。

然而，母亲却收不住口。

"就是那样。永远不会。瞧我变成了什么样子。"

"我恳求您，别再想它了。"

母亲还在怄气。

"临终时，我哪怕孤独得像条狗，我也不会对任何人再提去我那里的事！"

玛塞尔又哭开了。

"可为什么，为什么老对我说这事？"

母亲再拍桌子。

"照这么说，我就没有权利老说这些事儿了？"

舞曲停下来。儿子没有花时间去送他陪舞的那位女顾客，他朝他母亲这边走过来。他抓住母亲的双肩。

"不要再喝酒了，妈妈。"

他摇晃着玛塞尔的胳膊：

"你疯了吗，让她喝成这个样子？"

母亲伤心了，她让自己的儿子来作证。

"我再也不想知道任何事情，任何事情。我喜欢跟那个工厂在一起，有什么好说三道四的？"

"谁？"儿子有点生气。

"玛塞尔。"母亲说话时用手指指着玛塞尔。

"我早就料到了。马上给我走人！"

"马上。"玛塞尔唉声叹气地说。

她走了。母亲竟没有发觉。雅克坐到母亲的对面。

"我是个幸福的女人！"母亲叫道——有几个顾客朝她转过身来，"我喜欢跟那个工厂在一起。我来这里，是照规定办事，因为我觉得，我的职责就是来看我的儿子，再做做根本做不到的事……再没有别的，职责，但我的心还留在那边。"

她试图再为自己斟香槟酒，但儿子从她手上把酒瓶拿回来。

"别喝了，妈妈。"

母亲震怒，她让全舞厅的人给她作证，但强劲的铜管爵士乐音压住了她的声音。

"跑了九百公里来到这里……为三代人干活……倒没有权利喝酒？"

"妈妈！"

他试图抓住她的手，但她拒绝了。

"不行，不行！"她叫道，"够了。"

他给她倒了一点酒。她喝酒，洒了几滴酒在胸前。啊！别，他想，感到震惊。他连忙用手绢擦擦。看见他这样的动作，母亲陡然息怒。

"大伙儿在树上找到你，"她叹着气说，"你正在掏鸟窝……"

"妈妈。"

我希望她滚蛋，他想，再也受不了啦，再也受不了啦，再也受不了啦。

"成天，直到夜里……"

他拿起香槟酒瓶，给她斟了一满杯，但这一次，她不想喝了。

"我们该回家了。再过十分钟我们就走。别再想那些事了。"

"成天，待在高枝头上，大家叫你，叫你，你却不答应。成天价……"

"没错，在树上，我也想起来了。但没有必要再想那些事了。"

在他也回忆起那些事的那一刻，母亲又想起了别的事，而且也不再那么伤心了。

"瞧，在某种意义上，我倒并不讨厌这点……别人都那么用功，只有你，你老在树上，这点倒不让我烦心，反而改变了我，就这么回事儿……"

"而且，"儿子亲切地说，"别的孩子都很成功，只有我，总而言之，六分之一……"

她做出反感到极点的表情。

"别跟我谈他们，啊！千万别跟我谈这个……"

"至少。"

"你不可能理解。"

玛塞尔靠在酒吧的门上，正在窥伺机会，准备回到他们身边，边擦眼泪边回到母亲那里。有人来请她跳舞。她温顺地跟他走了。母亲瞥见了她，对她笑笑。

"于是，我对自己说：'我要把这一个培养成生意人。'我当时喜欢这个，做生意。那么你，你喜欢吗，喜欢做生意吗？"

"单就这个而言，我认为我喜欢。"

他准备作出各种让步。

"你瞧，我早就知道。但那已经吹了。我一直没能买过来……一家饭店，没错，说老实话……你明不明白我想说什么？定价，三个菜，不能再多，套餐，没有点菜的菜单。每礼拜一只有一个菜。一份高质量的腌酸菜，漂亮的肉菜搭配，很烫。你懂吗？"

儿子俯下身去，微笑着亲亲她。

"我明白。我们马上回家，吃我们的腌酸菜。别难过。"

两个美国女人走了进来。他开始贪婪地盯着她们看。她们没有人陪。母亲什么也没有发觉，还在继续说：

"点菜菜单，那是个错误。为什么那么多东西？难道人们的口味有那么多的不同？不，不对。那是个年代久远的错误，是偏见。所有的人在大体上是一致的，只要……"

他儿子对她做手势说他该去跳舞了。

"还有一次，最后一次，跳完咱们就走。"他走了。

"只要好好干，讲诚信，所有的人都一致同意。"

这段话一说完，她一下子又沉入了梦乡。她的头摇摆一阵，然后一动不动，垂在胸前。人人都在微笑着看她，或被感动，或被逗乐。老板等着这支舞跳完，叫住她儿子。

"她不能像这么睡觉……我的夜总会，它像什么样子啦？"

儿子脸色变得苍白，他握紧拳头。

"她这是在不声不响给你那两瓶酩悦香槟喝倒彩呢。"

"你应该理解我，"老板试图笑一笑，"理解我，雅哥……"

"我不愿意，想想吧。"

他走到母亲身边，轻轻叫她。她蓦地醒来，朝周围看看，十分吃惊。

"我们马上回家，来，妈妈。"

"但愿别人能原谅我，"她唉声叹气地喃喃说道，"我从那么老远的地方来。"

他帮她穿上外衣。睡觉让她很怕冷。

"我随时感到冷，感到饿。"

"咱一回家就吃剩下的腌酸菜，所有剩下的东西。我也饿了。"

"好的。"

玛塞尔已经离开了她的舞伴。雅克的愤怒让她害怕。她站在他俩面前，等待着。

"你也来吧。"雅克说道。

他们俩去换衣裳。在他们离开的短暂时间里，母亲使出她剩下的全部力气和瞌睡作斗争。她做到了，显得还算得体。当他们俩走回来时，老板跑了过来，手上拿着账单。母亲很亲切地欢迎他。

"我睡着了，我很抱歉，但我赶了六个小时的路来这里看我的儿子。"

"唉！"老板回应道。

他把账单递过去。母亲戴上眼镜看账单。她感到极其惊讶，便抬头看看老板，再看看账单。她显然不知道该怎么想，便把账单递给儿子，让他给自己念。

"五千法郎。"儿子说道，好不心烦。

母亲再拿过账单，把它放到桌上，动作很有把握，很坚决，仿佛她再也不愿听见人们谈起这件事。老板微笑着，不明白发生了什么事。母亲摘下眼镜。

"永远不。我不会付钱。"

老板的微笑戛然停止。儿子示意他让他谅解，这事会解决的。他朝他母亲俯下身来。

"妈妈，"他小声说道，"我这就给你解释……"

她打断儿子的话：

"没啥可说，我不会付钱。"

她同时受到愤怒和瞌睡的双重挑动，但她顽固地倾向于愤怒。

"宁可死。"

"等五分钟！"儿子对老板说。

他谨慎地示意老板回吧台去。老板回去了，显得很有尊严，但神经有点紧张。假如她没有那么老迈，他心想，我会叫来警察，她马上就得掏腰包。他把自己的母亲忘记得那么一干二净，仿佛他向来就是一个孤儿。现在，舞厅里所有的人都明白了正在发生什么事。儿子真想一死了之。然而，玛塞尔对这类麻烦毫不在意。

"就是这个价，"儿子继续小声说道，"你可以去打听，我已经习惯了。玛塞尔也可以对你说清楚……告诉她，玛塞尔。"

"到处都是这个价。"玛塞尔说道，她忙不迭抓住这个机会，好重新获得雅克的青睐。

"可能是这样，但是不是对我都一样。"

儿子感到绝望。我真愿意能为这样一件事立即在这里自杀！他想。

"啥时候想通了再付吧！"他对母亲说。

他重新坐下来，示意玛塞尔也坐下。

"永远不付。"母亲说，已经不那么强硬了。

"随你的便，不折不扣随你的便。"

老板斜眼看着他们，脸上挂着不怀好意的笑，同时又开始在吧台服务。现在，儿子内心升起了一个秘密的希望：让这件丑事到此为止。一切都让我渴望自杀，他想。而这个新发现竟给了他一种从未有过的力量。然而，瞧，母亲的眼里竟出现了眼泪。

"五千法郎，五千法郎！"她唉声叹气地说。

她要付钱了，儿子想。这新的希望却让他作呕。

"付钱，"他灰心丧气地说，"付了钱再也不去想它。打开皮夹子，取出钞票，放在桌上，把它们看成狗屎。就这么回事。"

"唉！"

母亲双眼满含泪水，她又戴上眼镜。我还以为她不会再为任何事情哭泣了呢，儿子苦涩地想。她从包里掏出一个偌大的皮夹子，拿出一张五千法郎的钞票，仔细端详着它。

"如果你愿意，你可以不付钱。"

她看看儿子，愣愣的，仿佛变成了孩子。

"那会怎么样？会发生什么事？"

"什么事也不会发生。"

他的眼睛一直没有离开舞厅，却与舞厅中的人保持着距离。他内心的耻辱感已经烟消云散了，他现在只感到愤怒，只盼望着世界的秩序来一个大爆炸。老板从吧台注视着这边的动静。哼，臭老娘们儿！他想。

"还没完，"母亲说，"完不了！"

她把钞票放在桌上。儿子咔一声站起来，玛塞尔起来缓慢些。母亲不慌不忙地将皮夹子放回包里，竭尽小心之能事。老板回到他们身边，拿过五千法郎的钞票，带着尊严被冒犯的样子朝母亲行了一个礼。母亲向他伸出手，她已经把刚才发生的事忘到脑后了。当他们走出舞厅时，她又重新记了起来。

"价钱差不多跟一张床垫一样贵，好奇怪。"

"都是些强盗！"儿子说。

他们乘出租车回到家里。母亲总算从极度的疲劳里清醒了些。夜里清凉的空气对她有好处，她终于开始看巴黎了，她对巴黎如此荒凉感到惊讶，但她什么也没有说。直至到达为止，什么也没有说。而她儿子，正是在那里，在出租车里，才把这个问题想明白。他想，我这么可耻的一生就剩下这一个见证人了，她应该死掉，她必须死掉。他很清楚他母亲的沉默意味着什么，她逐渐的清醒又会有什么样的后果。因此，他没有打破沉默，而且也像她一样一直保持沉默，直到到家。母亲并没有发现他们已经到了。

"到了。"

她乖乖地付了车费，她已经认识到自己应该为这次旅行所需的费用付钱。

玛塞尔立即去加热剩下的腌酸菜。母亲连外衣都没有脱便坐进一把安乐椅。她那双看似已经闭上的眼睛流露出她固有的意志，这种意志有些可笑，但它在某些时候可以从破灭的希望中自动升腾出来。实际上，她还充满活力，儿子想。他们保持的绝对沉默跟夜间守灵时的静默好有一比。儿子帮着玛塞尔摆饭桌，饭桌上放了他们三人的餐盘。一切齐备之后，见母亲在椅子里始终没有动静，被她的最后希望钉得死死的，他便朝她走过去。我再也不能为我的母亲做任何事，他想，除了请她在死亡前吃东西。

"来吃吧。"

母亲注视着他，眼里充满了恐惧。

"我原想跟你说点事。"

"不必了，来吧。"

他帮她站起身并坐到桌旁。想哭和如释重负再一次争夺着他的情绪。

母亲的眼睛一直没有离开过他，她很疑虑。

"我不可能有别的做法。"

"我知道，而且我理解你。"

玛塞尔看见他俩如此和睦，哭开了，而且突然跑进厨房去。

"她这是怎么啦，成天哭个没完？"

"没什么。她不认识自己的母亲，如此而已。"

母亲有点不耐烦。

"咳，她太夸张了。"

儿子悲哀地笑笑。

"不可救药，你真没法想象。"

母亲也笑了。她已拿定了主意，所以她的好心情和好胃口一下子都恢复了。

"小姐，"她叫玛塞尔，"赏个光吧，出来同我们一道吃点腌酸菜。"

玛塞尔回到厅里，笑眯眯的，同时又擤着鼻涕。

"没有必要哭嘛，"母亲说道，"大家都在这里，生气勃勃的，正吃着美味的腌酸菜，这才是最主要的。"

"那倒是。"玛塞尔说。

"其余的并不如想象的那么重要。"儿子说道。

他们默默地吃着腌酸菜。这菜比上午还好吃，熬了这一夜过后，他们更喜欢这道菜了。

"什么也比不上腌酸菜，"母亲说道，"一满杯白葡萄酒，您越煮，它味道越鲜美……"

"我一辈子都会记得这腌酸菜。"玛塞尔冲动地说。

母亲开始吃法兰克福红肠，蘸了很多芥末。儿子看着她吃，自己却几乎忘了吃饭。完了，他又这么想。他认为自己很明白，母亲曾经拥有的对儿女的爱恐怕马上就要在她的生活中消失。然而，人的胃口总是好到最后一刻。

"再说，也不应该哭成这样。"母亲说。

"不可救药，"儿子体贴地说，"有时候，看见一条狗走过去，她也哭得跟泪人儿似的。"

"人就是变不了。"玛塞尔说话时有点不好意思。

她也在吃东西，在这种情况下，她的眼泪也就枯竭了。她的胃口那么好，连雅克都发现了。

"至少你白天也吃了些什么吧。"他对她说。

"就这一次。"玛塞尔说话时脸红了。

"让她吃完，"母亲说道，"小姐，吃吧。能吃多少就吃多少。我要是您，我也会故意这么吃，我。"

他们三个人都笑起来，儿子也笑，而且几乎是由衷地笑。

"啊！腌酸菜之乐，"母亲大声说，"人们不了解这种乐趣却说得头头是道！一道美味的腌酸菜……满七十五岁……两次战争……我一想到这些……这些事之外……还生了六胎……我现在还在想，我怎么就做到了这一切……我怎么会没有把他们都杀了……哎呀呀！多么不幸……请您给我一丁点博若莱酒。"

她边说话边快活地嚼着红肠。儿子又开始对她感兴趣而不搭理玛塞尔了。

"妈妈，"他说，想预先应付可能的危险。

"别来那个，别来感情。"

她用手朝面前一扫，她的手镯叮叮当当响。

"不是那个，妈妈……"

"那我们不喝酒啦？"

玛塞尔去厨房取中午剩下的博若莱酒。

"这么说你那里没有腌酸菜了？"

没有了。儿子稍微放心了些。玛塞尔从厨房回来，他便把博若莱平分到三只酒杯里。有一个问题一直让他感到为难。他在母亲吃完红肠前忍着没有问，然后他像完成什么手续似的讲了出来。

"那其余几个呢？"

母亲又沉思起来。

"是呀。"她想起来了。

他们一道考虑如何应付可能的情况。

"你对他们解释说，我变成了像这样的，像……我喜欢这样。"母亲最后这么说。

"很难把这个解释清楚，"儿子说，"我就说一份电报把你催回去了。"

"这些人很成功，"母亲灰心丧气地说，"我们跟他们毫不相干。而且归根结底，这一切还会教他们如何评判我。"

"母亲就是母亲嘛。"玛塞尔说道。

"有创见，我倒要问问您，对他们的母亲有什么新颖的见解……"

"我很清楚，我，"玛塞尔说，"假如我有母亲……"

由于她有再哭泣的危险，雅克打断了她的话。

"随你的便吧，"他对母亲说道，"我会处理好的。"

母亲说她感到冷，她哼哼唧唧，仿佛面对的是一次苦役，她说：

"需要考虑打电话订飞机票了。"

"订什么时候的？"

"明天。"

"好，我这就下去。"儿子犹豫片刻后说。

玛塞尔泪如雨下。

"啊！我先前并不了解。"

雅克耸耸肩，从饭桌旁站起来，下楼打电话去了。

"我先前并不了解，"玛塞尔继续说，"我还抱着希望，以为您起码会待三天呢……"

"不可能。"

"为什么？为什么明天就走？您原说一个月……"

"到此为止。我只能这样做。假如我留下来……我会死。"

"死？"

"是的。"

她的语调斩钉截铁。玛塞尔明白了，她不再坚持，边哭边开始撤去餐具。母亲仔细审视着她，就像刚才在令人愉快的夜总会里一样。

"不应该时时刻刻都那么哭，"她对玛塞尔说，"您得稍微控制一下情绪。我这一辈子没少哭……总之，我是想说，起码该跟所有的人一样……哭于事无补。哭泣甚至没有一般人说的那种好处。"

"对，夫人。"玛塞尔抽泣着说。

"必须忘记这个：您本来可能会有一个母亲，总之，我的意思是说，试试忘记这点。人不能这样生活，这像什么？老遗憾自己没有过母亲。这不正常。"

"那是因为看见了您，夫人。"玛塞尔还在抽泣。

母亲再仔细端详她，她哭着，又高又壮，却一直在哭泣，又一次用充满诱惑的眼睛哭泣。

"再说，您现在已经太大了，不应该有这样的遗憾。"她像对待孩子那样对玛塞尔说。

"我知道，"玛塞尔说道，"但我毫无办法。"

母亲说话的声音变得遥远：

"我并不是对您说，从没有过母亲，这事不令人悲伤，不是的，但，不管怎么说……还有那么多更令人悲伤的事，那么多，您要知道就好了。您总有一天会知道的。"

"是的，夫人。"

"我的意思是，您会有幸知道……没错，而且也会因为知道而绝望。"

"是的，夫人。"

"但愿我能为你们抱这个希望，我的孩子。"

母亲接着又用一种聊天的轻松语气补充说：

"您瞧，我之所以走，是因为我留在这里有点四不像……算什么呢。"

"别这么说。"玛塞尔恳求道。

"要这么说。就是四不像。生了些孩子，四不像，毫无意义。毫无意义。您不能想象无意义到了什么程度，简直让您头晕。我不是说有孩子……而是说曾经有过孩子……"

在这些话的重压下，玛塞尔逃到厨房去了。

"四不像，"母亲继续一个人说下去，"假如我留下来，他只能杀掉我，可怜的孩子。而我也只能理解他。"

她忘了，她感到口渴，再叫玛塞尔。

"瞧我又渴了，"她叹气说，"我要喝水。"

玛塞尔给她拿来一杯水，她一口气喝光了。她随即呆呆地等着她儿子回来。玛塞尔跑到远离她的地方哭泣，仍然在厨房里。母亲一个人待着，忘记了自己，长时间地审视着她所在的这个房间，她儿子居住的房间。在白天她一点不看好这个房间，现在，她从各个方面审视着它，带着深深的惊讶。她深知，这是一个她永远摆脱不了的情景。母爱一直在使她惊讶，而且会永远使她惊讶。然而，这一次的惊讶，尽管毫无意义，她也适应了。她突然感到心烦，瞌睡。她站起来，走到厨房前，玛塞尔正坐在那里，独自在灯光下哭泣呢。她停下片刻。她们俩互相端详着。

"也许您可以换换职业。"母亲说道。

"太晚了，夫人。"玛塞尔停止哭泣。

母亲思索着，垂下眼睛。

"您肯定？"

"没有先例。"

"我什么也帮不了您。帮不了您，也帮不了别的任何人。我为此感到非常遗憾。我太累了。"

她回自己的房间去了。

儿子回来时，玛塞尔还在厨房里。她眼睛红红的，但已经不再哭泣。他走到饭厅里，离她远远的，躺到长沙发上。他母亲大概睡着了。还不到四点，对那些不习惯在夜里睡觉的人来说，这一夜还是太长了。由于母亲的缘故，他们俩离开夜总会比平时早得多。

因此，在这一夜，儿子感到无所事事。玛塞尔来了。

"走开！"他说，"走开！"

"但我已经不哭了，"玛塞尔说，"我困了。"

"明天你就走人。这一次，铁板钉钉。"

她脱衣服，将长沙发打开。儿子站起来，没有抗议。

"过了一定的钟点，"他说，"我就一点瞌睡都没了，就好像我此后可以不睡觉似的。"

"也许是因为太热爱生活了吧。"玛塞尔亲切地说。

他们再也不说话了。儿子在房间里绕圈子。母亲的房间里没有传出任何声音。

"她在睡觉，"他悄声说，"肯定，她在睡觉。"

"那么劳累……在她这样的年纪。"玛塞尔在半睡半醒中喃喃说道。

她也睡着了。没有别的景观，没有别的事情可看，在夜里这样的时刻，他看着她翻身，沉没在遗忘里。紧接着，她那恬不知耻的呼呼声便响了起来，而她那惯常的不雅的睡眠也扰乱了他不眠时狂野的寂寞感。他走到窗前，打开窗户，呼吸着大街上黑黢黢的凉爽空气。刚凌晨四点，在他母亲醒来之前，他还可以支配大约三个小时的自由时间。他关上窗，坐下来，拿出他的皮夹子，打开，数数钱，再把皮夹子合上。他的钱不够。他试图忘记，便点上香烟，但只抽了两口便失掉了兴趣，掐灭了香烟，突然哭起来。他竭尽全力试图忍住哭泣，但没有做到。眼泪像脱缰的野马从他体内迸发出来，振动了他全身。玛塞尔没有动弹。母亲的房间里也没有动静，他不幸的警报并没有打破沉寂。他哭着，双手蒙住嘴巴以免被人听见。他没有被人听见。他的悲伤属于小孩子愿望受阻时那种幼稚的悲伤，所以格外极端，完全丧失理智。他边哭边走到厨房，把自己关在里面，用水龙头的冷水长时间洗着脸。这让他冷静。他从童年时代就有了自卑感，直到如今也还没有任何东西使他摆脱这种感受：人可以无缘无故感到不幸，他想，无缘无故。他母亲的房间一直没有亮灯，一直很安静。他的母亲是死了还是睡着了，那成天上树窥视小鸟的永不倦息者的母亲。他回到饭厅。鸟儿把你们引到老远，直到他自己选择的生活中这些寂寥的夜晚。他不再哭泣，然而，在他那颗心的位置上跳动的已是一块又黑又硬的石头。在他那石头一样的不幸中一直散发着玛塞尔睡眠的肉感的味道。明天，赶她出门，赶她出门，他想，现在，我就一个人。他走近壁炉，照照镜子。他不知道拿自己的身体怎么办。他急不可耐的心情已经平服下去，但在绝望中，他只能忍受站立的姿势。他甚至无法寻求到一个敌人：他母亲在睡觉，酒后睡觉，因而无辜。因此，他真不知道这一夜如何处置自己，这时，他突然发觉那十七只金手镯躺在壁炉上，那是他母亲晚饭后忘在那里的，她忘了它们是因为她喝酒太多，人太老迈，太溺爱他。他又坐了下来。再站起来，再看看那些首饰，无用的首饰。他随即再坐下。然后看看手表。然后下了决心。他在十七只手镯中取了两只，放在自己的衣兜里，再等片刻。需要一点时间了解自己刚干了什么，或者起码使自己师出有名。但他没有做到。或许因为这是他有生以来可能干的最坏的事。但是，他还未能肯定。他尤其不能肯定，因为一种久远而轮廓模糊的、为他辩解的理由在他灵魂深处冒了出来。那是我母亲，他想，那是我母亲，我又那么不幸，那是天生来理解我的不幸的母亲，她说得对，我们兄弟姐妹都一样，甚至最优秀的和我都一样。他悄悄走出公寓，怀揣着金子，走上去蒙巴拿斯的道路。

"偷来的，不错，但被偷的人是我母亲，七十八岁，对，完全不必担心。"他对赌博俱乐部专管这类不正当买卖的伙计说道。

"我什么也没有问你。为什么说这个？"

"我就是这样。啥都可以干，但从不撒谎。"

伙计把两只镯子换成他想要的东西给了他。于是他钻进赌台构成的绿草地，笑着，将自己的罪行忘得一干二净，相信神会保佑他。

他走后不久，母亲就醒了，她再一次冲进饭厅，叫醒了玛塞尔。

"哎呀！"她呻吟着说，"瞧我又一次醒了却不知道自己在哪里。"

玛塞尔开了灯。母亲发现儿子不在，看看床铺，十分吃惊。

"您记起来了吗，"玛塞尔说道，"他下去打电话订飞机票了。"

"他竟还没有回来，"母亲抱怨说，"瞧，小姐，我又渴了。"

玛塞尔连忙起床去替她取水。她喝了水，艰难地从安乐椅里站起身，朝壁炉走过去。

"现在都几点钟啦?"她担心地问,"我觉得夜是那么长,那么长。"

她拿起手镯一个一个数起来。玛塞尔用眼睛跟着她一道数。她叫了一声,但声音闷在喉咙里,嘶哑了,她随即坐进一把安乐椅,手镯散乱地放在睡衣上。

"唉!"她喃喃道。

玛塞尔等了等,一动不动,一言不发。接着,她坐在长沙发上对母亲说:

"不管怎么说,您也应该试试再睡一会儿。"

母亲看看睡衣衣襟里的首饰,哆嗦起来。

"对,实际上,"她说道,"我应该试试。但您也看见了,夜里过了一定的时刻,很奇怪,我连一点睡意都没有了……"

"跟您的儿子一样。"玛塞尔微笑着说。

母亲闭上眼。

"我的儿子,"她说,"我的儿子。"

"是的。"

她站起身,将首饰放在壁炉上,但此刻已没有丝毫小心翼翼的痕迹,就像放一些毫无价值的东西似的。接下去,她最后一次仔细看看这个房间,乱七八糟的床铺,还有这个女人,以及她儿子生活其中的可怜巴巴的室内环境。于是,很显然,惊讶战胜了她的痛苦。

"他会回来的,"玛塞尔说道,"您别担心。他就是这样,都以为他永远不会回来，但他却回来了。"

"我知道，"母亲冷静地说，"我知道。他在十八岁上已经这样了，我知道他会回来。您放心吧，小姐，我了解他。他干任何事都不会让我太吃惊……总之，您瞧，就么回事，因此，再见到自己的孩子……"

她回到自己的房间，睡下来，关了灯。玛塞尔也睡下，熄了灯。她们俩都睁着眼等待他回来。

他在黎明时分回到家里，轻松自如，自由自在，像虫子那样精光，成熟，终于——在这一夜——熬不过人所共有的疲劳。

"她来过了，"玛塞尔对他说，"她数了自己的手镯。"

他没有回答她，也没有什么可回答的，他坐到长沙发上，紧挨着她。

"你输了。"她悄声说。

他点头承认，全输了。她长时间注视着他，看见他那两鬓灰白的头发，他成熟而强壮的男人体形，他那双犯罪的手，她永远这样：内心充满悲悯和惆怅。

"她又睡了，"她说，"来睡吧。"

他抬眼望着她，对她那样的温柔感到吃惊，但也就是瞥见的那一会儿。

"她是我母亲。"他最后说。

他站起来。在这样的夜晚之后，在每一个这样的夜晚之后，他都认为自己总算疲倦了，总算体验到只有他这类英雄才能体会的要命的疲劳。他现在还这么认为。不过，这次他必须去看他的母亲。这是最后一次，他想。她一直等着他，一直，跟她这一生一样。她的棉布睡衣也跟过去穷困的时候一样，做得很宽大，她那条细细的白色辫子一半已经散开，躺在枕头上。曙光已经降临城市上空，她在曙光里微笑着。

"成了，"他说。他坐到床上，"你可以放心睡觉。"

"谢谢，我的小儿子。几点的飞机？"

"十二点十分。"

他取出一根香烟，抽起来。他不敢往床这边看。不过房间里一片平和的气氛。

"为什么明天就走？"他终于问道。

"为什么不明天走呢？"

他捏紧拳头，把烟灰朝前面弹得老远。

"那倒是。"

"我希望你理解我。我的小儿子，理解我吧。"

"我理解，妈妈。"

他扔掉香烟，倒在床上母亲的脚边，头藏在她怀里。

"我不能工作。我……我不想工作，我不想工作。"

母亲一直微笑着。

"我的小儿子。"

她不再哭泣，不，然而，她的眼泪却透过微笑在流淌。

"我理解，"她说道，"我原来也想对你这么说……因为，在某种意义上，你瞧，我更愿意你别去……因为我为你感到自豪……是的，是这么回事，我也为你感到自豪……你别去我那里。"

"别说了，妈妈。"

她的两只小手十指交错握在一起。但愿她死掉，但愿她死掉，儿子想。

"你要知道就好了，"她说，"别的母亲……她们为自己的儿子们自豪，当儿子们去看她们时，她们看见了什么？一帮资本家，一帮牛犊子，吃得肥肥的，蠢蛋，他们啥也不懂……不，我的儿子，你这个样子，我感到骄傲，像你这样的年龄……还瘦得跟猫一样……我的小儿子……"

抽泣使她全身震动。儿子站起来。她仍然笑着。

"住嘴！"他叫道。

他抓住她的手。抽泣停下来，她的声音又变成幼稚而柔和的哀叹。

"那是只有我一个人理解的另一种自豪。我感到痛苦的也正是这一点，我的孩子，就这一点，只有我一个人理解这种自豪，而且我想到我就要死了，我死之后，没有人会有这种自豪。"

儿子又躺到床上。我怕，我怕我自己，他想。

"睡吧，妈妈，我求你了。"

"好，我的小儿子，我这就睡。"

玛塞尔在厨房里听他们说话。她不敢进来。她感到这些人太不幸。她终于又哭了起来，她是在为母亲的命运哭泣。

蟒　蛇

大约是一九二八年，这事发生在法国某个殖民地的一座大城市里。

　　礼拜天下午，巴尔贝寄宿学校里其余的姑娘们都回家了。她们，她们在城里有"代家长"。晚上回校时，她们看够了电影，在"宝塔"吃饱了下午点心，玩够了游泳、汽车兜风，还有网球。

　　我可没有代家长。我整个礼拜都与巴尔贝小姐待在一起，礼拜天也不例外。

　　我们去植物园。去那里不花什么钱，却可以让巴尔贝小姐跟我妈妈索要额外的"礼拜天出游费"。

　　我们去看蟒蛇吞吞它的周日小鸡。在非周日，蟒蛇不吃别的东西。只有死动物肉或者病鸡。但礼拜天，它却可以吃鲜活的童子鸡，因为人们更喜欢这样。

　　我们也去看凯门鳄。二十年前，有一头凯门鳄，那是一九二八年养在那里的凯门鳄群中某一头的叔公或者父亲，这头凯门鳄曾咬断殖民军一名士兵的腿。那条腿从腹股沟的高度被咬断，因而使那可怜的士兵告别了军人生涯。他原本是闹着玩，用自己的腿去轻轻戳凯门鳄的嘴，哪知鳄鱼要玩就玩真个儿的，毫不客气。自那以后，在鳄鱼塘周围便支起了栅栏，如今，大家可以绝对安全地观看那些鳄鱼半睁着眼睛睡觉，为它们昔日的罪行浮想联翩。

我们也去看爱手淫的长臂猿，或生长在红树林沼泽的黑豹，那些黑豹在水泥地上快干死了，它们被关在铁栅栏里，永远拒绝透过栅栏看人的脸，因为那些人为它们极度的痛苦像魔鬼一样欣喜若狂；黑豹们眼巴巴望着亚细亚一条条绿色的江河河口，那些猴群众多的江河河口。

我们如果去得太晚，就会发现蟒蛇已经躺在鸡毛床上打瞌睡。我们仍然在它的笼子前面站上好一会。已经没有什么可看了，但大家都知道片刻之前发生了什么事，所以谁都会站在蟒蛇前面，思绪万千。那是凶杀之后的平静。那无懈可击的罪行是在雪白微温的鸡毛里完成的，那些鸡毛使小鸡的无辜显得更现实，更具有慑服力。那样的罪行没有污点，没有流血的痕迹，也没有悔恨。那是可怕灾难之后的秩序，是犯罪场所里的平静。

它盘成一团，黑黑的，亮亮的，像露珠一样发光，光泽比山楂树上的露珠更清纯。它的形体值得赞叹，圆得丰满，柔软，壮实，像一根黑色大理石圆柱不胜千年的疲劳而倾覆，最终盘成一团，并突然瞧不起它背负的沉重的自豪感和波浪起伏似的缓慢。这时，蟒蛇被体内的能量刺激得浑身哆嗦，它通过极其悠然自得的消化过程将小鸡融入体内，有如沙漠里灼人的沙子吸收水分；这样的圣餐变体是在神圣的宁静中完成的。在那绝妙的体内宁静中，小鸡变成了蛇。在均匀的长管内，两足动物的肉以令人晕眩的幸福不声不响地溜进了爬行动物的肉里。它的形体本身就难以辨认，滚圆的，外部没有任何明显的抓捕器官，却比任何爪子、手、掌、角或钩更有攫握能力。不仅如此，它浑身光得像水，众多物种中没有一样比它更光滑。

由于她的年龄和她的老童贞，巴尔贝小姐对蟒蛇完全无所谓。蟒蛇对我个人却产生了极大的影响。那样的情景使我成为爱冥想的人，也许还会让我精神振奋，假如我思想更活跃、更丰富，假如我的心更细，假如我有更宽广、更讨人喜欢的胸怀，直至重新发现一个造物主，重新发现世上善恶力量的明确分界线，这两种力量都是永恒的，一切事物都起源于这两种力量的冲突；或者，反过来说，直至起而反对所谓罪恶之源的丧失信誉，起而反对所谓无罪之源的信誉。

我们回寄宿学校的时候，我总嫌太早，回到学校后，巴尔贝小姐的房间里总有一杯茶和一根香蕉在等着我们。我们默默地吃着。之后，我就回到我的房间里。片刻之后，巴尔贝小姐又在叫我。我不马上回答她。她却一直在叫：

"来看一看……"

我便决定下去。否则她很可能会上来找我。我回到巴尔贝小姐的房间。我发现她老站在同一个地方，她的窗前，笑眯眯的，穿一件粉红色的连衣睡裙，双肩袒露。我站在她前面，注视着她，仿佛这是我义不容辞的事情，我们之间好像有个默契，每个礼拜天她欣然带我去看蟒蛇回来之后，我都应该这样做。

"你看出来啦，"巴尔贝小姐温和地对我说道，"这个，这是件漂亮的睡衣……"

"我看出来了，"我总这么说，"正是这个，漂亮睡衣，我看出来了……"

"我昨天才买回来。我喜欢漂亮内衣，"她叹口气说，"我年纪越大，就越喜欢……"

她站得直挺挺的，好让我欣赏她，她垂下眼睛，一副多情种子的样子。半裸着。除了我，她从来没有对任何人如此这般暴露过自己。太晚了。过了七十五岁，她永远也不可能在我以外的任何人面前这样显露自己。在这幢校舍里，她只在我面前这样出现，而且永远是礼拜天午后，当其余的学生全都出门，我们也参观过动物园之后。我必须在她定下的那段时间观看她。

"我能喜欢的也就是这个，"她老说，"我宁可不吃饭……"

从巴尔贝小姐身上散发出一种令人难以忍受的气味。谁也不会搞错。她第一次这样出现在我面前，我就明白了这种难闻气味的秘密，我闻出来了，那气味在校舍里飘浮着，是一种隐蔽在康乃馨香水下面的气味，小姐身上洒满了这种香水。这种气味从橱柜里钻出来，又和澡堂里的潮湿味混在一起，然后停滞不动，十分浓重。它在寄宿学校的门厅里滞留了二十年，在午睡时，便像打开了阀门一样从巴尔贝小姐的黑色花边内衣里散发出来，因为她每天午饭后准时在客厅里小睡。

"漂亮的内衣，这很重要。你得知道这点，我知道得太晚了。"

我一开始便明白了。整个校舍都充满死亡的气味。那是巴尔贝小姐老之将死的处女味。

"我给谁看我的内衣，除了给你，给理解我的你看？"

"我明白。"

"太晚了。"她叹着气说道。

我没有回答。她等了片刻，但我没法回答这样的问题。

"我白过了这辈子，"她等了一会儿，又补充说，"他从来没有来过……"

这种缺失折磨着她，这是错失从未来过之人的遗憾。镶嵌着"无价"花边的粉红色连衫睡裙裹着她，有如一块裹尸布，让她显得鼓鼓的，活像一只瓮，紧身的部分则将她拦腰勒住。我是唯一一个她展示她日趋衰竭的肉体的人。其他的学生可能会告诉他们的家长，而我，即使我把这事告诉了我的母亲，那也无关紧要。巴尔贝小姐收我当学生是给我们面子，因为那是我母亲格外坚持的结果。城里别的任何人都不可能接受一个本地学校的小学老师的女儿到自己的学校就读，他们害怕为此而让学校失去人望。巴尔贝小姐有她慈善的一面。所以她和我都心照不宣。我什么也不说，她也不说我母亲一件连衣裙穿两年，而且穿的是棉袜子，为了交我每月的寄宿费，她还得卖她的首饰。这一来，同学们既看不见我母亲，我也不谈我怎么过礼拜天——礼拜天出门不花钱而又开发票——而且我还从不抱怨，所以巴尔贝小姐十分看好我。

"幸亏你来了……"

我屏住呼吸。不过她有她善良的一面。而且她誉满全城，完美，纯洁无瑕有如她的一生。我老对自己这么说，而且她已经很老迈了。然而，这一切都不起作用。我仍屏住呼吸。

"什么样的生活！……"她叹着气说。

为了尽快了结，我对她说，她很富有，她有漂亮的内衣，至于其他的事，那也许并不像她想象的那么重要，人不能生活在遗憾里……她没有回答我，只深深地叹着气，又穿上了那件表明她平日德高望重的黑色花边衬衣。她动作很缓慢。当她扣袖子的纽扣时，我就知道马上要完结了，我又会有一个礼拜的安静生活。

我回到我的房间里。我来到平台上。我深呼吸。我处在一种负面的兴奋状态，这种兴奋是先后两个不同的景象必然在我身上引起的：参观动物园和观赏巴尔贝小姐。

大街上阳光灿烂，郁郁葱葱的罗望子树向周边的房舍散发大片大片绿色的香味。殖民军的士兵在街上走过。我朝他们微笑，希望他们当中有谁打招呼让我下去，并让我跟着他走。我在那里待了很久。时不时也有士兵对我微笑，但没有一个对我打招呼。

夜幕降临时，我回到那沾染了悔恨臭气的房间。真可怕。还没有一个男人向我打招呼。真让人受不了。我已经十三岁了，我认为现在还不走出这幢房屋，已经太晚了。一进入我的房间，我就把门关上。我脱掉紧身内衣，在镜子前面看自己。我的乳房干净、白皙。在校舍里，这是我生活中唯一让我看着高兴的东西。在校外，有蟒蛇，在这里，有我的乳房。我哭了。我想起妈妈的身躯，它是那样尽职尽责，有四个孩子在那里喝过乳汁，它散发出香草味，就跟衣衫缀满补丁的妈妈全身的气味一样。我想妈妈，她老对我说，她宁可死，也不愿看见我的童年和她的童年一样令人难以忍受；要想找到丈夫，必须学习，学会弹钢琴，学会一门外语，学会在沙龙里举止优雅；她还说，要想教会我这些东西，巴尔贝比她强。我相信我的母亲。

我坐在巴尔贝小姐对面吃晚饭，然后快步回到我的房间，以避免与回校的寄宿生打照面。我在琢磨明天将要发给母亲的电报，为的是告诉她我爱她。不过我从来没有发过这份电报。

我在巴尔贝寄宿学校待了两年，靠的是我母亲工资的四分之一和每周观赏一次巴尔贝七十高龄的处女躯体，直到那妙不可言的一天来临，那一天，由于无力支付我每月的寄宿费，绝望的母亲前来将我领了回去，她当时确信，我的辍学会让我成为她终身的负担。

那一切持续了两年。每个礼拜天。在那两年里，每礼拜一次，我必须首先观看一次暴力吞噬，吞噬者的长度和蜿蜒的体形都精确得令人眼花缭乱；接着是另一种吞噬，这种吞噬速度缓慢，没有具体的形状，而且是黑色的。这一切发生在我十三岁到十五岁之间。我当时一定得观看那两种场面，否则会得不到足够的教育，会"造成我自己的不幸和我可怜的母亲的不幸"，会找不到丈夫，等等……

蟒蛇吞噬并消化小鸡，遗憾也吞噬并消化着巴尔贝小姐。在我看来，这两种接连而又按时进行的吞噬，由于它们的连续性和经常性，都各自具有了新的含义。假如我只观看了那第一种吞噬，即蟒蛇吞小鸡，也许我会永远因惊恐而记恨蟒蛇，记恨它让我在想象里替代小鸡忍受巨大的痛苦。有这个可能。同样，假如我只观看了巴尔贝小姐，显然，除了让我凭直觉预感到人类承受的灾难，她也只会让我预感到社会秩序不可避免的失衡，以及由此产生的千万种形式的压服。然而，不，我两者都看到了，几乎毫无例外，一个接一个，在一天当中，而且永远按那样的顺序。由于这种连续性，看见巴尔贝小姐就让我想起了蟒蛇，那美丽的蟒蛇，它，身体健壮，在光天化日之下吞噬小鸡，反倒堂而皇之占据了单纯、明快、天生威严的位置。巴尔贝小姐也一样，我看过蟒蛇之后，她倒成了令人厌恶的典型怪物，阴郁、贪财、阴险、隐蔽——因为谁也看不见她的童贞如何被吞噬，大家只看见吞噬的结果，闻到那气味——这怪物凶狠、虚伪、胆怯，尤其是自命不凡。我如何能对那两种景观的连续性无动于衷呢？由于不知什么样的命运驱使，我和那两者都结下了不解之缘，我未能逃出黑夜怪物巴尔贝小姐封闭的世界，也未能与我在黑暗中靠白日怪物蟒蛇而预感到的他相会，我为此感到绝望得喘不过气。我想象着这个世界，想象着它随意而又艰难地扩大着，我预先把它想象成某一种巨大的植物园，在园里，在喷泉和水池的清凉里，在罗望子树浓密的阴影与大片强光的交替中，完成着不可胜数的肉的交换，交换的形式是吞噬、消化、交尾，完成得极度地欢乐而又平静，那是从太阳下，从日光里的东西升华出来的平静，明朗、微微颤动而又透出令人陶醉的单纯。我站在阳台上，站在这两种极端道德的交汇处，朝那些殖民军的士兵微笑，在蟒蛇笼子周围从来就只有这些男人，因为他们观看蟒蛇也不花钱，他们也身无分文。我对他们微笑，有如小鸟尝试着飞翔，非常无知，还以为那是为重返罪恶蟒蛇的绿色天堂而采取的合适方式。就这样，那蟒蛇虽然也让我害怕，却只有它使我重新找回了胆量和厚颜。

它仿佛正规实行某种教育原则一般强力地干预我的生活，或者也可以说，以对"恐怖"的绝对准确的定调干预我的生活，使我只在某一种恐怖面前感到真正的憎恶，这种恐怖可以用道德标准来定性：掩盖的想法、掩盖的邪恶，同样，还有隐瞒的疾病以及所有自我忍受而羞于出口的事物，反过来说，我对，比如说，谋杀犯一点都不感到憎恶。相反，我还为谋杀犯当中被关进牢房的人们感到痛苦，倒不完全是为他们本人，更多的是为他们被忽视的慷慨气质，这种气质在注定要失败的行动中戛然而止。我又怎能不用我对待悲剧性气质的偏爱来对待蟒蛇呢？既然在我眼里蟒蛇就是悲剧性气质的完美形象。多亏了它，我对所有有生命的物种寄予难以遏制的同情，我觉得这些生物的总体有如一种极为协调的必然，也就是说，它们当中缺少任何一种都足以无可挽回地使总体残缺不全。我对那些人颇不信任，他们胆敢对所谓的"可憎"生物种群作出判断，认为蛇"冷血而不声不响"，猫"虚伪而残忍"，等等。我认为只有一种人似乎真正属于我对种群的想法，当然，那就是妓女。妓女

（我是通过大城市弱肉强食的世界来想象她们的，她们追逐猎物，急不可耐，厚颜无耻地消耗他们，那是她们命中注定的气质）跟谋杀犯一样引起我的赞赏，而且我也为她们感到痛苦，因为她们也遭到同样的漠视。当我的母亲宣称她考虑不准备设法让我出嫁时，巴尔贝小姐立即出现在我眼前，但我一想到，我还有妓院呢，我就感到安慰，真幸运，不管怎么说，还有妓院呢。我把妓院想象成某种破坏童贞的庙堂（我很晚才得知妓院的商业性质），跟我情况相同的年轻姑娘，纯洁无瑕，因无缘结婚而去那里让陌生的男人、跟她们同类的男人揭秘自己的肉体。妓院是一种恬不知耻的庙堂，它应该十分安静，任何人都不该在那里说话，在我的预想中，在那里没有可能说任何一句话，匿名是全面而神圣的。在我想象里，姑娘们都戴着面罩溜进去。毫无疑问，那是为了得到种群的匿名权，模仿绝对缺乏"个性"的蟒蛇，蟒蛇是赤裸面罩最理想的携带者，它赤身露体，处女般光洁，无邪，只承载着犯罪的责任，而罪恶是从它光光的身体里出来的，有如花儿从枝桠里长出来。妓院漆成绿色，草木绿，蟒蛇的吞噬正是在这种草木绿当中进行的，那也是罗望子树的绿色，罗望子树用它的树荫遮盖着我的阳台，充满绝望的阳台，阳台周边排列着一个个小房间，在小房间里，姑娘们委身于男人，那儿就像某种游泳池，大家在那里洗澡，洗去自己的童贞，去掉肉体的寂寞。在这里，我应该讲一桩童年的往事，这桩往事会进一步证实这种看法。我想，那是在我八岁的时候，我的哥哥，当时十岁，有一天，他让我给他看那是"怎么"长的。我拒绝了。气疯了的哥哥便对我宣称说，女孩子"不用那东西会死，把它藏起来会闷坏它，还会病得很厉害"。我并未因此而照做，但后来我好多年都生活在一种痛苦的疑虑里，更因为我一直没有让任何人看过。当巴尔贝小姐让我观看她时，我倒从其中证实了我哥哥所说的话。我确信巴尔贝小姐就是因此才变得衰老的，她从未用它们奶过孩子，也从未暴露给男人看过。显然，人们是因为想避免受孤单的折磨才去让人观看自己的身体。凡是使用过的东西，不管怎么使用，比如给别人看，都受到保护。乳房一旦为某个男人所用，哪怕只准他看一看，看清楚它的形状，它的丰满、坚挺，这乳房一旦能够引起男人的性欲，它就会躲过那样的衰退。出于这样的考虑，我便把最大的希望寄托在妓院身上，那是让自己被观看最理想的地方。

蟒蛇以同样鲜活的方式证实了我这个信念。诚然，蟒蛇让我害怕，因为它吞噬，正如巴尔贝小姐深受其害的另一种吞噬让我害怕，但蟒蛇却禁不住如此这般吃掉小鸡。同样，妓女也禁不住去让人看自己的身体。巴尔贝小姐的不幸归罪于她逃避了很专横的自然法则，她未能明白如何让人发现自己的身体。世界也一样，还有我的一生，都面临一条双重的道路，必须作出干脆的抉择。一边是巴尔贝小姐的世界，另一边是专横的世界，不可避免的世界，是那种被认作命中注定的，也就是未来的世界，阳光充足的、灼人的、唱着的、叫着的世界，美丽而难于接近，但要想到达那里，必须适应它的残酷，有如人们必须适应善于吞噬的蟒蛇的场面。我看见我生命的未来世界正在升起，那是生命中唯一能够接受的未来，我看见它在和谐的音乐中，在像蛇伸展身体那样的纯粹中展现出来。我觉得，我一旦认识它，它将以这样的方式出现在我眼前：我的生命会在一种持续而壮丽的发展中浮沉，最后达到终结，有极度的恐惧，也有欣喜若狂，却没有休憩，没有疲惫。

道丹太太

每天清晨，我们的门房道丹太太拖出她的垃圾箱。她——用尽全身的力气，毫无顾忌地——恰恰相反——将垃圾箱从大楼小小的内院一直拖到大街上，指望着每天早上都把我们这些躺在床上的人惊吓一番，瞌睡被打断，像她一样。每当她让垃圾箱跳过隔开人行道和大门的两级台阶时，都会发出爆炸一样的喀嚓声，她正是靠这个声音惊醒我们。不过我们已经习惯了。

　　的确，在门房职务要求她干的所有活计中，道丹太太最恨的就是这个活儿。而且毫无疑问，向来如此。但是我不相信在巴黎还有任何一个门房会像她那样憎恨得如此坚定顽强——如此过分，必要时可以这么说。任何东西，任何时候都不可能缓解这种憎恨，习惯成自然的规律不行（她已经当了十年门房），生活经验和她的年纪也无济于事，连她与清道夫加斯东的友谊产生的强大鼓舞力量都爱莫能助。她每天都要反复思量此事，但她依然如故，深恶痛绝。而且从没有丝毫逆来顺受的意思。她和垃圾箱之间存在的，乃是生死攸关的问题。正是有了这个，有了垃圾箱，她才能活。但也正因为有了这个，她可能死去。关于垃圾箱，不止出于愤怒，也为了全面的取消。如果说别人有机会表现更惊心动魄的英雄主义，道丹太太，她，可就只有这么一个机会。生活让她投入的主要战斗就在于此。

她没有一天不向某个房客重新证实她对垃圾箱的这种憎恨。她总能发现一些新的憎恨理由。这些理由五花八门，而且毫无例外，全部都必然来源于显而易见的恶意。因为她每天都必须维持着它——这种恶意，她就得每天都拿一个房客当做议论资料。不管是谁。全街区最知名的成功人士也好，房客中最受尊敬的、最年长的、最有贡献的人士也好。一般说，谁最后倒垃圾，谁就得当道丹太太的出气筒。从头一个到最后一个之前，她还能忍耐，但对最后那一位，她必定大发雷霆。在我们圣欧拉利街五号楼存在的一种特殊强制服从正在于此。要倒垃圾就得找挨骂。换句话说，因为人吃饭，所以人还活着，所以人还没有死。等于说，你们找挨骂，因为你们没有放弃吃饭，没有放弃活着，因为人只要不那个，不死，人只要不出门，就会有垃圾，除非让垃圾将自己淹没到窒息，你总得倒垃圾。再说，只要敢，人们一般都是这样回答道丹太太的。枉然。她根本不买这个观点的账。她说我们的理由不是理由，她不想听。

"所有的房客都跟他们的垃圾箱是一路货，"她说，"比起他们的门房，他们全都是无赖。"

假如道丹太太有一次赞同我们的观点，对她来说，而且在她最可靠的帮凶清道夫加斯东看来，那就意味着与她的敌人——房客们永远的妥协。

因此，我们，圣欧拉利街五号楼的房客，我们对拥有垃圾箱的权利，我想说，生活的权利，虽然心照不宣，我们却认为它十分肯定，然而我们的拥有权竟随时随刻遭到质疑。我们当中有几位，最天真的几位，眼看自己跟邻居，比如六号楼的房客相比，竟如此不受尊重，老是义愤填膺，他们认为，自己在某些方面比那些人更为尊贵，那是再正常不过的事。然而，这些人，这些义愤填膺的人正是道丹太太最中意的人，她对这些人穷追猛打最有效果——而且可以肯定——也最快活。

那是极为辛苦的工作，她说，是她那样的年龄难以承受的活儿，之所以极为辛苦，是因为我们并非每天都倒垃圾。假如我们按应尽的义务每天倒垃圾，她解释说，垃圾箱就不至于那么重，她也就可以更容易地往大街上拖。然而，我们总一成不变地回答她说，归根到底，我们在一个礼拜当中不一定都在同一天倒垃圾，那岂不是一回事？或者说我们当中有一半的人每两天倒一次垃圾，或者我们当中有三分之一的人每三天倒一次垃圾，那不是一样吗？

"不一样，"道丹太太说，"臭气方面，那不是一回事。再说，别讲什么理由，我自己每天倒垃圾，你们照我办就行了。"

我们又陈述同样的理由。而她却说：

"你们怎么可能知道这些？我有把握，就像我呼吸一样有把握。"

我们当中有些人便放弃了争论。我们不再回答她。我并不每天倒垃圾，但我跟她解释了那是为什么，我对她说那有多么困难。当有人的垃圾箱里只有三根葱皮时，要他不等到第二天就把垃圾箱提到楼下，那是很难的。还有，人们也可能健忘，可能拖沓，可能等上一天再去迎战她的雷霆。道丹太太这才知道，有些人真心诚意希望每天倒垃圾，但他们不具备这方面应有的恒心。但愿这些人对此即便没有悔恨，也有那么点羞耻心，然而，人性就是如此……对上述那类房客，她倒可能倾向于将他们与房客群体稍加区别，起码区别于那些热中于强调他们的生存权、吃饭权、呼吸权，进而拥有垃圾箱权等等的人士。就好像问题是在这里似的。

她并不将她的那些道理当成祈祷文一般反复念诵，可是她利用起它们来反而巧妙得超乎寻常。她很清楚，有必要将那些道理加以变更，以便在我们这些房客面前保持她那垃圾箱烈士的威望。她很清楚自己那野蛮天才的影响力，这种天才可以解除最大胆人士的武装，也可以使最热中于争辩的人感到气馁。

不过，较之其他理由，她更少运用垃圾箱臭味这一点——显然是因为这个理由最能表达这一切于她意味着什么。诚然，在她的院子里，在她的门房旁边，垃圾箱里的垃圾一连几天存放不倒，这是她绝对受不了的，她不可能忍受这样的臭气，连想到这一点都万难忍受。然而，她不提这点。她只说：

"信教的人礼拜五吃鱼，礼拜天才见到鱼头。没道理。因此，信教也好，不信教也好，比起门房，房客全都是无赖。"

冷静想来，假如她自己确认有权感到垃圾箱太沉重，她却没有绝对把握认为自己有权感到垃圾箱太臭。因此，她只在愤怒的当儿才谈太臭，那时也就顾不得害臊不害臊了。假如说垃圾箱的重量的确是不争的事实，而且可以严格地衡量、证实，那么，垃圾箱发出的气味却是相对的——只与她的感觉、她的嗅觉有关。众所周知，这种臭味为所有垃圾箱所固有。所有的垃圾箱都臭，人们就可能对她说，您干脆承认吧，您不适合这份工作。然而，她想说服我们的恰恰与此相反：圣欧拉利街五号楼的垃圾箱很特别，它比其他的垃圾箱更臭，任何门房都不可能忍受那样的气味。因此，她只用转弯抹角的奸诈方式操弄这个理由，为的是别一开始就暴露出她憎恶这个工作，以及她无论如何都可能憎恶这个工作。哪怕对准时倒垃圾的房客也如此。她不想损害自己对我们的影响力，也不想断绝与她的敌人的联系。要不，她还能怎样发泄她那让人感到世界末日即将来临的怒气？这种怒气有时能持续四天，假如这怒气开始只针对一个房客，它很快就会扩展到别的房客，扩展到一般意义的房客群体，而且马上扩大到全人类——加斯东除外。因此，她不会笨头笨脑地对我们讲垃圾箱臭。她讲，瞧这些房客穿得那么讲究，从他们交的房租金额判断，他们是那么富有，谁也不可能相信他们会"虚伪"到竟能忍受家里的垃圾腐烂发臭好几天。她说，她，她自己，连她都受不了这样的情况。她，在生活里垃圾箱起着决定作用的她，她，卑贱中的最卑贱者，连她都忍受不了这样的情况。

也许我们当中的某一位应该给别的房客写封信，替道丹太太说点好话。有时，我想，我可以充当这样一位房客。然而，这类信件永远是那么回事。与其说为了给房客们看——谁在房客们面前替他们的门房道丹太太说好话，房客们都会变得油盐不进——不如说为了什么？为了把信交给道丹太太和清道夫看。大家想，只有他们俩可能理解我，可能为我的努力而感动。可是后来呢，我能怎样坚持按时倾倒我自己的垃圾箱？我自己的一切行为能严谨到什么程度？何况我对道丹太太稍有不慎，她就会揭露说我那封信是额外的虚伪表现。何况，别人过分希望她好，她反而受不了，因为这再清楚不过地对她证实了，任何东西都不能缓和她这位门房遭受到的房客们的真正否定，而且她认为，每日的垃圾箱苦役已使这种否定具体化了。

因此，既然没有收信人，下面，就在这里，就是我可能愿意写的替她说好话的两种信件。这是其一：

"我们的门房道丹太太硬说，由于我们每个人都没有天天倒垃圾，垃圾箱比天天倒垃圾的垃圾箱重得多——而且天天倒垃圾是我们对她应尽的义务。这种看法只有在某个奇异的巧合使我们几乎所有的人都在同一天倒垃圾的情况下才能成立。换句话说，似乎一个礼拜总有那么几天我们都有这样做的心情，也就是我们每个人都同时行动，而且那几天又非常适宜倒垃圾。道丹太太声称，这种做法已经延续了好几年。而我们当中又没有任何人试图核实她的说法。事实上，也不排除她有道理。我们都知道，世界上就有一些比这个奇异得多的巧合，我们并没有怀疑这类巧合，因为它们在我们面前呈现的方式很诱人——比如一些毫无根据的消息——也因为那些巧合与我们无关，不会使我们受到任何约束。那我们就接受道丹太太的说法吧。为什么不呢？那就让我们作出这微不足道的努力，每天倒垃圾吧。这样做，我们可以在她还能生活在我们当中的这段日子里让她得到最大的快乐。她会感到运送垃圾的苦活儿变得轻松了。而且，这苦活儿在她眼里会变成我们尊重她的标志，以及她战胜了我们的标志。"

假如我在这里谈及这封信，不会得罪任何人。然而，如果我把这封信用打字机打出来，装进信封，写上房客的名字寄出去，它肯定会惹恼所有的房客，无一例外。房客就是这样：只能白纸黑字，在书上同他们谈论他们的门房，否则他们会变得油盐不进。

下面是我可能愿意写的第二封信。这封信嘛，我可从没有盲目到打算认真将它寄给房客们。不过，这无疑是我特别愿意读给道丹太太和加斯东听的那类信件。

"你们可曾想过，"我会这么写，"我们可曾哪怕想过一次道丹太太抱怨的垃圾箱究竟是何物？那是我们不愿要的东西，我们带着厌恶之情扫地出门的东西，而这些东西却变成了决定道丹太太命运的东西，变成了她生存的理由，人们为此而付给她钱，它就是道丹太太每天的面包。她干这一行整整十年，她希望告诉我们问题之所在，这不是很正常吗？她想干什么？你们懂吗，她是想让我们明白事理。为了这个，如果可能，她甚至可以逼迫我们自己吸收自己的垃圾箱，吃掉我们的残羹剩饭，啃掉果皮烂菜，嚼碎我们啃过的骨头和旧罐头盒，吞掉我们的烟蒂，等等。正如她所说，是为了教会我们生活，或者更确切地说，教会我们明白，归根结底，生活究竟是怎么回事。然而，这种解决办法足以达到目的吗？当然不行。因为，那还只是我们自己啃的骨头，是我们朋友丢的烟蒂，而不是所有房客集体的无名骨头和烟蒂。那还不是那种新东西，与它的各个部分有所区别的东西，那种被叫做垃圾箱的实体，而这个实体正是落在我们的门房道丹太太身上的特殊职责的根源。因为事情发生在我们的垃圾箱上，同样也发生在，比如说，我们的思想上，甚至发生在我们的人生观，我们的见解上。我们的垃圾箱不是一般意义的垃圾箱。我们对，比如说，道丹太太的见解也说明不了道丹太太。而道丹太太的垃圾箱却是一般意义的垃圾箱，她对我们的看法全面说明了我们与她相比较时的状况。我们必须一劳永逸地承认这点而且接受这点。多亏有了垃圾箱，道丹太太才具备了抽象的能力，那是一种我们永远不可能具备的知识。以我们的排骨为起点，她找出了这条基本规律：'房客，比起他们的门房，永远是无赖。无论他们是干什么的。连最优秀的也一样。'在我们的某个垃圾箱里霉变了的鱼头臭了她一夜，因此在她眼里，这事儿与我们所有的人都有牵连。唉，事关我们的垃圾箱，我再重复一遍，也关乎我们的思想。我们一旦在社会上放纵我们的思想，我们又怎能知道这些思想的真实命运呢？道丹太太就是社会现实。我们的垃圾箱一旦到了道丹太太手里，就有了它的现实性。社会现实是严酷的现实，但我们仍然接受它。让我们接受道丹太太吧。我们对她即使不能满怀敬意，起码也应该有恰当的尊重。"

啊！假如我要求房客们对他们的门房应该有恰当的尊重，他们一定会认为自己受到了凌辱。他们会在这封信里看见比我试图保护的这位道丹太太对他们的最恶毒辱骂严重得多的辱骂。我就可能进入敌人的阵营，还可能背叛房客的钢铁战线。

然而，事情还不止于此。还有下面这些事呢。

一封信，无论什么样的信，只要写得有利于道丹太太，只要作出非同寻常的假定，认为此信也许能够促使房客们更加公正地对待她，我担心这封信对她可能坏处多于好处。假如她的房客都变得无可指责了，她岂不会对敌人伤感怀旧？那她还能剩下什么招数呢？道丹太太对上帝有着非常明确的概念：

"上帝嘛，不是什么美妙的好玩意儿，这是我说的。再说，圣子和圣父都是一路货。"

她对社会主义的概念也同样明确：

"共产党员，跟神甫是一路货，除了他们说他们保护工人。他们就会重复老一套，说什么必须有耐心，这么着，没办法跟他们讲话。"

不过，道丹太太对资产阶级社会普遍承认的制度之一仍然持怀疑态度，那就是大城市中各居民楼设公用垃圾箱的制度。

"为什么各人不倒自己的垃圾箱？为什么非要一个女人去倒其他五十个人的脏东西？"

假如我们都有可能做到令道丹太太满意，使她成为一名幸福的门房，就不会从圣欧拉利街五号楼刮出这股平均主义的愤怒之风，将我们所有的人无一例外地卷走。岂不是应该保护这样的可能性，事实上在日常生活中很难得的可能性？我们当中某些人发现，他们最天真不过地认为自己应该拥有的权利遭到了道丹太太的质疑，不光是，比如说，礼拜五吃素的权利，更重要的是公开实行吃素的权利，公开到这权利仿佛成了普遍的需要，归根到底这岂非正中她的下怀？

因此，我选择不发送替道丹太太说好话的信，还是让她在憎恶中继续执行她倒垃圾箱的职责吧。那就让她待在那里干那些不可避免的事吧，否则她会失去门房的位置。那就让我们继续遭受她的怒斥，忍受她的诅咒吧。这并非得不偿失。

而且，再说一次，事情还不止于此呢。

原来，她是在抱怨大家时发现她唯一的、无与伦比的朋友清道夫加斯东的。从一开始，加斯东就鼓励她讨厌这个工作，相信这个工作超出了她的能力，而且从此以后，他竭尽全力使她保持着对我们的憎恶。就这样，道丹太太与清道夫加斯东建立了十分特别的亲密感情，对这种感情，我们当中任何人都不可能有丝毫的概念。大家想，假如谁剥夺了加斯东给予她的这种精神补偿，这是否会给她造成更大的危害，假如我们努力更公正地对待她，这是否会对她反而没有好处。

她每天清晨拖垃圾箱已经六年。无论是冬天，春天，还是夏天；无论是礼拜天，七月十四日，复活节还是解放日。六年间，她抱怨房客们，她试图说服房客们，一想到他们那么蔑视她，从不愿作出努力，而且是非常微不足道的努力，每天倒自己的垃圾箱，她是多么愤怒，多么痛苦。六年间，她吃这碗垃圾箱饭，绷着脸，带着仇恨和憎恶，带着谁也无法毁损的尊严。

季节不同，总归还是有区别。比如，夏天，六点钟天就亮了，在等待加斯东时，道丹太太会和"蓝鸟"家庭膳宿公寓的女老板咪咪小姐聊天。原来，在夏天，咪咪小姐六点钟就起床了。她穿着睡衣站在家门口，待上一刻钟或者更长时间，无精打采、规规矩矩地打呵欠。她在两个哈欠之间与道丹太太谈话，或者更确切地说，回答她的问题。每个房客睡在床上都能清楚听见她们说的话。总是道丹太太先开口，话题也总是垃圾箱。道丹太太从不向咪咪小姐道早安。她会立即开始抱怨，或嫌垃圾箱太重，或嫌当天垃圾箱里的内容特别，或嫌垃圾太臭。

"太过分了。就算是男人，也会觉得太重。臭得能招来老鼠。"

或者还会说：

"五楼那些人，起码有五天没倒垃圾了。这么下去，每个礼拜天都得这样。"

要么咪咪小姐回答说，的确，这太过分了，要么她什么也不回答。当道丹太太指控房客的政治或宗教见解时，她便不置可否。

然而，在夏天，由于咪咪小姐在场，道丹太太的苦难毕竟更容易忍受一些。在最关键的时刻，她总可以得到回应，诚然，咪咪小姐的回应有些胆怯，但却很真诚。

道丹太太一旦结束对垃圾箱的抱怨，她的声音会变得温和。与咪咪小姐，她并不坚持谈垃圾箱，因为她认为对方未必能全面理解她。"傻头傻脑的，也不能光自己说话呀，"她说，"我自己明白。"于是，她开始谈天气会怎么样。

"天，阴沉沉的，"她说，"快起暴风雨了。"

或者：

"天，晴开了。老实人会觉得是个好天气。"

咪咪小姐几乎总是赞同她的看法，她甚至经常对道丹太太关于天气走向的意见补充某些精确的看法。

"将近中午就会出太阳。"

或者：

"快到晚上时就会变坏。天阴沉沉的。"

"岂止是天沉，"道丹太太暗指垃圾箱也沉，"再说，天气阴沉起码对所有的人都一样。"

带着恶狠狠的样子，她用手指头指指她谈到的那边：一片乌云慢腾腾地向清晨的天空发起了进攻。

接着，六点十分，清道夫加斯东如期来到。

他从不在道丹太太拖出她的垃圾箱的当儿准时到来。在道丹太太拖出垃圾箱前十分钟，他开始清扫圣欧拉利街那段路，她边等他，边与咪咪小姐谈话。当他来到这条街七号楼那边时，即是说当他能听到她的话音时，她也照样如期宣称：

"这不，又一个不会难过的人来了。"

于是，在她的恳请下，加斯东停止扫地，加入她们的聊天。这一来，谈话便更广泛了。几乎每个早晨都会谈到他们各自的职务，这些职务蕴涵的有利和不利之处。

"清道夫，起码那是个职业。"道丹太太先说。

"啥时候都别讲自己不知道的事儿，要不，就有可能胡说八道。"加斯东回答说。

加斯东也同样憎恶他的职业。但他却再也不为此而愤愤不平，而且与道丹太太相比，他对自己的职业有着更达观而苦涩的态度。他不说服道丹太太相信他们俩的条件完全相等决不罢休。他对她说，扫来扫去，永远扫那几条街，每天早上都重复干头天干过的事，这也并不那么有趣。他还说，他不知道有哪个行当，有哪一个行当像他的行当那样令人不满意。

"您对我说说，"道丹太太回答他，"哪样事不是天天重复干？除非死掉，不是每天都一个样吗？"

"那当然，"加斯东说，"但是，我扫完一条街，再一回头，就看见胖老太太的狗狗安安静静在我扫过的人行道上拉屎，而且我还没权训他们，那又该怎样？"

"得把那些狗狗都毒死，"道丹太太大声说，"我们这里，倒没有一个人敢牵狗来，他们很清楚。只要来一个，我就把它毒死！他们没有狗我都烦死他们了。"

"并非所有的人都像您。"胆怯的咪咪小姐壮着胆子说道。

"不管怎么说，"道丹太太又说，"清道夫，还是个好行当。狗狗嘛，您不回头不就得了。"

"那雪呢？"加斯东说，"您考虑过雪吗？要是半个月里天天夜里下雪怎么办？"

"那倒不是最烦心的事儿，"道丹太太说，"再说，雪对肺有好处。"

而且，一年也差不多就下半个月的雪，她说。在夏天，在春天，他就不会说清道夫不是个好职业。至于她，她就不知道还有什么比清道夫更好的行当。她说，这个行当最大的好处是，干活时可以不真干活，扫地时可以不真扫地，可以边干边想别的事。假如不去想自己在干什么，清道夫这个行当就是世界上独一无二的，她说，在街上就像在自个儿家一样。

"您只管想您的爱就行，啥也挡不住您。"她说道。

"我就想您，"加斯东说，"您就是我的爱。"

人可以边扫地边看，道丹太太说。可以聊天。可以在扫地时知道好多事情，她说道。她有时候会因为加斯东那非同一般的心平气和而气冲牛斗，当她理屈词穷时，她总作出这样的结论：不管怎么说，清道夫这个活总是一个职业，而她干的活却什么也不是。她并不作别的解释，为了说服他，她只一而再再而三地肯定说："您扫完了地，您就扫完了地。"或者："街道扫干净了，街道也就扫干净了。"而她，恰恰相反，她当门房永远没个完，哪怕在夜里，"拉铃绳"也不给她多点时间做做梦。

"是这样，"加斯东说，"您嘛，您已经老了，但是那些新婚夫妇呢，拉铃绳恐怕会打断他们的好事。"

"别在她面前说这个。"道丹太太一边乐，一边指着咪咪小姐说。

"对不起，"加斯东说道，"架不住真是那么回事儿。"

"那不是个职业，"道丹太太又说，"但那特别让人受不了，牵涉到垃圾箱，特别特别让人受不了。"她毕竟没有进一步发挥这个话题。没有必要。加斯东理解她。

"说到垃圾箱，"加斯东说，"是那么回事。您瞧，道丹太太，我们有职业，我们这些人，就像他们说的，没人赏识。"

"这个嘛，"道丹太太说道，"也是那么回事儿。"

"比如，"加斯东说道，"就说他们的夜总会吧，他们叫做圣欧拉利夜总会，我每次到那里都关门了。音乐结束了，其实还有漂亮妞，就穿紧身胸衣。我知道的，也就是，夜里，撒尿可雄了。夜总会的墙壁就是证明，都是黑的。怪着呢。"

"肯定得撒尿，"道丹太太说，"因为他们整夜都在喝。"

这么着，清道夫加斯东看见的就是撒尿。加斯东已经提升到这些先生撒尿的水平了。

好哇，加斯东的话匣子打开了。于是，道丹太太带着自豪看着他，也带着爱意。加斯东表达准确，与道丹太太有着同样的天赋。咪咪小姐垂下眼睛。她觉得加斯东所讲的一切似乎都在暗示某些多少可以明言的打算，而且这些打算似乎出自于某种危险的心态。咪咪小姐害怕清道夫加斯东。另一方面，此人看见她操持自己的膳宿公寓，孤单单的，那么热中，又那么一丝不苟，那么心满意足，那是一种最正当不过的满意。他虽然目击了这一切，却从来没有被咪咪小姐邀请过，因为没人去想象她会邀请谁掺和到这种完全建筑在谦卑的自满自足之上的幸福里来，建筑在节约和问心无愧之上的幸福里来，为此，他不可能不产生希望看见这种幸福破灭的企图。也许，这正是清道夫加斯东的企图，此类企图乃是他的天性和他长期的职业训练造成的。如果说加斯东每天都跟咪咪小姐聊天，他可从没有亲眼见过她的膳宿公寓，因为除了道丹太太的门房小屋，他从没有看见过他每天清晨扫地时在门前走过的大楼内部。他唯一可能得到的机会——闯入，比如说，咪咪小姐家，最终侵犯那满意的殿堂的机会——那就是某一天在咪咪小姐的膳宿公寓发生一起，比如说，什么悲惨事件。而且，并非任何一起悲惨事件，而是一起巨大的悲惨事件，大到可能引来一帮司法窥淫癖者、一帮警察、监察员、调查员，还有——为了给混乱和缺少第一时间的监督火上浇油——好奇的人们、邻居以及（为什么不呢？）清道夫。透过他的话语，咪咪小姐显然已经看穿了加斯东怀抱的欲望的性质。于是，从一开始，她自然就成了道丹太太和清道夫加斯东喜欢的玩具。而他们俩呢，从另一方面说，又给她的生活提供了分享自由、大胆、冒险场景的唯一机会。她充分感受到，这两人在让她冒险，冒艺术的险，对她来说，他俩就是电影、阅读、戏剧，所有她过去一直拒绝的东西。也许，这就是为什么咪咪小姐永远禁不住聆听道丹太太与清道夫加斯东谈话的原由，尽管他们无边无际的不满，和他们的表达方式一直让她发抖。

"假如根据撒尿来判断，"加斯东继续说道，"那一定喝得很雄。"

"撒尿，所以就喝呗。"道丹太太说。

"那让我想起了一件事，"加斯东说，"一个哲学家说过同样的话：'我思，故我在。'"

"如果说不出更好的话，他最好住嘴。"道丹太太说。

"说这句话的是笛卡儿。"清道夫说道。

道丹太太乐了。

"啥卡？说起卡，我知道有食品卡。"

"暂且说吧，"加斯东说，"那对我们啥好处都没有。"

"这个嘛，"道丹太太说，"我真不晓得啥对我们有好处。四楼有个作家，没让我得啥好处。他可是全楼最脏的。"

"不能一概而论。"咪咪小姐大着胆说道。

"是咱街区愿意这样，"加斯东说道，"这里所有的人多多少少都是些哲学家。"

"好像是，"道丹太太说，"但那有啥相干？是哲家就不洗屁股啦？"

"有相干，"加斯东说，"不过，解释起来道理深着呢。"

"您太夸张了。"咪咪小姐又壮着胆说。

"照这么说，如果我不洗屁股，是因为我也是哲家喽？"

"谁都沾点哲家的边，"加斯东说，"就这个道理深。"

"这么着，我也是哲家。"道丹太太乐呵呵地说。

"为啥？您不洗屁股吗？"加斯东问道。

"哲家不哲家吧，对咱都没啥好处。"道丹太太又说。

"这个嘛，"加斯东也说，"倒真是那么回事儿。"

"就凭他们那聪明劲儿，"道丹太太又说，"他们最好找出点啥东西来取消垃圾箱。您爱怎么说怎么说，反正那玩意儿不该存在。"

"在美国，各家都有自己的私人垃圾箱。除了大罐头盒，啥都可以扔进去。你们瞧，在法国，新修的大楼也都有私人垃圾箱，连廉租房都有。"

"我太老了，"道丹太太说，"现代大楼里，需要的是很年轻的门房。她们年轻，啥也甭干。我呢，我老了……可是，不去美国找，也可以找到点啥。"

她在解释她的想法。她呀，她希望每条街道的道旁都有专门的阴沟孔，每天晚上，人人都得在那里倒垃圾。"这能教会他们，"她补充说。她没有说明"这能教会他们"是什么意思。也不必说明，加斯东理解她。她想取消的，是垃圾箱和阴沟之间的中间环节，也就是不具名的垃圾箱；垃圾箱只有变成公用的、混合的，只有失去它们的个体特色才让人受不了。清道夫理解她，因为他的职业跟她的一样，之所以存在，是由于人们一路走一路扔垃圾，他们走到哪里扔到哪里，一副毫不在意的模样，跟狗没啥差别。

"您在要求办不到的事，"加斯东说道，"而且这会取消巴黎市好多职位。开自动倒卸垃圾车的小伙子全得失业。还不算收集利用

114

破烂的托拉斯再也没法运营。"

"有一种，"咪咪小姐再一次斗胆插话，"垃圾箱比您的垃圾箱完善。那是带盖的大垃圾箱。"

"那是德国的垃圾箱，"加斯东说，"完全密封的。"

"恐怕就是那种，"道丹太太说，"闻不到臭味儿。拖它时也瞧不见垃圾。"

"还有，"加斯东说，"美国军队的硬铝垃圾箱。那种垃圾箱跟德国垃圾箱一样，有盖子，但轻得多。我认为这种垃圾箱最好。"

"你们以为，"道丹太太说道，"那些无赖房客会为我签名向房东请愿吗？会要求我起码有一个带盖子的垃圾箱吗？才不会呢！这种事儿，他们太自私自利了！可是，就该各管各的臭屁，各管各的垃圾，这才像话嘛。"

道丹太太生活中最大的事件，让她最舒心最满意的事件，就是道政管理处的员工罢工。一般说，加斯东早上一到，总是他第一个向她通报这些事件。

"两三天后就得干起来。"加斯东说。

咪咪小姐低下了头。她不喜欢罢工。罢工让她恐惧，就像清道夫加斯东雄壮的能力让她恐惧一样。

"早该干了，"道丹太太说道，"这么说，刮顺风了。"

她唱起来：

"顺风来了，顺风来了……"

于是，对每个房客，道丹太太都要得意扬扬地通报这件事。

"好了，从今儿个晚上开始罢工。"

"罢什么工？"房客们毫无恶意地问，他们还没有得到消息。

"嘿，我对你们这么通报，你们说能罢什么工？"

罢工这天晚上，房客们或者他们的保姆一个接一个走下楼，经过她的门房小屋，去圣欧拉利街的阴沟孔倒垃圾。道丹太太神气活现地站在门口，看着他们。她领略到片刻的幸福。这话说得不算太过分。

"瞧这一大队人。简直是圣体瞻礼。有些人有别的大队伍，我呢，那就是我的队伍。"

加斯东到来时，她正在等他，她眼看着人行道上杳无人迹，便怡然自得，心满意足。

"这么着，啥事儿也不干喽？"加斯东边问候边说。

"您说的没错。"道丹太太回答道。

"应该好好享受它，"加斯东说，"这就跟青春一样，长不了。"

他们说话的声音一直传到我们这里，话音响亮的程度随着他们在大街上占据的位置而有所不同。道丹太太和咪咪小姐各自站在她们自己的人行道上，清道夫呢，他却站在大街的中央。前几批行人并没有打扰他们，行人的脚步却仿佛在给他们的话音加标点。在一天当中的这个时辰，圣欧拉利大街属于他们。道丹太太先抱怨垃圾箱，然后诅咒我们，到最后，尽管不情愿，她不得不谈谈即将出现的天气情况。清道夫则拿他们生活的倒霉状态开玩笑。世俗生活的

116

清晨。贫嘴的清晨。这些事情应该讲得格外精彩，精彩到敢于毫不脸红地让道丹太太自己和清道夫加斯东读一读！①

当道丹太太和加斯东的闲扯停下来时，六点半左右，自动倒卸垃圾车的轰鸣便取而代之，原来垃圾车已经开到圣欧拉利大街上了。垃圾车每天早晨开过来，一年四季的每天早晨。大部分时间，人们还在睡觉，听不见它，但有人听见时，也知道每天都有垃圾车来。大家认为那是每天都必然听见的声音，是生活的有机组成部分，但因为习惯中的事物淤塞现象，人们经常听不见这种声音。正如人们有时听不见自己的心跳。也正如在旅行时，在乡村散步时，间或也听不见火车的声音。一辆机车过去，而我们却在突然间被带到多辆机车经过的世界。而且还记得起来。世界上还有千千万万辆别的机车在某些地方经过，这样，除了自己，别人也一样。于是，人们又处在全球的机车世界里，那里到处是机车，那些机车朝千万个方向飞驰，拖着无数的车厢，车厢里挤满了当代人，他们出差，他们旅行。自动倒卸垃圾车也一样。垃圾车把我送到我这个世界的垃圾箱王国里，这些垃圾箱里满是我的同代人丢弃的果皮烂菜和其

---

① 去年，咪咪小姐在她的小园子棚里的地方养了一只公鸡，我们每天清晨都听得见公鸡唱晓，带着怀旧之情，啊，多么惆怅！显然，是想重新投入那相同的景况之中，时间一长，这相同景况竟变得可疑了。那是第六区唯一的一只公鸡，三万居民当中唯一的一只。提起它，道丹太太便说："这家伙跟它的老板娘一样笨头笨脑，我可了解自己。"这倒霉蛋，我们大家都能听见它一到破晓时就唱。尽管道丹太太提供的信息很现实，而且明显很单调，它却理所当然地能够让某些人想到那只公鸡在啼鸣，所以，在这只公鸡身上看出什么宇宙性的别致是不合时宜的。搞错这点甚至会提供一个诗意蠢行的榜样。——原注

他残渣废物，我的同代人生活着，吃着，吃着，为了保养身体，为了延续生命，尽可能延续生命。他们依照我们大家共同的新陈代谢规律消化着，吸收着，以如此巨大的不屈不挠的毅力，想起来的确很巨大，所以我们共同期望的这种不屈不挠的毅力本身的说服力，就足以与我们最著名的教堂媲美，甚至超过那些教堂。这支异乎寻常的人类咀嚼之歌每天开始唱，每天黎明又由街道的垃圾车重唱，它乃是——管你爱听不爱听——无法征服的当代人类有机群体之歌。啊！在垃圾车面前，没有什么陌生人，也没有什么敌人！在垃圾车那巨大而美丽的大嘴面前，所有的人都一样；在永恒面前，所有人的肚子都一样。因为，对垃圾车那张大嘴来说，不存在任何区别。归根结底，啊，希望我倒霉的五楼的房客，跟我们的尘土一样，总有一天都要混在一起，同样，我的排骨也会随便跟你的排骨相混，扔进那么可爱的垃圾车独特的肚子、后边的肚子里。

有时，也有这样的情况，清道夫也对天气的走向发表自己的意见。他的语调说明他已看破红尘，而且，他的语调不像道丹太太那么低沉，也没有她那样教训人的味道。尽管清道夫还年轻，有关天气会怎样的问题，他却相信人是注定没有把握的。

"相信我，人永远不可能知道天气会怎样，谁对天气都不可能有把握。有时候，一下子就变了。"

加斯东变成了看穿一切的清道夫。

四年前他可是另外一个人。他步履稳健，站姿笔挺，外衣纽扣也总扣得整整齐齐。他仪表堂堂，自豪而高贵。他站在街道中央，用他那欧石楠大扫帚扫地，动作大气而端正。头上的大盖帽稍向耳边倾斜，报纸从他的外衣口袋露出来，十分显眼（他永远对各种性质的时事了如指掌，他认为这是关乎荣誉的问题），他扫地时那潇洒，那效率，真可谓至高无上。他扫人行道也从不离开大街中央，连大货车也不得不绕过他身边继续前行。他扫地的技术本身也与众不同：有时从人行道，有时从车行道，他胳膊一挥，一大扫帚将他扫的一切脏东西甩到街沟里。那一刻，他对他的生存状态感到如此满意，我竟向道丹太太打听，他的清道夫职业是否他的副业，瞧他那样的自信，他是否某个大人物，甚至是某位权贵，再说，类似的情况也时有发生。然而，道丹太太说，不是，他这辈子从未当过别的什么，除了圣欧拉利街区的清道夫。

如今，再也不是当年的同一个人了。道丹太太，我，加上所有认识他的人，我们都知道，他已经不爱他的职业。如今，他与所有其他的清道夫没有什么两样，除了喝三四口白葡萄酒，外加他特有的一种悲哀。他长胖了。每隔两三个月，道丹太太都要在他那巴黎路政处制服上移动纽扣。谈到她那唯一的朋友，她很担心。

"我原以为，"她说，"那是阅读弄的。但不光是这个。事情不简单。"

总而言之，加斯东扫地已开始越来越慢，越来越马虎。中午前后，道丹太太看着他从大街上走过来，便摇摇头，表示谴责。他扫了街，但街道仍然跟没扫时一样脏。而他自己，也越来越不整洁。他扫完地后，不像过去那样扛着扫帚，而是将扫帚拖在身后。道丹太太恐怕明白问题的症结，明白近两年来加斯东心里一直在酝酿着什么。否则，她的担忧就无法解释。然而，她很不情愿谈论这事，她不喜欢谈他的情况。

如今，加斯东看上去活像昔日放荡不羁、寻欢作乐的人。他已麻木不仁。可以这么说：他见多识广过头了。而且我认为，他的毛病就在这里。的确，这一带所做的一切，所发生的一切，都有他这个见证人，都有他这个匿名的看客，仿佛就他一个人是观看一切的真正观众。他参与了所有的事件，公众的或私人的，只要发生在他清扫的大街上。对单单一个人来说，这的确多得过头了。因此，如今这一带的居民尽可以去世或者初领圣体，他再也不会因此而激动。他对人间的一切事件再也不感兴趣。那些事让他厌烦。谁临终也好，谁结婚也好，谁出生也好，他都有自己的看法、自己的哲学观点，那也许是真正的清道夫观点和看法。对他来说，初领圣体、结婚、死人，都一成不变地以同样的方式告终：将鲜花扔进街沟。他则引导鲜花顺水流到它们的最终目的地：下水道。他向道丹太太通报说："七号楼四层，儿子结婚。"然而，他从不走进任何一个楼层，从不进入这些人的家里，而为了这些楼层里的人，他每天清晨都要将道路扫得干干净净，让他们再也看不见他们留在身后的痕迹。对那些人，他只知道他们的姓名、事迹和公众行为。他从人们的喜事和丧事中只看到精力的消耗，他插手的只是完成最后的行动：清除痕迹。

有一段时间，他也许认为自己可以是另外一种状况；他认为人们看见他每天完成这份无可指责的工作，会亲近他，会设法更好地了解他。也许他因此而抱着希望，认为他的职业适合于满足他的好奇心，满足他那了解人们的巨大胃口，而且他可以变成圣欧拉利街区居民的灵魂和良心的清道夫。显然，他甚至料想自己可以听到大家对他一个人说知心话，对他这个傻乎乎的人、默默无闻的人，这个没有特殊个性的清道夫说知心话。可惜呀！人们花不起这个时间。而且大家也没有太多机会同清道夫聊天。

在过多希望之后，加斯东绝望了。现在，当他打听咪咪小姐的一只眼睛情况如何（约莫一年以来，咪咪小姐的一只眼睛情况很糟）：

"那只眼睛，怎么样啦？"

咪咪小姐便回答他说，眼睛的情况要多好有多好。

"谢谢您，好像上个礼拜又好些了……"

他遭遇了谎言。他遭遇谎言时，已从道丹太太那里确切知道，咪咪小姐的视力一天不如一天，她之所以对他隐瞒真相，是因为她害怕，那是一种说不清道不明的恐惧，这种恐惧肯定是由她个人的生活方式引起的：害怕某一个晚上，假如加斯东比平常喝得还多，而她的视力又低得恰巧认不出他，他也许会下作到闯进她的膳宿公寓，总之，闯进她寂寞的生活，闯进她的幸福。这完全有悖于她管理公寓的清誉，有悖于她个人的清誉。她害怕这个，而且认为加斯东的话说到一半已经给她的恐惧提供了实证，尤其在他打听她的眼睛状况时。

就这样，谁会相信他呢？连有关咪咪小姐的眼睛状况，加斯东都听不到真消息。在这样的情况下，他怎能不一天比一天更靠近道丹太太呢？他怎能不去享受他曾经等待而又遭到拒绝的快乐之外的快乐？比如，吓唬咪咪小姐的快乐？让她的恐惧得到证实的快乐？扰乱她睡眠的快乐？而且，眼见诚实正直本身如此之吝啬，如此之难于实施，他怎能不私下希望另类的不诚实不正直？

加斯东来到咪咪小姐身边，他没有打招呼，却对她宣布说：

"皮埃罗死了（说的是疯子皮埃罗），大家会更闷得慌。"

或者说：

"一桩大罪案，加上又困难时间又长的调查，这是清道夫能遇到的最大的好事。怀疑清道夫是见证人，询问清道夫，那算他们运气，要不，哪能处理罪案。对清道夫来说，那是唯一的消遣，也是唯一被人看得起的机会。在这个没啥罪案的破街区，我永远也没有这个机会。但是，一旦我遇上这个机会，如果调查是否成功取决于我的证言，我就想方设法让调查拖得越长越好。"

他说完，便在咪咪小姐惊恐的眼神和道丹太太欣赏的目光里走远了。

"一段时间以来，"咪咪小姐说道，"我不晓得您注意到没有，他变了，而且应该说，不是朝好的方向变。"

道丹太太毕竟相当瞧不起咪咪小姐，所以她不会告诉她对加斯东变化的想法。

"像他这样的男人，"她说，"并不是所有的人都能理解的。一开始，我琢磨，那和吕西安有关，垃圾车上那小伙子塞给了他太多的书。但是，现在，我认为这不能解释一切。还有别的东西。"

人与人之间发生的大事已经引不起加斯东的注意和好奇，引起他好奇和注意的是物质世界发生的大事。尤其是翻修大楼。除了道丹太太，她还能激发他的热情，其余任何个人都已引不起他的兴趣。眼见工人们待在高高的天桥上，或者坐在木板上，或者系着绳子吊在离大街十五米的高处，不要木板垫脚，一边刮着，粉刷着，用水泥砌着石头，一边聊着天，就这景象还能引起他对雄浑世界的思念。他观赏着那些工人，把整个身子靠在他的扫帚上，靠在他那过分女人气的工具上。他时不时也跟他们说上几句话。他问那些人工作进展如何，有些什么困难。街区最后一个翻修工程，即市镇小学的翻修拖了很长时间，夏天的整整两个月，这对他的影响特别大，而且也许是决定性的影响。他扫地的节奏越来越慢，每一扫帚都如此软弱无力，这充分揭示了他的精神状态。因为翻修大楼的景象在激发他热情的同时，也使他气馁。别人的工作让他的职业显得越发微不足道。于是，他只扫扫街沟和人行道，而且两眼朝天。他再也不扫街中央了。道丹太太在大门口叫着他说：

"干这活儿用不着您的两齿耙。"

他连回答的话也不说了，只冲她笑笑。

我也是在翻修市镇小学的时候再一次试图对道丹太太谈起加斯东的状况的。像他那样的男人，我说，又年富力强，他是否应该换一个职业？当然，我跟她意见一致，清道夫是个风光的好行当。然而，你在干这一行时，再也没有丝毫的满足感，你已经将其中的快乐消耗干净了时，这个寂寞的行当一定会变得比别的行当更令人难以忍受。加斯东已经不是街道景色最快乐的看客，他已变成最郁闷的清道夫，这不是事实吗？道丹太太用相当冷淡的腔调回答我说，的确很遗憾，加斯东变得那么心事重重，忧心忡忡，甚至很忧伤，但这并不是建议他改变职业的理由。显然，她在琢磨我到底掺和些什么。她很可能模模糊糊宁愿加斯东保持现在的样子，那更像她，从没有满足的时候。我仍然坚持己见。我对她说，我认为，加斯东比她更有理由怨天尤人。他甚至没有她已经拥有的障眼法。尤其在夏天。原来，在夏天，道丹太太老坐在门口的一个小凳子上，没完没了地拆人家送给她的旧毛线外套。这对她来说，简直就算不上是干活。谁都可以问自己世上还有没有比这更令人羡慕的事。拆毛衣时眼睛可以东看西看。毛线自个儿有规律地拆开，人只要轻轻提着毛线就行了，与此同时，她却可以依靠这种自动高效率给人的印象，安安稳稳地饱览引人入胜的街景。于是，当有人问道丹太太她在那里干什么时，她可以回答说：

"您不是看见了吗，我是门房。"

在最炎热的夏天，谁都能看见她如此这般安静地拆毛衣。

"您不是看见了吗，"她说，"我在守大楼。"

她最讨厌待在自己的门口，看上去什么也不干。于是，她干这种自动拆毛衣的活，实际上什么也不干。我小心翼翼地向她提到了这点，同时指出，加斯东可没有她那样的障眼法。他待在街上，我说，就为了扫地。即使他斗胆在翻修中的大楼前停久一点，他也会在心里感到内疚（还不算在我们大楼对面的市镇小学翻修期间，道丹太太老监视他，责备他）。然而，道丹太太对我的论据充耳不闻，毫不动摇。她嘛，她是不会改变职业的，加斯东也应该与她一样。她愿意他当清道夫，哪怕当忧伤的、糟糕的清道夫呢，别的可不行。

"我看得出您的用心，"她对我说，"但我呢，我说他应该干的不是政治，是运动。"

"问题不在那里，"我说，很气馁，"但是为什么提到运动？"

"因为他很肥胖，"她说道，"是过分肥胖让他那么忧郁的。"

我说，不是那么回事，是忧郁让他肥胖的，等等。但她什么也不愿听。我也不再坚持了。道丹太太并没有诚意，她坚信只有她了解加斯东。

一段时间以来，加斯东的情况更糟了。即是说，他喝酒更多了些。即是说，他一喝了酒，就老重复说这句话，而且表面上显得很单纯：

"我需要的，是两万法郎。为了去南方晒太阳，也许还会，谁知道呢？换换职业……"

他只是喝酒以后才说这话。很可能，这才是他约莫两年来心里酝酿的事：希望去南方的某个城市，让阳光融化掉他由忧伤堆积起来的肥胖，也许还会换个职业。

我知道的有关这个城市的一切，那就是，城市可能很小，靠近

125

海边，在地中海南部，而且，这个城市可能没有树木。

"到秋天，"加斯东说，"能享受啥呢。大自然，美，但条件是，别当它的清道夫。大街上所有树上的叶子，所有的叶子，没有例外，那都是我的事，是清道夫加斯东的事。哼，从春天开始，就不得不想那些树叶。"

我能想象出这个热得灼人的城市的模样。大街小巷充满葱头味、马粪味、鱼味。大海在街道的尽头。那一定是个肮脏的城市：对清道夫来说，肮脏的城市反而不那么丢脸，肮脏的城市显得更殷勤好客。像这样的城市，你起码可以看见它们在生活，可以透过工人住宅大开的走廊听到里面有人在呼吸。在这类勤劳的城市里没有公共花园。广场上也只有些喷泉，从那里流出小股的泉水。这些城市没有树木，因为道路修得很糟，很窄。整座城市只有一个清道夫：城市太穷。而且，一个清道夫还嫌多。每天午后四点钟，海风起来，城市便被一层咸咸的细沙覆盖。清道夫便停止清扫街道。他屈服于事实。他感到自己的职务纯属多余，这是何等妙不可言的乐事。他体会到自由，收拾扫帚穿城而过。人人都认识他，同他握手。那里的尘土多得让任何一位清道夫都感到气馁。本堂神甫花园里那些黄杨树——城市里唯一的植物——也满身尘土，孩子们的脚也都沾满灰尘。加斯东梦想的城市不是建立起来取悦于人的。在那些城市周边到处是赶集的杂耍艺人，流动电影院，有时还有马戏团。在城市的一头，唯一的一家工厂雇用了全城几乎所有的男人：一千个工人。晚间，在一家家小酒馆里，人们谈论着工资、活计、罢工。清道夫也参与讨论。游客们经过这些城市都不大在意。但是这些城市比它们生产的产品多产出某种东西,它们比别的城市肩负更多的未来。每天早上六点开始,城市的条条道路上都有挤得满满的电车开往工厂。然后,在工作时间,城市非常安静。半裸的孩子们围着水果摊转。彩色的大帘子遮在空空的咖啡馆的露天座上。旅行推销员在广场上声嘶力竭地吹嘘他商品的质量,警惕而又节约的妇女们怀疑地看看他。

瞧,一位年轻姑娘从一个狭长通道走了出来。她皮肤浅黑色,长着一头棕色的头发。她在微笑。在城市灼人的沙尘中,在备受太阳煎熬的大街上,清道夫在阴凉处看见姑娘走出来,他也对她微笑。

然而,道丹太太根本不愿听人谈起加斯东梦想的这些城市。

不过,她也知道,加斯东一天更比一天想念这些城市。的确,一段时间以来,他喝酒更多了些。他倒不是醉汉,差得远呢。只不过,一礼拜一次,有时两次,他在上班之前,能喝到三杯白葡萄酒。道丹太太却不愿他这样。

每逢他喝上三杯白葡萄酒,她准知道。

甚至当他远远看见她,或当她看见他一来到圣欧拉利街她就知道。他喝得再少,她也知道,笃定。因为加斯东喝得再少,他一见到道丹太太,也要吹口哨。他吹的调子正是《一丁点白葡萄酒》。或者,偶尔也唱唱弥撒曲。他是儿童救济院的孩子,是本堂神甫抚养长大的,对弥撒曲的各个细节都非常熟悉。他扯着嗓子用拉丁语唱。可以说，他是以此来预先告知道丹太太。他从没有喝酒喝到忘记了这点。也有可能，他喝酒也为了得到通知她的乐趣，为了找找刺激，希望引起他们两继续排练他们习以为常的争吵。

她呢，站在大门口，摇着头注视着他。她头发灰白。很肥胖，但胖得好看，穿着紧身衣，结实，灵活。正如加斯东所说，她的大腿还能"让人想到与她做爱"。她穿一身工作服，套一件酒渣色毛衣，六年来，每年夏天，都能见到她拆洗这件毛衣，再重新织一遍。她的牙齿，只剩下了一颗，一颗"见证牙"，加斯东说。但她的眼睛，她的蓝色小眼睛还挺明亮，闪着凶狠狡猾的光。

"还不少，他喝得……"她说道。

她一反常态，拖出垃圾箱之后，再也不等他，而且也无心跟咪咪小姐继续聊天。架不住在她眼里，咪咪小姐除了在他们的打木偶游戏中扮演布娃娃之外，没有任何意义，尽管，我还忘了说，六年来咪咪小姐一直在养活她。道丹太太靠什么样惊人的诡计得以让咪咪小姐如此免费供养她？是因为咪咪小姐每年一次去亚眠看望她的姐姐，便委托道丹太太帮她取信件吗？我不知道。我们大家都不清楚，而且我不相信，在认识她的人当中，会有谁能在某一天了解个中的原由，能捅破道丹太太对咪咪小姐强大影响力的秘密。同样真实的情况是：如今，道丹太太对所有的菜肴都享有无可争议的权利，所有老姑娘咪咪小姐经常背着顾客为自己烹调的最美味和最稀罕的菜肴。每到中午，还有晚上七点，咪咪小姐的保姆总要穿过大街，给道丹太太送来仔细包在餐巾里的属于她的那份午餐或晚餐。

"挺好吃，您的烧羊腿，但是，烧得还不够老。"翌日，道丹太太说道。

"哦！"咪咪小姐忧虑地说，"真的？"

"我跟您说了，那还有假。我觉得，我不习惯说了话等于不说。"

就这样，用道丹太太的话就是，非这样不可。六年来，道丹太太让人养活。而她针对人类自私自利的反抗却并没有因此而有所缓和。因为，也许除了取消垃圾箱惯例，任何东西都永远不可能动摇道丹太太的不满情绪。她在意识的一闪念间一劳永逸地捕捉到了既深且广的普遍不公平。从此以后，她经历的任何幸福、善良个案都未能使她感到震动，她的怀疑主义毫发无损。道丹太太对慈善事业绝对无动于衷。

"他们的慈善，我把它当臭狗屎。"她宣称。

圣诞节，圣欧拉利堂区的修女们按惯例给她送来"老人烤肉"，她接过烤肉，自然，还对她们乐呵呵地宣告说：

"我不会为此而去望弥撒，我先告诉你们。"

中午，加斯东来到她身边时，她把经过的情形告诉他，并做结论说：

"我掺和啥？我问问您，我掺和啥？就得让她们这些臭婊子生些娃娃，那才能教会她们少管些别人的事。"

就这样，除了她最可靠的朋友，她唯一可与之商量的人，道丹太太拒绝与人类达成任何妥协，哪怕这妥协的渠道来自咪咪小姐的善意。咪咪小姐无论做什么事，也只是而且永远只能是他们俩共同谋事的担惊受怕的见证人。

夏天，当加斯东在离大楼五十米的地方出现，吹着口哨或唱着弥撒曲，这时，谁也没法阻挡咪咪小姐身边的道丹太太。她有更重要的事要干呢。话说到一半，她也会离开咪咪小姐，回到她的门房小屋里。一到了那里，她便取下有柄平底锅中最大的一只，然后到院子里去将锅盛满水，回来将锅放到桌子上。接下去，她开始择菜，或织毛衣，或打扫小屋。到此刻，她的意图还丝毫没有显现出来。只不过，她在干活时也许显得比平时稍微敏捷些，那是某种虚假的专注。

加斯东有这习惯，随着他离圣欧拉利大街五号楼愈来愈近，他会吹口哨或唱歌，这取决于是什么日子，与此同时，他越走笑得越厉害。在他的三杯白葡萄酒作用下，为了延续乐趣，他的确扫得很慢，比平常还慢。走过他身边的人们一般注意他跟注意人行道本身差不多，这时却停下脚步观看他。他扫地就像人们在梦里扫地一样，一边跳舞，一边唱歌。他牢牢抓住扫帚，给人的印象是，仿佛他一放掉扫帚，扫帚就会顺水漂走似的，他，一向愁容满面，这几天，看上去却仿佛在扫地当中品尝到了一种奇异的乐趣。他现在是满面春风。"瞧，真是个奇怪的清道夫！"人们可能会这么议论。还可能说："在清道夫这个行当里，有什么值得这么快活？"因为很明显，他并没有醉。这清道夫注意到别人在看他，有人甚至停下脚步，用眼睛追着他看。他也停止扫地，出言不逊地大声说：

"你们从没见人干过这事儿？是我加斯东被推荐来扫你们狗狗的大粪。我他妈的并没为这个感到更自豪。"

人们可能根据他们性格的不同而为此嬉笑或担忧。"瞧，"他们说，"这清道夫可不简单，他准定读过书。"或者还会说："一个扫街的用拉丁语唱歌，他只能是个危险分子。"或者还会说："就是这些人，这些无神论者，这些粗野的人，总有一天会干那种十恶不赦的事，成为拿起武器的下等人。"

就这样，加斯东在那几天成了令人不放心的人。他让许多碰见他的人思索。他让他们也许生平第一次在一个巴黎市的清道夫面前驻足深思。也就是说，他让他们发现，某一天，一个傻乎乎的清道夫也许会与他们密切相关，这事儿与他们有关联，跟他们自己的生活与他，与他个人有关联一样。加斯东一对他们出言不逊，那些驻足观看他的人便连忙走开。加斯东则一成不变地重新吹起口哨《一丁点白葡萄酒》或唱起拉丁语的弥撒曲。咪咪小姐尽管很虔诚，但仍然停在大门前，被恐惧和焦急弄得很紧张。还不光她一个人呢。"小圣欧拉利"饭店的伙计吕西安为了择菜到得很早，他一听见加斯东唱歌，也急忙跑了出来。市镇小学的门房也一样。所有的人都出来了。但道丹太太却转身回去了。所有的人都在笑。道丹太太却不笑。当加斯东扫街扫到七号楼那边，她便离开她正在干的活计，悄悄打开窗户。她的谨慎纯属多余，因为所有在场的观众，首先是加斯东，都非常清楚，她正在打开窗户，而且还知道她即将干什么。再说，加斯东一走上圣欧拉利街，眼睛就没有离开过五号楼的门廊，以及道丹太太小屋的百叶窗。

道丹太太开完窗户，便端起盛满冷水的平底锅，推开桌子，守候在一扇窗子的背后。加斯东越笑越欢了。几个行人见他笑成那样，又看见咪咪小姐、吕西安、市镇小学的门房都在笑，便重新停下脚步。清道夫即将来到五号楼。他越扫越糟。道丹太太一直在守候。加斯东一到达五号楼门前，便往窗户靠过去。道丹太太还在守候。加斯东脱掉外衣，弯下腰，将外衣放在离他两米的人行道上。他也停下不动了，双手紧紧抓住扫帚。

"干吧！"清道夫加斯东说道。

道丹太太将锅里的水冲他脸上泼过去，没有对他说一句话。

加斯东便大笑起来，他的笑声连圣欧拉利街的两头都能听见。道丹太太将空平底锅放在桌上，决定走出房门。她根本不理睬所有观看的人，与往常一样，开始长时间仔细打量加斯东。加斯东弯腰驼背，浑身流着水，笑得腰也直不起来。她则让他笑个够。她双手叉腰注视着他，仿佛眼里再也没有别的人；有如母亲，还有情人，注视着她迷恋和忧虑的对象。一旦加斯东缓过气来，她便冷静地对他宣布说：

"给您个教训。下一次，用的会是洗涮盆。"

观看的人们跟加斯东一样笑得直不起腰，连咪咪小姐都一样，尽管她有所保留。

"这啥也教训不了我，"加斯东回答说，"我喜欢这样。"

"我能找到别的东西，"道丹太太说，"您别着急，我能找到。"

毕竟，那一片快乐的笑声仍然感染了她。

"我喜欢的正是这个，"加斯东说道，"您从不怕劳神，总能找到点啥来烦所有的人。"

于是，听他一说完这话，她也笑了。听见加斯东谈到她，她真是心荡神驰。她笑得温柔、甜腻、圆润，从不是开怀大笑，却是我听到过的最宽宏大量的笑。

"我活一天，就要烦大家一天，"道丹太太说道，"真的，这是我个人的乐趣。"

说毕，她转身回去，关上小屋的门。她一旦独自一人，便停止嬉笑，沉思起来。到如今已两年了，这清道夫心里却一直在酝酿着什么。道丹太太曾有过两任丈夫，他们都喝酒。她为此而离开了他们。因此，她对喝酒十分恐惧。然而，她说过，她知道，这清道夫并不是一个酒鬼。他喝酒也并非光为了喝酒快乐。而且他喝得并不多。可是，两年前，他滴酒不沾，这是事实。她在猜测这个也许是正在出现的怪癖的重要原因。好久以前，她已经看见他扫地很冷漠，外衣的纽扣也只扣一半，大盖帽歪在一边，有时胡子三天也不刮。她观察他的时间已经太长了，他站在正在翻修的大楼工地上，前面是离地面十五米的工人，他陷入令人头晕目眩的心不在焉状况每次都长达半小时。道丹太太也许是在思考如何责备他，如何阻止他越陷越深，最终作出那后果不堪设想的决定：出走。她被认为是唯一知道他可能出走的人，他只对她一个人谈起过这事儿。而且，他对她也谈得很少。当他喝了他那几口"白酒"，在她泼了他一身水之后，他只说这句话，永远是这句话：

"我需要的是两万法郎，好去晒太阳休息，同时找另外的工作。"

"您认为，"道丹太太回答他说，"您认为那就能让您看上去很可爱啦？我过去真不知道您会这样自己欺骗自己。"

"我不同意这个看法，"加斯东说，"晒太阳我会瘦下去，我会变成漂亮、优雅的男人，加上我读书识字，就像您说的，没准儿我能换个职业，找一个适合我的职位。"

"除非把命搭进去，"道丹太太说，"您根本不可能有时间在太阳底下瘦很多。"

"那您的呢？"加斯东问道。

"我的啥？"道丹太太问话时装出傻乎乎的样子。

"您的两万法郎。"加斯东说。

"好久以前就没了。"道丹太太答道。

"您是个了不起的撒谎精。"加斯东说。

"那是为了烦您，"道丹太太说道。"我把钱存起来了。"

一年前，加斯东得知道丹太太攒了两万法郎。而且是她自己告诉他的。她想存银行，除了加斯东，她还能征求谁的意见呢？加斯东告诉她，钱太少，存银行没什么意思，最好还是把钱放在身边。谁知道呢，也许她会有想不到的急用。自从加斯东知道道丹太太攒了两万法郎，这清道夫便时不时向她打听这笔钱的消息。此外，也在他得知这件事以来，他就硬说自己正好需要同样数目的一笔钱，以便去南方改变生活，过幸福日子。总之，他俩的博弈还在继续，不过这场博弈有变成高级赌博的趋势，他们再也不能完全加以控制，而且他们俩都还不知道究竟谁输谁赢。因为他明白，她不会把她攒的钱给他，她永远不会松手给钱。不光因为她很在意那笔钱，因为那是她攒了六年的钱（她把过去攒的钱都给了她的两任前夫了），也为了阻止他，正如她所说的，"沉沦"，阻止他朝他梦想的海边幸福的方向逃逸，朝懒惰、朝阳光逃逸。道丹太太从本能上对那些谈论幸福的人十分警惕。"我难道幸福，我？都是些游手好闲的家伙……"

加斯东了解道丹太太有两万法郎的存款，以及道丹太太了解加斯东有什么计划或需要，这都没有使他们的友谊有所改变。他们之间有关此问题的谈话结束的方式就证明了这一点。

"我呢，"加斯东说，"您只要年轻二十岁，我会把您放哪里，放我床上。"

"这方面，我压根儿不怀疑，"道丹太太说道，"您那缺德劲儿，做得出来。"

"可惜，您现在实在太老了。我这人，从来都到得太早，就这一次，到得太晚。"

道丹太太今年六十岁，加斯东三十岁。我还没有见过能与他们的友谊相比的例子。加斯东说得对，他很自信，只要道丹太太年轻二十岁，他俩一定能成为恋人，多好的一对恋人呀！她想过这点，他也想过。而且他们互相都承认。这错过的姻缘给他们相互间都留下了一种加剧的急切感，这种急切感由于不具备爱情、欲望的出路，谁也不知道该怎样得到满足，或者不如说该怎样解脱。有一种可能性，那就是，这种加剧的急切感应该在某一天圆满结束，无论以什么样的方式结束。那是因为在他们之间存在的，并不是一般的友谊，并不是平常的美好感情的交流，而是一种真正的迷恋，从性质上，甚至从表面看起来都是爱情的迷恋（街道的某些人硬说，尽管道丹太太年事已高，清道夫在某个"忘情的时刻"已经与她上过床了）。

她在窗户后边端着平底锅等待他时那份非同寻常的急切，而他等待她朝他头上泼水时那份同样非同寻常的急切（那天，他扫地的节奏比平时更加缓慢，为的是延长等待的快感），以及她朝他头上泼水，他接受泼水时经历的无比的快乐不可能瞒过任何人的眼睛。

后来，当他们俩在聚集起来的邻居面前一道大笑时（而她对他泼水实质上是为了阻止他陷入卑劣的，将她排除在外的幸福里），这出戏剧在绝妙的耍笑中收场，它意想不到的结局，总之，这个失败，岂非证明了，他们之间的相互了解已经如此之深切，他们再也不能互相愚弄，只能每次都像年深日久的情人一样重温旧梦。

没有了他，她会怎样？她明白他知道这点。而他们最终仍然在一起嘲笑他们受到威胁的幸福，他们正在经历的危险。从这天开始，人们可以想象他们将如何造出一些吵闹的极端场面，一些悲剧性的社会新闻，却仍然坚守着他们高于一切的共谋关系。谁不了解加斯东，而又看见他在因企图逃避道丹太太绝望的感情而受道丹太太惩罚却大笑不已，都可能会琢磨，这加斯东是否故意编造企图逃避道丹太太绝望感情的假象，以便享受到她这种方式的惩罚。

这种没有结果的爱情让他们俩格外善于臆造。看谁能找到"能烦死大家的新东西"吧。他们俩都具有囚犯的狂热想象力。他们都是自己仇恨的职业的囚犯，他们也是一个禁令的囚犯——这禁令半是命中注定，半是约定俗成——由于她那一大把年纪，这禁令阻止他们成为情人。而他们报仇的对象正是所有的人——他们的狱吏。他们以自己没完没了演双簧的形式来实施报复，而且他们演双簧的热情与日俱增。如果说道丹太太时时刻刻为加斯东的计划担着忧，她演戏的干劲儿却丝毫未减。恰恰相反。为了无愧于加斯东，为了与他极其伤风败俗（咪咪小姐的话）的言谈水平相当，她竟然玩起了危险的勾当。如今，大约半年以来，她竟放任自己干起了、简单说应该叫下三滥的事。她偷窃。她的成功，和她从成功中得到的快乐证明她办法多多。在她过去的一生中，她从没有机会施展才干。在五十五岁时，她才认识清道夫加斯东。她在尊严和劳动中生活多年，末了，竟带着极端的快乐和青春活力干上了偷窃的勾当，可以非常肯定地说，很少人能想得出来如此行事。

"这么着，是在装年轻姑娘啦？"当她偷窃过后，加斯东对她说。

在每个人的有生之年的末期，压抑你青春的禁令一旦过期，似乎应该有几年这样回暖的春天。

因此，她一边为她所谓的加斯东那缓慢而可悲的自贬忧心如焚，又一边与他比赛自贬的巧妙诡计。大部分时间都是她占上风。是她发表最亵渎神明的言论。是她敢于做出加斯东都不敢做的事：偷窃。如果说是他想出询问她积攒的两万法郎的去处，想出给他示范如何偷窃的人却是她。

　　如果说那些偷窃的勾当只有他一个人知道，那么让他俩越来越出名的事却是他俩一道尽力而为的。道丹太太干偷窃之事越来越不谨慎，她还向加斯东，甚至向咪咪小姐（咪咪小姐假装没把她的偷窃行为当回事，以便让道丹太太继续讲述而她自己又不受牵连）叙述得越来越精确，而且扯着嗓子讲，选择最有利的时刻讲，那就是夏天的清晨，她拖出垃圾箱的那一刻，那时，每家每户都开着窗，所有的房客都能听见她说话。

　　"有人说我偷房客的包裹，"她大声说，"我说，干我这龌龊行当，我除了偷包裹，还能干啥更好的事儿？他们要是不满意，可以去告状嘛。"

　　告状可是我们当中没人敢干的事。恰恰相反。一旦道丹太太对我们进行偷窃时，我们会突然发现自己对她比平时还要客气。我们在她面前显出的局促和恭敬几近于恐惧，我们从来没有对她如此殷勤、如此亲切过。于是，她轻松自如地挫败了我们当中平时在垃圾箱问题上最激烈、最坚持己见的人。甚至那些以诚实正直为首要道德准则的人，那些严守戒规的人，被她偷窃了时，也毫无怨言地接受她的谩骂。他们保持着卑微的沉默。她在偷窃中显得十分自然，从未有过的自然，在这种自然面前，他们缴械投降了。这样的屈从岂非证明每个人实质上对巧妙的诡计多么容易动感情，哪怕这种诡计的各种表现形式显然应受到申斥。我们大家无论多么不同，在这一点上却完全一致，因此，我们在道丹太太的天才面前绝对服输。我可以肯定，假如我们当中某个人竟敢谴责她的偷窃行为，其他所有的人都会产生一种说不清、道不明的认为此人庸俗的看法。

去年，有两个月，道丹太太有规律地偷窃一位房客的黄油包裹。下面说说她是怎样操作的，她怎样随着房客的怀疑逐渐明确而一周接一周变换偷窃方式。

首先，一开始，她将黄油包裹一层层的包装纸全部拆开。那些包裹都包了三层纸：一层是硫酸处理过的绿纸，另一层是硫酸处理过的白纸，还有一层是普通的包装纸，深栗色。道丹太太一开始是去掉普通包装纸和硫酸处理过的白纸。去掉以后，她便将黄油拿去卖，卖给谁？卖给应该收到包裹的房客。那位女房客便买回了自己的黄油。道丹太太竟起了疑心：那女房客也许是个白痴，也许她不明白人家卖给她的是她自己的黄油？她同意买黄油和付钱的爽快可能使人产生错觉。因此，道丹太太干得更大胆了。她竟然只撕掉一张包装纸，即是说那张写了女房客姓名住址的普通包装纸。我还忘了说，几年以来，那位女房客一直让人从乡下寄给她黄油，而那张普通包装纸，跟其他两张包装纸以及黄油的形状和重量等等，都没有变化过。多亏道丹太太留下的那两张硫酸处理过的包装纸，这位女房客便对道丹太太卖给她的黄油的来源心知肚明了。而她却照样热心地买她自己的黄油。我碰见她时，她把自己的难处告诉了我：

"道丹太太偷我的黄油，"她对我说，"我所有的黄油包裹。我可以肯定。最过分的是，她竟把黄油卖给我，而不卖给别的房客。"

"您准备怎么办？"我问她。

"我也不知道，"她说，"我不知道怎样开头，怎样让她明白，从一开始我就知道她偷我的东西。"

这件事乃是道丹太太众多伟大胜利当中的一个。她一旦肯定对方不可能怀疑她，对这样的顺利反而感到厌倦。她当然对失掉黄油钱感到遗憾，但仍然停止了包裹一到便扣下的行径，将包裹交给那位女房客，三层包装纸原封不动，姓名地址也都保留，而且是免费送货。

也有些时候，某个房客有什么东西从窗户掉到楼下。最常见的是，在门房小屋与大楼内院之间来回走动的道丹太太看见东西掉下来，便连忙拾起东西放到她的小屋里。那房客急急忙忙下楼，到院子里寻找，却什么也找不到，便走到道丹太太的小屋前，胆怯地敲敲门：

"怎么回事儿？"道丹太太问道，声音显得疲劳而不怀好意，与她平常抱怨垃圾箱一个腔调。

"您是否看见了，"房客问道，"您是否看见了，道丹太太，我刚才从窗户掉下去的儿童褓褓？您是否看见了一只勺子？一棵生菜？一张手巾？我的煤铲？"

道丹太太从她的小屋里走出来，愉快而逗乐地注视着房客，那神气使已经开始有点习惯了的房客立即明白了。

"我啥也没看见。"道丹太太说。

"这就怪了。"房客说，声音已经没有先前那么有把握。

"这就怪了。说怪，就怪。但就是这么回事。"

房客别扭地低下了头。

"对不起，"他说，"道丹太太，打扰您了。"

"没什么。我在这里就是为这个，整天都这样。要只是白天就好了！您瞧，您就不能跟所有人一样在午夜以前下来倒您的垃圾？"

房客有点尴尬。

"这么着吧，道丹太太，我会考虑的。"

道丹太太在门洞里瞧着他，一直带着逗乐的神气。有时，房客也会壮着胆子说：

"我在想，没有孩子的人拿襁褓干什么……"

"我也在想，"道丹太太说，"但如果谁都想啥都弄明白，一辈子可不够用。"

"倒真是这么回事儿。"房客表态说，他彻底被打败了。

这事完了之后，道丹太太开始等候加斯东。她一看见他便叫住他说：

"有些人有尿布……到我小屋来，我给您说叨说叨。"

他俩便关上门。过一会儿，他们走出来，仍笑个不停。他俩一走到门口，为了让房客们（包括，尤其包括被偷的人）能听见，道丹太太大声说道：

"受那么多教育，最后竟那样理屈词穷，这毕竟有点不幸。"

她即使没有完全摆脱自己的孩子，起码也与他们非常疏远，这也是她同加斯东的友谊造成的。她不愿意见到他们，她腻烦他们。她曾经尽职尽责地养育过孩子。但她的丈夫好酒贪杯，喝完了自己的薪金，为了孩子，她在工厂里劳动整整十五年。工厂的报酬不够时，到晚上，她还替别人洗衣服。

"我为他们做了那么多事，"她解释说，"我感到厌倦了。我对他们唯一的要求，就是让我安静。"

她的女儿是邮电局职员。她住在很远的省里。

"她那方面，我倒很放心，"她说，"她不常来。"

但她的儿子是沙图的菜农。他认为逢年过节来看望她是他的责任，如新年、七月十四日国庆节、复活节等等。他经常请求她到他身边"了结此生"，但她根本不愿听他谈到此事。

"我过去成天看见你，见得过头了，"她对他说，"即使我在你那里生活得像王后，我过世前也会腻烦得要死。我可以肯定，还是养老院更有趣儿。"

她对加斯东就谈得更明确了：

"不是因为他们坏，"她说，"而是因为这带着强迫性，他们等着我完蛋呢。所以，仍然是对他们，我最无话可说。"

她希望把自己终究会死亡这件事忘掉。对这个必然到来的日子，她从不以喜悦的心情谈到它。她考虑这个问题并非忧心忡忡，但也非玩世不恭，只不过略带悲哀而已。她一生都在等待这样的岁月：摆脱孩子，自由自在。她现在就是这样。无论她怎样诅咒她的职业对这种自由造成的羁绊，她仍然自由自在到对死亡感到遗憾。

　　她的愿望是，某个夜晚，在睡梦中死去。

　　"到早上，垃圾箱满了。很遗憾，我可不会来这里看你们拉长脸。你们是看见垃圾箱才得知这件事的。你们会议论说：'这都到早上八点了，垃圾箱满成这样，还没倒出去，是因为那看门的，她蹬腿儿了。'"

工　地

她走上林荫道，朝那男人的方向走去，超过了他。接着，她沿途再走回来，再从他身边走过去，顺着反方向走完林荫道，进入林中。林荫道一直延伸进树林里。

天色已晚，晚餐的时间快到了。

那男人自己躺在林荫道上的一张长椅上，长椅在宾馆花园的篱笆与工地之间的半路上。他曾看见年轻姑娘从林中走出来，他的视线不由自主地跟着她。他想，她应该回宾馆，然而，他看见她在面向大路的篱笆附近几步的地方停了下来，又沿路走回去，重新走进树林，而她正是从树林中走出来的。

过了一会，到了晚餐时间，宾馆敲钟了。

男人还在长椅上躺着。他心想，这个时辰，那姑娘留在树林里究竟能干什么。

当她走过去又走回来时，甚至没有看一眼那男人，她仿佛急着回宾馆。然而，当她在篱笆前停留之后又回头往树林走去时，仍然显出急于回到她刚离开的树林的样子。无论朝哪个方向，她走路都步履急促，仿佛有什么未知的力量将她锁定在树林和宾馆篱笆之间，而且，她什么也不看，甚至无视那男人的存在，要知道，她路过时曾被迫擦过他的双腿，因为他躺坐的长椅占据了林荫道一半的宽度。

晚饭的钟声敲响了，男人却并没有看见她回来。

好大一会儿，他觉得那年轻姑娘在林荫道上消失得如此无影无踪，仿佛树林已将她的踪影吞没了。

天更晚了，晚饭的时间已经过去很久。

男人还一直在等待年轻姑娘从树林里出来。

倒不是因为她很出众，或者他早已对她十分注意。但林荫道延伸进树林，而且一直通到离宾馆好几公里的一个村庄。她只可能待在那里，于是那男人便琢磨，是什么样的景象能让她在那里逗留下去，她不回宾馆，能在林子里干什么呢？时间一点一点过去，天越来越黑，他越琢磨越好奇，也越发下不了决心回宾馆了。

末了，他琢磨得那么紧张，竟站起了身，朝姑娘前行的方向走了几步。在那么着急地思索她到底怎样了之后，如果他再踟蹰不前，倒反而不合乎情理了。足足有半个小时，他一直没有考虑过别的事情。

不，他很清楚地回忆起，她并不十分美丽。如果没有这个奇怪的行为，如果她没有单独待在树林里如此之晚，如果她没有无缘无故回到树林，没有无缘无故回到她刚离开的地方，而且又在一个她本应在别处——比如在宾馆——的时辰，不，如果没有这一切，她的确没有任何值得注意的地方。

他走上了林荫道。当他看见她从林子里走出来时，他正接近那片工地。她也正走上林荫道，但马上就停在了工地旁边。

那男人等待着。他肯定没有被看见。他们俩分别站在工地的两端。他走着走着便停了下来，面朝着她。她则面朝工地，她的浅色衣裙从黑乎乎的大片树林的背景中突显出来。几乎已接近黑夜了。他只能看见她面朝工地的模糊身影。尽管他对她的了解并不比对宾馆别的女寄宿人深，但此刻瞥见她单独站在那里，在如此晚的时辰，而且显然被工地迷住了，他立即明白，自己无意间在她一生中最隐秘的时刻撞见了她，要在另外的时刻和场景下碰见她，他恐怕不可能比现在更了解她。在这个工地前面，他与她单独在一起，但又互相离得很远。她还不知道他在这里，她完全不知道这个贼，这个想侵犯她的人的存在，这个事实理所当然促使男人生发让她看见自己的欲望。

在他们身后，在使他们与宾馆隔离的国道上，开着车灯的各种汽车几乎连续不断地奔驰而过。他们的邂逅正是在那些汽车之间，在那道明亮而呼啸的墙壁与这片黑暗而静谧的树林之间发生的。

男人在露面之前还等了一阵。他在工地的这一端一动不动地注视着她。他决定往前走时，走得却那么慢，慢到她根本毫无察觉。汽车经过的声音也掩盖了他的脚步声。他从容不迫。而她，却有意让时光流逝。她仍然不知道自己此刻已不再是孤身一人。也许她并没有听见宾馆的钟声？也许她是从树林那头的小村庄过来的？如果走得快，她应该有足够的时间去那里。她第二次去树林差不多在三刻钟之前，但她并没有显出方才曾很急迫的样子。尤其不可能的是，这林荫道并非直接通向那小村庄，通向那里的是一条小路，她恐怕不认识那条路，黑夜降临时，她也不可能发现或找到那条路。不，一定是工地让她着迷。她注视着工地，或者起码可以说，她在聚精会神地观看着工地那边。当他已离她很近时，他看见她的脸紧张得似乎凝固了，他这才相信，她注视的目标的确是工地。这男人很吃惊。这么说，今晚之前，她根本就没有注意到这工地？他有没有运气在她首次发现工地的时刻来到她身边？

展现在眼前的工地空无一人，诚然，它的寂寥有些特别，但无论如何，在它浅色的墙壁之间，的确没有什么值得注意的地方，起码没有什么意想不到的东西。也许，她无非是在今天晚上发现了这个工地。

"对不起。"男人说道。

她吓了一跳，转过身来，看着他。她的眼睛仍旧睁得大大的，但现在已经将视线移到他身上了。

"对不起，我是这个宾馆的住客。"

她"啊"了一声，然后，无意识地笑起来，同时朝男人走过去。

"对不起，我让您受惊了。"男人说。

他也像她一样笑起来。

"没关系。"她说。

他这样跟她搭讪，她并没有显得害怕，也没有显得拘束。看上去，她似乎认为这很自然。

"您过去已经发现这个工地啦？"男人问道。

"这是第一次，"她说，"今天以前我还以为那是别的什么呢。一个古怪的想法……"

"一个古怪的想法？"

"叫人受不了，"她说，"离宾馆那么近。"

男人在犹豫。

"我请您原谅，"他终于说了，"我想知道……我刚才看见您已经……您从这里走过去之后，为什么又沿路走回来？"

姑娘转过头去。

"我以前没有看清楚那是工地……也没有弄明白。这很蠢，不过，我相信我会离开宾馆。"

男人试图看见她的脸，但没有达到目的。她走路时将脸转到一边，而且心不在焉。她显然并没有看他。而他，却一直在笑。

"全宾馆的人都知道这个工地。"男人说道。

他们来到篱笆前。他借宾馆大门带反射镜的路灯灯光看她的脸庞看得更清楚。

"这是件很寻常的事，"男人说着笑得更厉害了，"时不时也需要做这些事情。"

姑娘也笑起来。她的笑既不表示讥讽，也不表示惭愧或献殷勤，只是对他刚才说的话表达一种并不肯定的意见而已，但怎能搞得清楚？

他们之间的事就以这种方式开始。那已经是三天以前发生的事了，自那以后，他只在吃饭的时候远远瞧见她。

他俩相遇之后的第一个夜里，男人以为她也许会因为发现了工地而真的离开宾馆。这种害怕在某种意义上恐怕也是一种期盼。他倒乐意看见她将自己的独特性发挥到不为别的，只为近处有工地而离开宾馆。

这种期盼很矛盾，他一旦如愿，就很难有机会再见到她。不过，在那一刻，他还有可能设想自己会适应她离开这里的想法。

他们邂逅的第二天，他就开始在林荫道上等待她了。她却没有出现。中午，他跟往常一样在饭桌上见到了她，他觉得，起码在表面上，从她的脸部表情和她的动作里看不出任何东西，任何急切或忧虑说明她有意离开。他想，让她感到难受的，只是看见那工地，他们昨晚相遇之后，她也许已经决定不再往山谷的那个方向走了，因此，她尽量不回到那边。既然她没有离开宾馆，既然看上去她并没有下决心缩短她的住宿期，那无疑说明了她起码已经战胜了邻近工地的想法。

这次成功，这个对恐惧的小小胜利本来可能让她在他眼里显得有些平庸。然而，并不是那么回事。如果说，在邂逅的翌日，当他在饭桌上又看见她时，他也许有点失望，那也只是转瞬间的事。他想，她不想到这点是不大可能的：在任何别的地方，在她可能待下去的任何安静的地方，她总会遇到与工地类似的事物。这一点，

152

她无论如何也应该知道。应该一劳永逸地明白，无论他对她说过些什么，这工地尽管并非一件如他所说的寻常事，全世界毕竟到处都存在很多同样性质的事物，让她逃也逃不掉，藏也藏不了。实际上，她战胜恐惧本身就证明她很清楚这点。证明她毕竟对这类事情已经习惯了，证明她知道，只因为这些事情而逃避，而离开她现在住的宾馆是幼稚而毫无意义的。然而，这难道是勇气，是某种形式的恒心和清醒？都不是。是大家共有的平庸。

邂逅的第三天，他想再见到她的愿望增长了。他像昨天一样在林荫道上等她却没有见到她，他只在开饭时，在饭厅里看见了她。到这时，他已经承认，她战胜自己很有好处，否则，他会没有任何机会再见到她。他确认自己为此而高兴。他甚至考虑，假如她没有克服看见与工地类似的事物引起的烦恼，恐怕就不可能活到他们相遇的日子。毫无疑问，为了躲避所有这类事物，她恐怕找不到坟墓以外的任何藏身之所。

不，她也有她的明智。归根结底，应该承认，他再看见她的可能性恰恰取决于她身上的这一部分，而他在他们邂逅的第二天在饭桌上看见她时，一开始还认为她这份明智有点令人遗憾呢，他还觉得似乎可以将她这份明智叫做缺点。

不过，如果说他还保留了类似最初那种轻微的失落感，这种失落感却并非没有改变性质。她已并不完全是他们相遇的第二天他所希望的那个她了，这是事实，而这微不足道的缺陷却使她在他眼里显得越发独特，越发亲近，因为，也许，那更真实。实际上，她本身只不过变得更令人惊奇了。因此，对男人来说，这次邂逅不知不觉已经不再是他思想活动中的一件事，而逐渐成了他生活中的一件大事。他已不再以挑剔的旁观者的身份来看待这件事，旁观者苛求完美，而我们只能期待艺术拥有这样的完美。

他想认识她的欲望与日俱增，与半日俱增。

那只是因为他有勇气接受最初的幻灭，犹如她自己勇于接受工地。然而，产生于共同的小不如意的这种想象中的共同点却大大补偿了这种失落感。或者不如说，正是这点，正是这失落感本身，从一开始就已经变得鼓舞人心了。这种鼓舞人心的失落感已经从可能变为事实。

尽管他如此迅速地看见事情发生了这样的变化，却一如既往，似乎还一直在期盼能够重新看到昨天晚间开始的场面。他开始在每天上午，每天中午去林荫道等她，面对着工地。她并没有过去。他考虑得对，她一定已经决定避免看见工地。不过，他仍然坚持下去，准确地躺在工地前面，仿佛不想失去任何一次机会，亲眼看见业已开始的行动继续进行下去，而且在行动开始时那样的背景下继续下去。接连三天，他都在这么做，而在这三天里，他只在开饭时远远瞧见她。她始终没有在林荫道上出现。

饭厅里的饭桌摆成六行，每行四张桌子，很整齐，正方的厅堂很宽大，加长的部分有玻璃天棚覆盖。玻璃天棚呈圆形，天棚下摆的饭桌比饭厅里的饭桌小，那是为单身的顾客摆设的。根据天棚的形状，饭桌摆成同心圆形。那年轻姑娘就坐在其中的一张饭桌旁。那男人的位置也在那里，所幸是在她的对面，而且面朝内边。这一来，那紧靠着窗玻璃而且阳光扑面的姑娘就自然而然往外看，看宾馆门前的几个网球场，那就更难发现别人在观察她了。

靠近姑娘的饭桌，是一位单身女人的饭桌，她有她的小男孩相陪。这孩子非常任性，他的母亲几乎从未停止过交替使用逗他或责备他的办法让他吃饭。不过，忘性大的孩子也有时候自己来吃饭。于是，那姑娘便观察那孩子如何心不在焉地吃饭，观察得那么专心，那男人因此竟敢毫无顾忌地注视她。接着，孩子站起身，开始在饭桌之间玩耍，姑娘便对他完全失去了兴趣。

除了这个时段，男人注视她，就得设法不让她察觉。此外，他们俩饭桌的位置将她放在他的视野之内，所以他看她时不需要转头，只需抬眼就够了。她在他眼前出现是近景，侧面，在另两个住客之间。那两个人并不妨碍他看这姑娘，他们正对着她。这一来，他们不但不可能注意到那男人的视线在他们当中穿过，而且只能更好地保护他。他明白，这姑娘看东西比一般人的视力差，比如，她就看不见他的眼神。因为，他再灵活，掩盖得再好，换了另外一个姑娘仍然应该可以看见。然而，她却看不见。不过，他仍然小心谨慎，不让她察觉他在监视她。

对他来说，每次用餐都是一个机会，他可以观察许多有关她的事情。比如，观察她如何用餐。她吃饭津津有味，按时按量，专心致志。就是这么个宁静的人儿，一向贪吃的人儿，竟拒绝看工地，这让他觉得有趣。这样的恐惧竟恰恰侵入了这样一个身体里，这样的健康竟和拒绝看什么连在一起，这实在太让他心荡神驰了。每次用餐时看见这一幕，他一时间都会身不由己地沉醉在同样的欣喜和心安里。如此罕见的敏感竟为她奉献出如此丰富、如此自然的力量，这简直是奇迹！因此，她的恐惧本身全然没有什么病态的迹象，看上去却像冲动到宝贵极限的野兽般的活力，像她也会表现出来的发展到宝贵极限的饕餮。

跟她用餐的方式一样，执著，饕餮，她有时候也的确用眼睛在观看饭厅里她周围发生的事情。她放眼看着什么，然后再收回视线，然后再放眼看，不慌不忙地仔细观看，那不慌不忙的劲儿足以让人相信她有轻微的近视。但他深信，她那不慌不忙的仔细观看还只是次要的看，而前面那一眼反而清楚得惊人。还不如说她好像在看到什么东西之后，总要马上仔细审视她刚看到的东西对她产生的深层效应。之后，她又把视线转到外面，转到网球场上。于是，她的视线便在那里游移不定。无论她看见的景象或事物或人的脸庞是什么样子，看一段时间她都会放弃，转而看网球。有六个网球场，三个一排，组成一个很大的四边形，四周由围栏网关闭。一般说，这些网球场整个上午、整个中午、直到夜里很晚都有人占据，有时候，哪怕是午餐时间，也有网球爱好者在那里继续练球。宾馆的饭厅稍稍突出在网球场之上，在饭厅里可以听见球员们无表情而又机械的报分数的声音，尽管因为距离较远声音不大，但仍听得很清楚。他们一律穿着白短裤，球衣也是白色的，因此相互之间也看不出什么区别，在这样的距离，他们各自的成绩都在网球的来来往往中，在网球拍的反光中，在他们表面上看不出动机的手势中互相抵消、互相混淆了。网球场周边的围栏旁总有些观众。他们都一拍不漏地跟着比赛的某一方。但宾馆这边，大家只能对赛事有个大概的感觉。别的日子，那男人一边吃饭，时不时也看看网球场，跟宾馆的许多顾客一样，尤其是单身旅客。他现在还在观看，但如果说在此之前，他一直只觉得那些竞赛很荒谬，如今，观看竞赛本身却已经让他感到愉悦了：也是在那里，一天当中的每时每刻，球员们在锻炼某种明智的激情时，自然而然地跟令他振奋的无边无际的等待结合起来了。

在饭厅内，他觉得那姑娘不看小孩时，最爱看的是男人，尤其是那些在玻璃天棚下用餐的男人。她似乎还没有注意到他，他本人。他的位置在天棚的另外一端，有点朝饭厅的入口方向凹进去，这位置虽然已经摆脱了厅内的阴影，却在那亮堂堂的天棚下最隐蔽的地方。不过，他仍然跟她在一个地方，他，一个等待她的男人，一个注定属于她的男人。她显然还不知道他在注视她，不知道有一个男人对她很合适。当她看别的男人时，这个男人却感到高兴。他知道那些男人当中没有一个完全适合她。而他呢，只要他突然出现在玻璃天棚下，只要他向她笑笑，让她能够领会到，这个微笑正是那天晚上在工地旁边的微笑，这微笑之所以暂时停止，是因为它的主人无意让它显示出来，但实际上它从没有停止在他俩中间缓慢游弋，从第一天开始，它就是看不见的源泉，他只要让她明白这点就够了。看上去她对三天前在工地上发生在他们之间的事情全然无所感觉，这种无所感觉倒给她头上增添了一个善忘的光环，他感到这种善忘天真得可爱，而且只有他自己有所感受。她起码应该知道，只有他本人对此能够有所感受。

他观察的结果使他感到宽慰。再说，这几天他对她所做的每一次观察都让他放心。那些观察也令他吃惊，因为所有的观察都有助于使她更接近他在第一天希望她成为的那个姑娘。肯定说，她就是那个姑娘。她没有逃离宾馆，她已经尽可能成了他希望的那个姑娘。

自从他们相遇之后，男人再也没有听到过她说话的声音，然而，她在林荫道上面对工地说的那些话，却按她说话的次序经常回到他的记忆里。他连忙给每一句话寻找一个意思，其实那是徒劳，但他仍旧花很长时间尝试着重温她的声音、她的眼神、她说话时在他旁边走路的身姿。如果说他运气好，当时听到了那些话，那是因为他正好在那里，离工地很近。因为他之外的任何人在另一个晚上都可能与她搭讪，谁都不可能有别样的做法。她也会回答任何一个人，只要他在那里，在他当时的位置上，只要他在那晚上也与她搭讪。然而，任何人恐怕都不会像他头天晚上做的那样，尤其像他此后一直在做的那样，等待着再与她交谈。因此，他想，她与他相遇并对他说了那些心里话，比她与其他任何人相遇都更合适，谁也比不上他那么适合得到这类心里话。

他们相遇之后已经过了五天五夜。她用完午餐以后离开了饭厅，他并没有跟着她。他只能在用餐的时刻见到她。到现在已经有九次她在玻璃天棚下自己的饭桌旁就坐，他也观察了她九次。除了他，宾馆里似乎没有任何人再注意她。

当他来到饭厅时，她已经在那里了。整整五天，她每顿饭都去饭厅，而且每次都是最早到达那里。她总是一个人坐在自己的饭桌旁。表面看上去，她没有任何值得注意的地方。准确地说，她并不美丽。她的行为举止并不是一个知道自己美丽或渴求显得美丽的女人的行为举止。宾馆里有许多别的更美丽的女人，男人们都趋之若鹜。而她，她也看那些女人，跟所有的人一样，她想必也认为她们美丽，却不知道对他来说，她已经比她认为美丽的女人当中最美丽的更美丽。她究竟怎么样呢？个子很高。有一头黑发。她眼睛明亮，步履稍嫌沉重，她身体强壮，甚至有些粗壮。她永远穿浅色的连衣裙，跟其他女人一样，那些女人也都跟她一样，是来湖边度假的。

说真的，他从来没有真切地端详过她，或者说，从没有在近处端详过她，除了第一次，但那次是在暗处。他对此唯一能说得有把握的，就是他曾有一次看过她的眼睛，或者不如说她的眼神，那就是当她把眼睛从工地上转到一边去的那一刻。从此以后，他再也不能忘记那个眼神。他曾想，在她之前，他记不起来有哪次看见过谁如此自然地运用过眼神。他认为自己没有弄错。"为什么不？"他想。为什么就不是第一次呢？

　　每天清晨，每天下午，他都带一本书去工地注意观察施工的进程，一看就是几个小时。他总希望她回到林荫道上，走向她的恐惧。然而，她还没有回来。

　　新墙构架工程正有进展，但还能清楚看见工地的内部。有一部分显然是旧的。可以清楚区别，一边是旧围墙以及旧围墙里面很拥挤的空间，另一边是新围墙，新围墙里面却光秃秃的，没有任何东西说明它某一天会被利用，但它一天比一天更精确地被新围墙围住却是事实，工人们是在加长旧围墙，显然，旧围墙即将被第四堵墙所包围，不过，还没有确切标出那第四堵墙将来的位置。

　　这个工地与其他工地没什么两样。有特别的用途，这是真的。它出色地表明人类的预见能力发展得多么完善，这种能力竟在这里找到了运用的机会，其运作之冷静沉着毕竟令人吃惊。在那里干活的工人干得那么自然随和，仿佛他们是在干这里以外的随便什么土方工程或砖石工程。

　　他们甚至还比较快活宁静。有时，这个或那个工人还卷一支烟，坐在石头上抽起来。吃午饭乃是他们一天中唯一的休息时间。一些人在运送道旁干枯的急流沟里的沙石，另一些人在浇灌水泥。他们当中有几个人正在小心翼翼地拉线。只有这几个人似乎怀抱着神秘的意愿，只有他们知道新的建筑工程会伸展到什么地方，这工程有些什么内容。他们将线从草地的一点拉到另一点，超过了原来的建筑。然后，一些工人开始顺着拉线挖土。一部分草地已经被围墙，沟渠和拉线合起来围在了里面。工地因而缩小成了这些围墙的建筑工地，而这些围墙要永远围住的就是那一部分草地。他们决定围起来的那部分草地跟此前老围墙里的土地几乎同样大小。被推倒的那堵墙可以让大家清楚瞧见原来的那部分土地，那是完全被利用过的土地，它的每一平方米都为了那同样的用途，顺着预料不到但又是致命的节奏逐渐被填满。

好久以来，工人们所干的一切这个男人是明明白白的，他看见他们工作从没有感到任何不舒服。最多不过在他发现自己的心安理得有多么彻底时，这种心安理得带着几分苦涩而已。由于他的年龄和人生经验，他已经不会为那点小事局促不安了。而现在他比任何时候都更不会那么敏感，因为自从他遇见那个姑娘后，对他来说，工人的劳动再也不是事实上的劳动。他已找不到这种劳动与她无关的原来的含义。这种劳动就是工地，是曾经让她不安的工地。那些土地丈量员都是他的同谋。工人们挖下去的每一锹在他耳边都成了悦耳的歌声，甚至工人们让人联想到的死字，也仿佛在他耳边歌唱着她的不安。换句话说，一想到她竟会因看见那样平静的场面弄得如此不安，他就感到兴奋，比较起来，他自己后来看见那工地倒没有那么难受了。当然，这种不安的原由，他本来是可以说清楚的，他了解那些原由就像了解自己一样。他可以一谈再谈这些原由，因为所有这些原由都潜伏在他的身上，无疑也潜伏在所有人的身上，潜伏在他一生中那些缓缓动荡的日子里。然而，有这么一个人儿，看见那工地竟让她忍受不了，这倒使他避开了也忍受不了这类事情的诱因，假如她没有突然来到，他也许真会去体验这种受不了，而且会白白说上一番受不了的原由。

她看见了工地，这让他也必须去看。他想，如此这般看一个东西就像在用另一个人的眼光看东西一样，这是种幸福。

就这样，那男人逐渐变得难于理解了。他离开思想明快，意义明确的世界，慢慢陷进——而且一天比一天陷得更深——幻想的红色森林。

男人摆脱了现实，这现实如果只与他有关，本可以让他对它服服帖帖，但他摆脱了它，而且越来越倾向于只看事物的征兆。一切都变成了她的征兆或为她而出现的征兆。对她漠不关心的征兆，或她对事物漠不关心的征兆。他觉得，可以这么说，她似乎将他的日日夜夜都进行了过滤，他过的每个日夜都经过他想象中的她的生活方式的改造。

不过，两天以来，当他走进饭厅时，她已经就座了，但还没有用餐，他看见她不由自主地把头转到他这边，只不过并没有明确地把视线放在他身上。从她的不明确的眼神透露出的无动于衷判断，他明白，她并没有认为认出他有什么用处。她是否多多少少认出了他？也许在黑暗的林荫道上她并没有看清楚他的模样？也许，她甚至并没有记住那次邂逅？他几乎对她没有认出他来感到满意，这相当奇怪。他琢磨，如果她可能认出他，也许在另一个场合更合适。这样，她就给了他主动权。只要他愿意，她就会认出他。由于他有把握，她迟早得认出他，他竟听任自己有点吓人的感情驰骋：要完成某件必要的事情，这绝对取决于他。他丢掉了些许自己习惯的懒散。

每次进饭厅，他都担心她在这个时段离开宾馆。然而，每次她都在那里，他估计她还会待一段时间，因为她是在他们邂逅的前几天刚到的。他毕竟还是很忧虑。他还有多长时间可以支配？

有一天夜里，"她随时都可能离开"这个想法特别明确地出现在他的脑际。他想到了她可能离开的全部理由。有邻近工地，也有独自忍受这种不舒服的烦恼。男人便责备自己还没有去与她攀谈，责备自己如此这般延长享受暂不做决定的值得怀疑的快乐。他没有丝毫拖延时间的借口，仅仅因为总有可能把这个时刻往后拖。这天夜里，他一想到这点就害怕了。一想到他也许永远不会认识那姑娘，他个人孤苦伶仃的形体便像幽灵一样在黑暗中突然出现，假如他又回到他可能选择的完全无依无靠的状态，他害怕自己会恨自己。他倒愿意这种害怕发展下去而且变得明确，但这种害怕是在愚弄他，所以他没有达到目的。也许这正是那种恐惧在另外面目下的回归，当时在工地面前多亏了她，他才没有感受到那种恐惧。是的，这种黑夜的恐惧完全可能与她只在工地前面才能感受的恐惧是一回事。

他终于放心了。他对自己说，她不可能在他们之间发生点什么事情之前就走，而且这事情不可能再拖延了，他适才体会到的恐惧正好是那一刻即将到来的征兆之一。然而，他花了比平时更多的时间才再一次冷静下来。

那是在第二天，午餐以后，他待在吸烟室里离她不远的地方。平常，用餐以后她从不留在那里，总是一吃完饭就回到自己的房间或径自出门。而这一天，是因为无聊吗？她在那里停留了一阵。

她背朝着他。他看见她的头发随便挽起来垂在后颈下边。自他们邂逅以来，这是第一次他离她如此之近。是第一次她离他近到了他一伸手就能触到她。他并没有认真想去这么做。但他想，他有可能，比如说，假如他愿意，在起身走出吸烟室的那一刻，触到她放在安乐椅扶手上的胳膊。他没有这么做。他仍旧坐在原来的地方。他在注视她，他在注视她那被忽视的头发，她随意处置的头发。他倒不相信这天她的头发格外被忽视。他想恰恰相反，就应该那样。那些头发就应该随时准备散开。她稍微动动头，那些头发便随着头的动作轻抚着她只遮了一部分的后颈。

有一小会儿，她的身子往前倾，头发便翘了起来。他可以看见她的宽松短袖衫领子内边因为脖子的摩擦而有点肮脏。

这状况猛然引起了他万分的激动。看见这被脖子弄脏弄皱的领子，还有被头发遮了一半的后颈，这内衣，这可以弄脏内衣的头发和脖颈，所有这些东西都只有他一个人看见，她也不知道他在看，而且他看得比她还清楚，这一看便让他重温了那天晚上他们初次在工地前邂逅时的情景。这就像是他们两人同时生活在她个人的体内，只不过她此刻还不知晓罢了。

在这一天的夜里，当时那一瞬间的记忆在他身上竟变成了欲望。他看见的不仅是与他想象中的她相符的疏忽的征兆。那细节使他产生了极为贴近的现实感，此前他对她还从没有过这样的感觉，一想到这样的现实，他就明白他再也不可能逃避了。显然，他从第一天，从第一刻起就想占有她，就在他们俩单独站在黑黢黢的林荫道上那一刻。但现在这种欲念立即变得如此之强烈，他最终竟祝愿她比过去更对自己的生活心不在焉。这样，时候一到，他就能够更全面地乘其不备而抓住她，就能更充分地利用她，更彻底地支配她的肉体，在这之前，这肉体一直处在极端的疏忽之中，正是在这种疏忽中他曾无意识地发现过这个肉体。

这一夜，他很难入睡。他仔细观察自己欲火中烧的肉体。看自己的肉体，这就好像已经在看她的肉体，好像她的双臂已经融入了他的双臂。他听任自己这么干。上天赋予他身体以毅力和口才，他可以冷静地说他想占有她。他，他可以更冷静得多地这么说。于是，在冷峻而安心的强力自我克制作用下，这男人破天荒第一次感到自己与自己十分默契。

他并非盲目到想不起来曾经对别的女人也有过这种感情，然而，他仍然为自己能够再一次体会这种感情而高兴，而且这一次是那样全身心投入，这种全身心，他没有也不想在自己的记忆里找出等同的第二份。他也并不反感自己还能认为自己过去只是十分模糊地预感过现在经历的一切。

不过，这一夜并不足以让他下决心与她攀谈。的确，宾馆的生活很少有机会这么做。但他主要是还没有下决心。倒不是因为他习惯于拖拖沓沓。他好像才突然开始细细品味耐心的春药，品味耐心的快感。

午饭以后，宾馆里大部分旅客都聚在吸烟室里，他们在那里度过午后的时光。如今，她好像也习惯于去那里待一会儿。然而，这个地方似乎不利于男人用对两人都适合的方式与她攀谈。有失去她的危险，但他也不会因此而冒他认为同样的危险去当众与她接触，去让她被人注意。宾馆里似乎还没有人留意这个孤身的女孩子，的确，她身上没有任何东西可以留住谁的不相干的眼球，没有任何东西，除了她对穿着和举止轻微的疏忽和随便。但她身上也没有任何东西意味着她决心拒绝所有的来往。她处在难以理解的被人一无所知的状态，这让他感到放心，对她的诱惑力的绝对私密性质感到放心，因为这诱惑力只为他，为他一个人表现出来。在那些肤浅的人看来，她是那样的不引人注意，这可远没有让他对她产生怀疑。但这种隐姓埋名也有某些怪异的东西。因为不仅别人无视她的存在，而且那些人也不知道他认识她。出于这个事实，不仅他不敢摆脱这种可以使她不惹人注目的魔力——仿佛上天赋予了她不被人看见的能力，而且，假如有人注意到他们之间那一点点关系，他已经通过一种非同寻常的共谋关系与她连在一起了。

不，哪怕有失去她的危险，他也绝不会当众与她攀谈。

跟地点一样，男人认为适合他们会面的时间也难以确定。

目前，他认为夜里的某个时段似乎最有利。在那几个钟头，宾馆已经完全安静下来，在曙光升起之前的几个钟头，那时，狗嘶哑的叫声从开着的窗户传进来，使黑夜变得更加可靠。尽管利用部分上午和下午的时间，他一直在林荫道上按时等待她，现在，他认为凌晨的那几个最冷清的钟头似乎最为合适。在这样的时刻，他颤抖着，警醒着，有时还会坐起身，深夜明显的优越性还会使他忽地站立起来。他摸黑站着，半披着衣服，他很懊恼，因为没能感到自己完全可能走进她的房间，对她说："我请您原谅，我就是宾馆里那个寄膳宿的旅客，您知道，我……"

尽管有这些想象的或真实的障碍使他未能实现这第二次会面（但那些障碍越是难以克服，他越觉得它们也许只是想象中的，因为他知道他老爱想象），他并不绝望，他相信他一定会成功。甚至相反，如果说他已经停止去想，去来回琢磨，那是因为他已很快找回了绝对的信心，认为他每天都在更接近她。他这才知道，假如他向急躁让步，假如他摆脱那魔力，假如他服从夜里的命令，他就会搞乱一种绝对不可避免的必然性的步伐，而这必然性是对他有利的。然而，他是在停止琢磨之后才知道这点的。

与此同时，他觉得他生命的终结似乎已经奇怪地临近了。在最后这几个礼拜，在想到这点时，这生命的终结又同更遥远、同时又更确切的什么事必将来临的日子混在了一起。而现在，这生命的终结又同他即将认识她的那一刻混淆起来。那一刻临近了，然而，与此同时，生命终结的本身又变得不大可能了。他不再思考这意味着什么。就好像他在此刻即将开始照原样生存下去、幸存下去，摆脱他所有的义务，所有的忧虑似的。

他的未来在某种大海般宽广的时限里展开。他出现在那里甚至解除了希望的义务，通常，人是在死亡的时候才解除这种义务的。显然，人有机会在死亡或别的什么中丧失生命时是不需要希望的。而且从表面看，谁都可能认为他已陷入绝望的深渊，他面对的是最后的大限：死亡。他只顾自己痛苦，他逃避所有在宾馆认识的人，他好像在梦里用餐，他成天在工地前沉思默想，他的面孔因极度的焦虑而抽搐。或者说，难道是因为她同死亡已结下了不解之缘？他即将接触她的那一刻在他身上业已不知不觉替换成了真实的死亡大限。无疑，这也说明为什么反过来说，他觉得，他即将接触她的那一刻似乎已没有了前途。

他始终不知道她是否注意到了他。在她的态度里一点也看不出有什么可以考虑的东西。不过，这种不确定性并没有真正让他忧虑。她需要他，他有把握。她需要任何一个迫切需要她的人。尤其从她憎恶工地的那一刻开始。在这方面他完全放心。他认为她没有能力做点什么以引起别人注意她，他也不相信她有什么选择的余地。跟她的恐惧一样，她的偏好恐怕也是陡然而至的、消极的、无法克服的。

晚间，当他返回自己的房间时，他才发现那一天过得很充实。

每天晚上，他都带回来一些她身上的东西。他很晚都醒着。

每个夜晚他都要重新臆造她的故事，有时从黑暗中的狗吠声开始；有时从正在升起的红色曙光开始；或者干脆从躺在床上的他身边的空手开始。

他什么也不干。他不再读书。带来的书，他也不再翻开书页。除了眼前发生的，除了他自己经历的，他一刻也不能考虑别的事情。别的任何东西，最广泛的、崇高的、重大的，在他面前都有别于前者，而且这种区别是无法克服的。

如果他有时感到自己在这方面有罪过，这种感觉也并非没有带着几分满意之情。他在某天晚上也曾偶然遇见她，于是，他在编剧本时便受到启发，尤其在戏剧语言最强烈最天真的部分。这戏剧以他设想的值得热爱的天真，不仅占有压倒其他戏剧的领先位置，而且，在他看来，在已叙述的事物中独占叙述最简练的鳌头。他毫无办法。再说，他发现自己重视这出戏而忽视其他戏剧所感到的快乐，也是一种报复的快乐。他甚至想，此前他讨好别人的戏剧也许只是因为他个人的一生缺少戏剧。

他知道她的事，太少，少得惊人，但却足够他了解她了。由于那工地，宾馆附近的工地，她要说的话，她都以单纯而完美的吐露真情的方式对他说了。事实上，一切都很简单。因此，他想，当他们再见面时，他们要说的话远不会有他们的动作或他们的眼神要表达的那么重要。

事情正是他想象的那样。

她又去林荫道了。

约莫中午时分。工人们还没有收工。她打开篱笆，走上林荫道，十天以来，那男人每天清晨，每天晚上都在那里等待她。当她出现时，他很肯定，他此前从没有怀疑过，她一定会回来。从第一天起，他就知道她顶不住再去看看工地的需求，既然工地离宾馆那么近。他终于明白，为什么他执意去林荫道等待她，尽管他自己跟自己争论了那么长时间。

她朝他走过来时，他一直躺在自己的长椅上。

这一次，是她停在他面前。她看看工人，并没有走远。她给人的印象是，她似乎在竭力控制自己。她的眼神已经不是他们邂逅那天晚上的眼神，它显得不那么确定，但更专心，控制得更好。

整个山谷的天气都非常晴朗。工人们在阳光下干活。有些人还脱掉了他们的衬衫，光着身子运送沙子。工程进展很快。墙基已经在前几天打好了，剩下的工作就是将它们增高、加固。丈量人员已经不在那里。

"他们还在干。"年轻姑娘说。

这次，她的嗓音显得伤心。男人没有看她。他跟她一样在看工地。已经看不见新围在墙内的那块草地。那是正在结束的事物，它已经在山谷里有了自己的位置。由于丈量人员已不在那里，那已不再是一个亟待解决的难题。

"他们起码运了二十来辆车的土。"姑娘又说道。

男人终于停止看工地，他朝她转过身来。

"现在墙太高了，"他说，"再也看不见任何东西。"

姑娘好像试图回忆点什么。他明白她已经忘记了工地。她正试图像他记得她那样准确地回忆起他。男人注视着她，微笑着。她随即也笑了，而且开始注视他，看了又看这个正在回忆的男人。

"真的。"姑娘说。

她继续注视他，微笑着，那专注带点夸张。他也微笑着，也看着她，但不那么直接。那不是他演的角色，而且他恐怕也不会扮演这样的角色。他知道，她正在发现他能清楚回忆起她。他想，他可能有点苍白，她已经注意到他有点苍白。在注视他的同时，她似乎在努力弄明白为什么他在回忆她时会有那样的记忆力。

她走开时，走的是宾馆的方向。她没有朝林荫道深处那边走。很明显，她已经忘记了为什么来到这里，她已经忘记了工地。男人很想追上她，大声告诉她，像工地这样的东西的存在，那是运气，是快乐。他没有这么做。他不能大声叫她停下，也不能站起身试图追上她。这种无能为力也令人满意得出奇。每心跳一下他都感觉浑身发热。

从这天开始，他们见面时打招呼了。

他一进饭厅，她就微笑着对他轻轻点点头。不过，她并没有去他的饭桌，他也没有到她那边去。

在他们第二次见面之后的三天里，她也许向他作了五次这种相识的表示。她的微笑并非千篇一律。他第一次再看见她时，那是在饭厅里，跟平时一样，在他去林荫道之后几个小时。她对他微笑。她的微笑有点胆怯。他迫切希望鼓励她进一步笑下去，但他没有鼓励。她的微笑因而消失，而且当天再也没有笑过。他坚信这第一次微笑是试图取悦他，同时也在询问，带点笨拙。她可能对他们之间发生的一切还有些犹豫。

从当天晚上在吸烟室门前她对他的微笑中，男人注意到这种犹豫增强了，几乎接近于慌乱。他对她装出随随便便的样子，想让她更慌乱。既然她知道——因为她知道——他故意推迟与她攀谈的时间同以往那些日子的推迟已经不是同一回事，这种推迟就具有了另外的性质。他这次推迟是想让她也急不可耐，让她竭力耐着性子去与他相见。然而，她永远也不会有耐心。她总是匆忙对待一切事物。于是，他对自己说，现在无论他干什么，他们最后相会的事情不能再拖下去了。

他们第二次相遇的第二天，他走进饭厅时，她仍然对他微笑。他立即明白，她显然知道他们俩会发展到什么程度。假如说她还有点犹豫，那恐怕也只是不知道他希望看见她在他面前是怎样的做派。这天，她看上去有如一个不知道如何是好的人。她在他沉默而毫无线索的小道上等待着，他却坚守着沉默，看着她行动，还没有同意给她任何做派方面的指引。

这天，还有下一天，他都没有试图帮助她。他已经不再在林荫道上等待她了。

用餐时，她显得很活跃，也有点担心。她不可能怀疑的，就是自己让他感到满意。她看上去很高兴。一种含义丰富的急切心情使她再也坐不住，她抬眼望着男人，那憨直的模样几近于粗鲁。

这一天，他发现宾馆里的其他男人开始看见她了。

第三天，她的微笑很严肃，而且有点虚伪。那微笑本来想让男人相信，她试图成为他的沉默的同谋，因为她终于理解他等待的缓慢潜能和潜能下蕴藏的破壳的力量。然而，她一看见他没有任何赞同的回应，微笑立即在她脸上变得暗淡了。

到用餐完毕时——这完毕本来可能意味着她的失败——他才开始注视她，他的眼神是那样意味深长，他看得那样坚决、那样认真，她不可能不明白，从此以后，她那样对他微笑会毫无用处，任何取悦他的努力都没有意义，都毫无价值，现在，他们的会面只取决于时间的长短，而且这样的时间还远没有终结，砍断时间的流程是不利的，因为不该断时硬断，这意味着比她刚刚逃脱的失败更加严重的失败。

她再也不用费神冲他微笑了。从那一刻起她开始等待。从那一刻起他们俩也在为他们这种互不理睬忧心忡忡，就好像在这个度假宾馆里，在盛夏时节，尽管他们俩都完全自由，他们的爱情已经受到了死亡的惩罚。

不过，她显然只对他感兴趣。她再也不看那曾使她着迷的孩子。她也不花力气去对他掩盖：除了他，她对别的任何人都不感兴趣。她还在观看的只有网球场，不过，也许是视而不见。

他知道她在宾馆的房号：她住在他的楼下，在他的房间对面，因此，他只能走出宾馆，而且绕到宾馆后面去才能看到她的窗户。他得知这一切的当晚就这么做了。他待在外面直到这个窗户灭了灯，他看见她睡得很晚。他毫不犹豫地相信，她很急切，她已不能像她平时那样安静地睡着了。

在他们第二次相遇后的这三天里，男人没有回到工地。他甚至没有去想那地方。如果说那工地有过它可利用的时段，现在它已完全被淹没在过去里了。他一次也没有再去过林荫道，他不想知道她是否回那里去找过他。他用餐完毕之后便远离宾馆去到山谷。他在那里散步时，想到她也并不感到忧虑。这几天，湖北面的群山上下了一点雪。

如今该了结了，他们的等待正在结束。他们俩都知道这一点。不过，他们不知道的，是这一切该以什么样的方式结束，他们怎样从那里面走出来，什么地点，什么时间。

他睡得很少。他瘦了，当他照镜子时，他几乎再也认不出自己。他这时却很漂亮。他眼睛下面有很大一圈青紫色的等待痕迹。

第四天过去，等待才算结束。

这一天，湖边的山谷非常炎热。头天晚上她去到饭厅时，穿着打扮都与往常不同。她的头发散开了。他在想象中看见她独自待在自己的房间里；还虚构了她的举动，她恼怒到极点，却什么也没有把握；还臆造出她如何提前，那大胆劲与男人好有一比。同样，她还穿了一身新长裙，红色的。

她就这样突然出现在他面前，同他刚才虚构的外形和颜色一模一样。接着是他们共同的迫不及待，是他的爆炸性动作，是他们俩的胜利。

他明白，他们的等待已经结束了。

时间还早。男人晚饭后走出饭厅，开始在草地上走，走过网球场就是围绕湖泊的草地。

在第二天之前，忽然又得等些时间。这个时段还拖得怪长。因为应该在第二天：这个期限淹没了所有别的期限，直到最遥远的。

男人从他迈步的那条路上看见前面广阔的土地上布满了村庄、山峦、草地。他也最后一次看了看工地。工人们已经结束了工作。林荫道上一片寂寥。如今四堵墙都达到了同一个高度。剩下的活儿就是粉刷成白色。墙已经修好了。

事情必将发生的时限还很远。男人闲荡着，夜幕正在降临。他有充裕的时间回去。他感觉自己的状况足以让他非理智地活得很长。

一吃完午餐，她就到吸烟室去坐在他对面。跟昨天一样，她的头发没有扎起，穿的也是红色长裙。她坐到他对面，他们互相注视着，是她首先对他笑起来，笑声很低，很长，不大得体。这可能是一个终于可以毫不激动地沿着全世界的工地围墙走动的女人骄傲的笑。然而，在这笑声里却仿佛有一种令人震惊的庸俗，谁都会试图克制这样的庸俗，但一种破坏性的大胆却让它流露了出来。她此前所有的笑声都与这一声笑毫无共同之处。他回应她的也是类似的一声笑。

在他们身边的宾馆其他旅客发现这两人并不认识却互相笑得非同寻常。出现了轻微的不自在。坐在他们旁边的人都不再说话。

男人朝吸烟室的房门望过去，他不期然看见正午炽热的太阳正直晒着公路。他不再想别的。他站起身便朝房门走去，来到公路上。他接着再往前走。他超过上午才布置停当的露天赈济游艺会，游艺会周围是小贩的叫卖声和一大片红色的帐篷。许多摊位已经支起来了，有些人在村庄广场荫凉的地方在电唱机雷鸣般的乐音下跳舞。几个站在射击摊位前的年轻人正在瞄准石膏的鸽子小塑像。大群大群的孩子在那里观看，一副若有所思的样子，他们在观看装满水果香糖的手提箱，手提箱大开着摆在路边，紧靠着后面架在支架上的货摊。他是在走过露天游艺会，离宾馆一百来米的地方才听到她的脚步声的。他转身看看，但仍然继续往前走。他悄悄笑着：他知道她会跟着他走。

他继续走着，她则继续跟着走，好像这很正常。

他让她走了好久。他走得还很快。她显然很难追着他走。有时，他能听见她飞快的脚步跟在他后面，他便加快了迈步的速度。在他认为她可能气馁了时，他转过头却并不停下来。她便在路上站住不动，眼看着他往远处走。不成问题，他知道一旦她不想跟他走

176

了，她会去哪儿。她恰好停在他决定要带她去的那条大路的边缘。她停在那里，说明她要让他知道，她已经明白他们再见面的地方正是那里。当他再一次转过身来时，他再也看不见她了，他这才明白她已经拐了弯。他往回走以便与她会合。他笑着。

那是大湖附近的一个小湾，几乎完全被芦苇地掩盖。湖水是从土地里涌出来的，要想往前走，必须脱鞋。土地是由盘根错节的芦苇根形成的，在腐殖土上又长了别的芦苇，真可谓水上加水。男人为了到达湖上，必须穿过芦苇地，开辟出一条道路。然而，要做到这点必须顺着一条新开的通道走，这条通道是由断了的芦苇和另外一些弯下腰但还没有再直起来的芦苇形成的。当他来到芦苇地中央时，看见这地方的芦苇几乎与他一般高，在这些芦苇中还长着另外两种开花的植物。第一种有芦苇一半那么高，它们的黄色花朵使另外那种植物花朵紫中透红的颜色显得格外丰满。芦苇的深绿色和芦苇花的墨黑色使那两种花色的配搭显得更为耀眼。黄花朝它们周围发出一种淡黄色的冷光。黄花的花枝又硬又直，与其他的花恰恰相反，从不会在湖上的微风吹拂下弯腰曲背，它们仿佛天生头脑清醒，忧心忡忡，时刻提防着别向威胁着它们的慵懒怠惰让步，那慵懒怠惰来自那甜甜的水，那温柔的湖，来自生它们养它们的水的肚腹。在它们旁边，紫色的花朵更稀罕，更柔韧，毛茸茸的花枝柔顺、灵活，微风轻轻一拂，它们就弯下腰去，屈服于风的意志，真是雌性的花朵。不过，黄花的光芒却在它们身上暗淡下去，在它们那心醉神迷、随时准备让步的华丽当中暗淡下去。

这种花朵之间的匹配使男人身体的各个部位都猛烈涌动起来，现实的涌动，记忆的涌动，他感到自己充满认知的力量。

他继续走他的路。

走出芦苇地时，他看见她站在小湾的对岸，她正在看他朝她走过去。

广　场

王道乾　译

她们是包揽家务的女佣，在巴黎火车站下车的不计其数的布列塔尼女人。他们是乡村集市的流动小贩，卖点儿针头线脑，零七八碎。他们——成千上万——不名一文，惟有一个死亡的身份。

这些人惟一关心的是如何生存下去：不要饿死，每晚都要找到栖身之地。

还要不时地，在偶然的相遇中，聊聊天。聊聊他们共同的不幸与各自的艰辛。这一幕幕往往发生在夏日的广场上，列车上，以及集市上那些熙熙攘攘、伴有音乐的咖啡馆里。没有这些，照他们的说法，他们就无法摆脱孤独。

"先生，再给我讲讲坐满人的、演奏音乐的咖啡馆吧。"
"小姐，没有它们，我就活不下去。我很喜欢它们……"
"我相信我也很喜欢它们……有时候我很想到那个地方去走走，可是您看，一个像我这样的姑娘，单身一人，是不可能的、不许可的。"

"我忘了：有时候，有一个人在注意看您。"

"我知道。走近了？"

"对，走近了。"

玛格丽特·杜拉斯

一九八九年冬①

---

① 本书于一九五五年由伽里玛出版社出版。再版时作者对其稍作修改。两个版本不同之处，编者均加注说明，以供参考。此处系新版本所添加。

I

一个小男孩从广场花园深处悄悄走出来，走到姑娘面前，站在那里。

"我饿了。"小孩说[①]。

对那个男人来说，这倒是引起谈话的机会。

"真的，是吃点心的时候了。"他说。

那位年轻姑娘没什么不快的表示。相反，她对他同情、好意地微微一笑。

"真是，我看真是快四点半了，吃午后点心的时间，差不多。"

她从靠近身边搁在长凳上的一个食篮里拿出两片涂果酱面包，递给小孩。接着，又在小孩脖子上轻捷灵巧地系上一条餐巾。

"很乖嘛。"那个男人说。

姑娘头摇摇，表示异议。

"不是我的孩子。"她说。

小孩拿着两片面包走开了。因为是星期四，这里的小孩真不少。在广场花园里，小孩很多，大一点儿的，玩弹子，或者追来追去跑着玩，小一点儿的，玩沙坑，最小的，坐在四轮童车里面耐心等待时间到来，以便和别的小孩一起走。

"您看，"那个姑娘接着说，"倒也可能是我的孩子，人们常常把他当做是我的孩子。我应该说，不是，不是我的孩子，跟我一点儿也不相干。"

"我明白，"那个男人说，微笑着。"我也没有孩子。"

"有的时候，小孩那么多，到处都是小孩，没有一个和自己相关，也怪有趣儿的，您不觉得？"

"那还用说，小姐，不过，已经是那么多了，不是吗？"

"先生，那可也不见得。"

"不过，人们喜欢孩子，孩子也讨人欢喜，这难道没有什么重要意义？"

"相反的意见怕也不好说吧？"

"那还用说，小姐，是的嘛，这个，想必也要看他性格怎么样。我觉得有些人可能满足于已经生了这样一些孩子。我认为我是属于这些人当中的一个，这种人我见过不少，而且我也可能有那么几个孩子，不过，您看，我对他们很满意，这我也办得到。"

"先生，您当真见过许多？"

"是呀，小姐，我到处旅行嘛。"

"我明白了。"那个年轻姑娘很讨人喜欢地这样说。

"此刻是例外，我正在休息，我是无时不在旅行之中。"

---

① 一九五五年版：他宣布说。

"广场，原就是规定给人休息的地方，尤其是在当前这个季节。我喜欢广场，我也是喜欢广场的；我喜欢户外活动。"

"那个么，也不花费什么，因为有这样一些小孩，总是叫人心喜的，其次，认识的人很少，有时候，在这里，又有机会和谁谈谈、讲讲。"

"不错，照这个意思说，真的，是很方便很实际的。先生，您在旅行当中还销售货物？"

"是的，这是我的职业。"

"永远卖同样的货色？"

"不不，货色不同，不过，您知道，都是些小玩意儿，小商品，不可缺少的，人们常常忘记买的。我那个中型手提箱里面样样都有。如果愿意的话，不妨说我就是旅行商贩，我说的这个意思您是明白的。"

"可以在集市上看到，货箱在您面前就那么一摆？"

"对了，是这样，小姐，在露天集市边边上可以看到我。"

"先生，我是不是可以问一句：这收入是不是正规？"

"我没有什么好抱怨的，小姐。"

"我也不是这么想的嘛，您看。"

"收入很可观，不不，不能这么说，不过，日复一日，总有所得。我说正规，就是这个意思。"

"先生，我冒昧再问一句：因此您是饥来则食，不缺什么？"

"那当然，要是饿了，就有饭吃。我也不想说每一天都按同样方式吃我的饭，不是那样，有些时候，手头有点紧，总而言之，每天都有饭吃，这是办得到的，不错。"

"那太好了，先生。"

"谢谢，小姐。是的，我差不多每天都有饭吃，您看。我没有什么可抱怨的。由于我就一个人，我又没有固定住所，所以我没有什么大不了的忧虑，当然。不过，也有一些忧虑，仅仅与我一个人有关。有的时候，我缺一管牙膏，有些时候，我缺少同伴，除此而外，都过得去，是这样，过得去。小姐，承您关切，谢谢了。"

"先生，这是不是一种人人都能胜任的工作？至少您认为是这样？"

"是的，一点儿也不错。这甚至是任什么人都可以胜任的最好的一种工作。"

"看，我还以为这种工作得具备某些必不可少的本事才行呢。"

"严格地说，最好能够阅读，因为晚上住在旅馆里读报，搞清楚车站名称，让你生活做事方便，也不过就这些。要求并不多，而且，您看，饿了就有的吃，天天都是如此。"

"我嘛，我想的是另外一些必不可缺的本事，我的意思是说耐力，不如说是耐心吧，还有坚韧不拔这一类品质。"

"因为除了这种工作之外我没有做过别的事情，所以我无从判断，不过您说的那些品质，我看不论别的什么工作都同样需要，都少不得。"

"要是我还敢再问一句，先生，我就问问：您是不是认为您还要继续这样旅行下去？您是不是认为有一天就不再外出旅行了？"

"我不知道。"

"随便谈谈嘛，是不是，先生。请原谅我一再向您提出这些问题。"

"请呀请呀，小姐……不过我真是不知道我是不是还要这样继续下去。别的我也没法说，真的，我不知道。怎么可能知道呢？"

"这就是说，也许永远这样旅行下去，总该有一天不想再出门了，我问的就是这个意思。"

"看起来，事实上应该有那样的打算，是这样。不过，一种职业又怎么能停下来不做，再去另换一个行当？又怎么会为了这个行当丢掉那个职业，这又是为什么呢？"

"要是我理解得不错，不再出门旅行，全凭您一个人做主，不关什么旁的了？"

"意思是说这类事情怎么决定，这我可从来就不大清楚。我没有什么知交，我是孤单一个人。除非哪一天交上好运，我看不出为什么我要改换工作。而且我也不知道在我这一生里会不会出现这样的机会，我不知道它竟有可能像一阵风那样从什么地方吹来。我的意思并不是说这样一阵好风不可能有那么一天也吹到我头上来。不可能知道嘛，是不是？我的意思也不是说好风吹来我会不愿意，不是的，决不是这个意思；不过，就当前而言，真的，我看不出有什么好风在吹，促使我下那个决心。"

"那么，比方说，先生，您不能索性抱有那样的愿望？愿意换一换工作？"

"不行呵，小姐。我愿意每天都生活得干干净净，吃得饱饱的，还要有地方睡觉，穿得体体面面的。我怎么会有闲心企望得到更多？何况旅行也没有让我感到不愉快，我应该坦白承认。"

"请原谅我。不过，我还是想问问您是怎么开始的？"

"怎么和您说呢？这种事，说来话长，很复杂，其实我觉得简直无从说起，说也说不清。无疑需要从头说起，这么一来先就叫人感到心烦，不过，总括起来说，我觉得我这种情况和其他别的人并没有什么两样，没有什么不同。"

一阵微风吹来。从这阵和风推测，夏天快要到来了。这风一吹，天上的浮云吹散，新到来的热气就在城市上空扩散开来了。

"天气多么好呵。"那个男人说。

"真是这样，"姑娘也说，"热天几乎已经开始，日复一日，天气将要变得越来越好了。"

"小姐，要知道，任何职业，任何立身之道，那特殊规定的条件我都不具备。我相信，对我来说，这种情况实质上还要继续下去，是这样的，我相信是这样。"

"这么说，对任何生活、任何职业，您一律都抱有反感，都讨厌？"

"不是反感，不是讨厌，那言重了，但也不是感兴趣。总之，我和大多数人没有什么不同。我成了现在这副样子，和所有的人也没有什么不同，真是这样。"

"不过，您所以这样，是由来已久的，和您现在这样的情况两者之间，是不是在那个时候每一天都找不到做出改变的时机？是不是从来没有对别的事、对某一件事发生兴趣，没有这样的机会？"

"哎呀，那可好！时机总是有的，我并没有说没有，这种情况对许多人来说想必一定发生过，是的，但对有一些人来说，情况就不相同，不是这样。总有人情愿什么变化也不要发生。我的情况实际上就属于这一类。真的，对我来说，我相信是这样，而且还要继续下去。"

"对我来说，先生，那是继续不下去的。"

"您能够预见到这一点，小姐？"

"是呀。我的情况就不是可以长此以往继续维持下去的。按性质说，迟早总要告一段落。我正在等待结婚。我一结婚，这种情况对我来说就算结束了。"

"我明白，小姐。"

"我的意思是说，在我的生活里，它只会留下一点痕迹，就仿佛从来不曾经历过似的。"

"也许我也差不多，谁也不可能预见一切，对不对？有朝一日我或许也会变换一下工作。"

"我嘛，我是一心向往；先生，这是不一样的。我的职业，并不是一种真正的职业。人家这么叫它，为的是把问题简化。那并不是一种职业。那是某种状态，彻头彻尾的状态，您明白吧，比如说，是一个小孩，或者是病人。所以应当叫它告一段落，有个了结，不能叫它再继续下去。"

"您的意思我懂了，小姐。您看，我，不久之前，我做生意，跑了一趟，兜了一个大圈子，现在我在休息。一般说，我不大喜欢考虑将来，而且今天我休息，更不愿意想将来的事；所以我很难给您解释我为什么这样自作自受拖延着，不想有什么变动，甚至事先想一想也不愿意。请原谅我吧。"

"先生，应当请您原谅我。"

"哪里，小姐，随便谈谈总是可以的。"

"是呵，真的，谈谈也不会引起什么后果。"

"这么说，小姐，您在期待着别的什么事？"

"是呵。有什么理由不许我像别人一样也有结婚的一天。刚才我讲给您听的就是这个意思。"

"果然不错。不许这样的事有一天也发生在您身上，那是毫无道理的。"

"当然，像我所处的这种状态，坏话被人说了不知多少，人家还是可以说出相反的意见来，说没有任何理由这种事也发生在我身上。像我这样的处境，为了使那样的事看起来合理，那就必须竭尽全力促使它实现。我想要得到的就是这样。"

"没有理由不进行到底，毫无疑问，至少人家是这么说的，小姐。"

"我考虑过很久。我还年轻，我身体很好，我又不是好说谎的人，我不过是这么一个女人，和那些所有地方都能见到的女人一模一样，大多数男人都能接受。我奇怪这样一个男人就是找不到，总有那么一天，总有那么一个男人，注意到这种情况，又能跟我合得来。我反正抱着希望就是。"

"那是没有问题的，小姐，但是对我来说，如果您的意思是指这种变化的话，那么，有了一个女人，那又叫我怎么办？我全部财产就是这么一个小小的箱子，我一个人还勉强可以维持。"

"先生，我的意思并不是说您非有这个变化不可。我说变化，是就一般而言。对我来说，那就是结婚。对您来说，那就牵涉到别的事情也说不定。"

"我并不认为您讲得不对，不过，也存在着特殊情况。我愿意像您，像您那样使出全力希望发生变化，我愿意变化一下，可是办不到。看来您是一定要变化一下的，不论怎么样，您反正想来个变化。"

"那是因为您希望变化不要太大也说不定，先生。我嘛，我觉得我是希望变化越大越好。您看，说不定是我错了，不过，我看我周围发生的任何变化，跟我的意愿相比，那些变化我看都很简单，没意思。"

"但是，您就不认为一个人在非常急于寻求变化的场合下，可以按照他的特殊处境希望发生不同情况的变化？"

"先生，我请您原谅，我嘛，哪怕是处境特殊，我也不管，我也不想知道。我给您再说一遍，我是抱着希望的。我应当说，我要尽我之所能促成希望实现。所以，每个星期六，我都参加舞会，逢会必到，谁请我跳舞，我就跟他跳。正像人们所说，实情最后总会看得明，我相信我是一个有资格结婚的姑娘，和别的姑娘没有什么不同，总有一天，会被看得明明白白的。"

"要知道，就我这方面说，仅仅参加舞会还不够，即便我一心想变一变，采取的方式也可能不像您那么彻底，小姐。我的职业，不过是一个小小的职业，确实微不足道，说是职业也勉强得很，总的说，对于一个男人，我怎么说呢，算半个男人吧，勉强说是也就可以了。所以，面对发生变化的生活，像这样的变化，哪怕仅仅在极短的时间，我也不可能。"

"所以说，先生，处在您这样的处境，换一个职业，也许换一次就够了？"

"但是又怎么从现在这个职业脱出身来？这个职业本身就不允许我设想结婚，又怎么能从中脱身而出？我的装货的小箱子一天又一天、一夜又一夜总是把我拖得越走越远，甚至于，是的嘛，从这一顿饭拖到下一顿饭，马不停蹄地不叫我停步，不给我时间让我从容地想一想。变化应该朝着我一步步临近，我仍然没有余暇迎面走上去。其次，是的，这一点我承认，我自始就感到没有人需要我去给他效力，更不需要我去陪伴，不仅如此，甚至有些时候，我真觉得奇怪：社会竟还容得下我这个人这么一个位子。"

"先生，对您来说，变化会给您带来和那种感情相反的感情也说不定？"

"那当然。但人究竟如何这您是知道的：他是怎么样，就怎么样嘛，至于他本身，您叫他怎么个变法？另一方面，说到最后，我也只好喜欢我的这个职业，尽管它是这么微不足道。我喜欢坐火车。随遇而安，到处倒下就睡，没有什么不便，也不怎么讨厌。"

"先生，我觉得您不该养成这样一些习惯。"

"不成问题，我已经有点儿习惯了，您看。"

"我可不喜欢生活里面只有那么一箱子货物随身做伴。有时候我觉得我会害怕的。"

"那还用说，可能是那样，尤其是在开头的时候；不过这些小小的别扭、不舒服也是可以习惯起来的。"

"我认为我更喜欢我现在的处境，先生，宁可干我现在的职业，尽管不利的地方这么多。说不定这是因为我才二十岁。"

"我的职业并非只有叫人感到不舒服的地方，小姐。因为在路上，在火车上，在广场上，我有那么多时间，有那么多时间去考虑问题，几乎什么都能好好考虑考虑，好好想一想。过这样一种生活最后自己也就认为是理所当然的了。"

"我好像是这么理解的：您只有考虑您自己的时间，先生，考虑如何把现状维持下去，而没有考虑别的事情的时间。"

"不是的，小姐。我缺少的是考虑将来的时间。思考别的事情的时间，我有，时间我有，您要是愿意的话。因为，除了考虑维持生活之外，还能考虑别的事，像您说的那样，那是有条件的，生活有保证，有饭吃，所以不必去考虑。如果吃过这顿，又开始想下顿，那就只有发疯了。"

"不错，先生，那是没有疑问的。不过您看，从一个城市到另一个城市，就像这样，除了一个旅行箱以外，没一个伴儿，我呀，那可真要把我逼疯了。"

"人也并不永远只是孤独一人，我要请您注意，孤独一人，就要发疯，那也不见得。坐在船上，搭上火车，可以四处看看，到处听听。嗬，发疯的可能性一冒头，也是可以设法避免的。"

"我是一心要从我那个处境摆脱出来，可是先生，您偏偏总是拿它当做您不要从中脱身的新理由，说来说去您总归有理，可这对我又有什么用？"

"不不，不是那样，因为真正让我看到有充分理由改变职业的机会，我一定会抓住不放；但事实并不是这样，那种机会对另一种情况也适用，比如说，叫我想到这个职业还有许多好处，毕竟也有好的一面嘛，一方面，经常出外旅行，另一方面，促使人变得更加有理性，让人有这样的感受。请注意：我并不是说我有理性、有道理，不，远非如此，甚至很可能我全部都错，也许不知不觉我甚至变得比过去更加缺乏理性。不过，关系不大，不是吗，既然那是在我不知不觉的情况下。"

"这么说，先生，您是不停地奔波在外，我嘛，我是死盯住一个地方不动，半斤八两，没什么区别。"

"对了，尽管我有时也返回原来已经去过的地方，但是那种情况也并不相同。比如说，春天到了，樱桃上市了。我说的意思是这个，不是说我干这个工作习以为常是理所当然的。"

"这是不错的，再过两个月樱桃就上市了。对您所说的，先生，对您我挺满意。在市场上，还看到有别的什么吗，您说说？"

"有成千上百种东西呵。有时是在春天，有时是在冬天，有时是出太阳，或者在下雪。此外那就不知道了。樱桃嘛，它变化最大。樱桃总是突然之间出现的，在市场上，您看吧，一下子，出现了，鲜红一片。是呵，再过两个月。您看，我想说的就是这个，我不是说我这工作对我完全适当。"

"除了市场上的樱桃，冬天，下雪，再说说还看到什么吧。"

"有的时候，也没有什么值得说的，也没有什么可看的。就是千千万万细枝末节使得一切发生变化。要知道，一切都以你的情绪为转移。人们看到一些地方、一些人，同样的地方、同样的人，人们也会认不出；对于某处集市，有人觉得它拒人于千里之外，很不好客，突然之间它一下又会变得对你又热情又殷勤。"

"有些时候，不见得一切都是这样吧？"

"有些时候，是的，什么都没有变，叫人觉得那个地方好像昨天才离开似的。为什么会这样，我也不知道，因为一切依然如故，像这样的情况，也是不可能的。"

"除了集市上的樱桃、冬天和下雪以外，还有呢？"

"有的时候，一幢新起的大楼竣工，上一次来的时候它还在修建。现在大楼已经住满了人，到处是人声嘈杂，到处是叫喊声。城里人口也不见得那么多，可大楼盖好后一看，似乎真有必要。"

"先生，所有这些新鲜事物对每个人都一样，难道就没有关于您自己的吗？"

"我有时也会有的，不过，可有可无，是的，一般说，这都是因时因事而出现的新鲜事物，对于我，倒也未必是什么新东西。但是，如果这些东西出现在你面前，如果是你，如果樱桃是你栽培的，这些新鲜事物出现，肯定会改变你的想法的。"

"先生，您说的我明白了；我也试着设身处地站在您的地位上着想，可是不行呵，我觉得我害怕。"

"这是可能的，应该说，我有时也有这样的情况，例如，在半夜里醒来。不过，只是在夜里我才感到害怕；对了，有几次，是的，在太阳落山的时候，再是在雨天，或者在大雾弥漫的时候。"

"真稀奇，没有实际经历过居然也领会到这种恐惧是怎么个味道。"

"是这样嘛，您看，这是一种普遍性的恐惧，并不仅仅您一个人才有；不是那种恐惧，像人们说的，人死的时候没有人知道的那种恐怖。"

"就像有人突然之间发现他当时竟是那样，发现他不是另一个样，也不是另一种什么情况，而是像他现在这样，因此才感到那种恐怖？"

"对了，既像别人，任何别的什么人，同时又像他自己当时那个样子。是呀，我相信，就是这么一回事，就是这一类情况，肯定就是这一类情况……不是随便任何一类。"

"这么复杂，是的，是的，我明白了，先生。"

"因为另一种恐惧，就是关于悄然死去不为人知的那种恐惧，我发现它终于竟成为我对我的命运感到欣慰的依据。一个人知道他的死不会使任何人感到痛苦，甚至不会使一只小狗有什么痛苦，我看他的死的分量就会大大减轻。"

"先生，我尽量领会您的意思，可是很遗憾，办不到。这是不是因为女人是不相同的？至于我，我知道，像您这样单独一个人再加上一个箱子，我可受不了。倒不是我不喜欢旅行，不是的，但是，对于一个世界上根本没有什么感情有待于我到那里去的什么地方，我就不可能动身到那里去旅行，不能那么办。再说一遍，我认为我是怎样宁可就怎样。"

"小姐，您是指在您希望的那样的变化到来之前，我是不是可以这么认为？"

"不对呀，先生。看起来您没有弄明白渴望摆脱现状究竟是怎么一回事。我是不得不停留在这里同时又时刻拼命思考那个问题，否则我知道我就休想做到那一步。"

"也许我确实是不知道。"

"先生，您不可能知道，即使您稍有所知，也是按照您的方式，所以您不可能知道在如不在是怎么一回事。"

"您也未必知道，小姐，如果我理解得不错，对于您，是不会有人哭您的？"

"不会有人哭，是的。半个月前，我二十岁了。总有那么一天，有人来哭我。我抱着希望。不可能不是这样。"

"要有人哭您，当然是哭您，不会是哭别人，当然是这样。"

"是不是？我就是这么说嘛。"

"是的，小姐。如果允许我再说一句，那么请问，您是不是有饭吃？"

"对，这我可要谢谢您，先生，我是有饭吃，还不止于此，我可以吃得饱饱的。我只是一个人，一直是单独一个，可是干我这个职业，吃嘛，既然在这里是为了挣一口饭吃，是有得吃的，而且吃的全是好东西，有时吃的是羊腿。我不仅是吃，而且，对了，我还要吃得体壮人肥，更加强健有力，好让人家多注意看看我。长得肥壮强健，实现我的愿望的机会好像也多一些。您可能说我这大概是幻想，可是我相信我的健康光彩夺目，人家就会更加喜欢我。所以，您看，咱们是非常不同的。"

"小姐，那没有疑问，不过那也并不妨碍我有我的真诚意愿。刚才我没有解释清楚。我向您保证，如果我有变一变的愿望，我一定像所有的人一样也同意变。"

"啊！先生，真对不起，要相信您真不容易。"

"那没有问题，不过您看，一般地说，不抱希望固然毫无根据，但是对我来说，我也看不出究竟有多大希望，这总是一个事实。要我相信这一点对于我、与对于别人同样是必要的，那么我觉得，多少有一点也就足够，只要有一点信念于我也就足够。为得到这样一点信念，难道我缺少时间？谁知道？我不是说在火车上考虑这个考虑那个、同旁人闲扯占去的时间，不是，我是说另一类时

198

间，就是摆在今后的时间，就是今天之后的明天。这是为着开始去思考它，并且设法弄清我究竟需要多少时间。"

"先生，对不起。我推想，而且刚才您自己也说了，您是不是曾经也有过与一般人一样的一段时间，是不是这样？"

"是这样，不过，我不相信竟然能够是这样。一个人不能同时什么都是，也不能同时希望得到一切，像您所说的那样；但是对这种不可能性，我也不相信，所以选择一个职业的问题从来就没有能很好地解决。您已经知道，我无论如何已经是到处流动，到处旅行，这也不坏，我的小旅行箱带着我差不多走遍各地，对了，甚至有一次把我带到外国某个大地方。我在那边没有做什么大生意，不过外国到底是让我看到了。几年以前可能有人对我说过，那个地方我也会希望有一天去看看，我简直不敢相信我也有可能去。您看怎么样，居然有一天，一觉醒来，我心里那么一想，人就走了。事情虽小，但这件事毕竟落到我的头上了，您看，那个地方我还是去看过了。"

"在那个国家，也有些人是不幸的，是吗？"

"是，确实有。"

"也有像我这样年轻的姑娘在等待着？"

"毫无疑问也有，小姐。"

"还有呢？"

"那里也死人，也有不幸，也有像您这样满怀希望正在等待的人。这都是真的。与其待在我们这个万事万物千篇一律的地方，为什么不到那个地方去看看？为什么除了这个地方就不再去看看那个地方，为什么？"

"因为，先生，也许我想的不对头，您又要说了，不过，我也无所谓。"

"等一下，小姐。比方说，那里的冬天不像这里这么冷，这很简单吧，人们似乎不知道有冬天……"

"人们只能在一个地方，根本不会同时无处不在，这不是真实的，即便是在一个城市，在一个很美的冬季，也不可能同时无所不在，不可能，一个人只在他当时所在的地方，是不是？"

"是呀，小姐，我去的那个地方，那个城市，范围也仅限于一个无比宽阔的广场，四周有阶梯环绕，那些阶梯仿佛没有止境似的。"

"先生呵，不不，我可不想知道。"

"全城都刷上了白石灰浆，您就想象那是盛夏的白雪吧。这个城市就处在海上一个半岛的中心。"

"海是蓝蓝的，我知道，蓝蓝的，不是吗？"

"是，小姐，是蓝蓝的。"

"好了好了，先生，对不起了，但和您讲到海是蓝色的那些人，我厌恶他们。"

"但是，小姐，那有什么办法？从动物园看出去，围绕城市四周的就是海。随便什么人用眼睛去看，海总是蓝的，我又有什么办法。"

"如果没有我刚才说的那种意愿，我看，海就是黑的。先生，我并不想叫您不愉快，不过，我想要生活变一变，从那种生活里面走出去，所以对于旅行我不感兴趣，我也不想去看什么新奇事物。那些城市您看了不也是白看，对您一点也没有用，也没有让您前进一步，您停下来，依旧留在原地，没有发生任何变化。"

"但是，小姐，咱们谈的不是同一类事情。我给您说的不是改变人的整个存在、整个生活的那些变化，我说的是使人在经历变化的时间中感到乐趣这样一些变化。旅行叫人消愁解闷。希腊人，腓尼基人，所有的人都旅行，就人的记忆所及，情况都是如此。"

"不错，我们讲的确实不是同一类事，我向往的不是这种变化，什么旅行呵，什么看看沿海的城市呵。我向往的变化，作为开始，就是自主，能掌握、占有一些什么，哪怕是一些无关紧要的东西，但必须是属于我，属于我的一个地方，一个房间，反正属于我就行。您看，有时我做起梦来，竟梦到一套煤气灶归我所有。"

"小姐，这也和旅行一样。走了一步，就再也收不住脚了。接下去，您就想要一台电冰箱，再接下去，又想要别的什么。和旅行一样，从一个城市到一个城市，没有止境。"

"您认为有了冰箱还不止步，这有什么不妥吗？"

"一点也没有，小姐，我看没有什么不好，就我而言，不是吗，我这是就我而言，我总觉得这样的想法比旅行更累，比外出旅行，漂流不定，从一个城市到一个城市，更叫我感到吃力，不耐烦。"

"先生，我生下来，长大成人，和别人还不是一样，我看看我的周围，看得不少，我发现要我安于现状，真没有道理。我应当采取各种手段现在就动手抓住一点什么值得重视的东西。如果一开始我就对自己讲：一台电冰箱也会叫我觉得丧气，那么，我甚至连煤气灶也不会有。其实这我又怎么能知道？先生，如果您这样说，那是因为您也许真的考虑过这一点了？一台电冰箱难道让您那么讨厌？"

"不不，电冰箱我不但没有，而且连有一台电冰箱的可能性也没有一点影子。不，不，那不过是有那么一个印象。讲到电冰箱，我顺口那么说说，因为那个东西对旅行者来说未免太笨重，不能随身携带。毫无疑问，如果是别的什么东西，我就不会那么说了。不过，我心里非常明白，小姐，您是比如说有了那套煤气灶甚至电冰箱您才可能出外旅行。我还想说一句，都怪我不是，容易气馁，缺乏勇气，一想到电冰箱就没有主意了。"

"是呀，事实上看起来是有点怪嘛。"

"在我的生活里，曾经有过一次，有那么一天，我不愿意再活下去了。我肚子饿了，要吃饭，可是那天我身上一文不名，为了吃这顿午饭，无论如何，我非得出去干活不可。在这个世界上，并不是人人都命该如此，可是我偏偏就是这个命！就是在那天，那种情况我很不适应，我不想再活了，因为我发现，是的嘛，不仅是我，而且和所有的人一样，根本没有理由让那种情况再继续下去。整整一天，我设法去适应，恢复常态，当然，后来，我又提着我的货箱到集市上去，我又吃了饭。这种事，和过去一样，一再发生，一再出现，不过情况不同，从此以后，凡是瞻望未来，哪怕仅仅考虑一下是不是搞一台电冰箱，都更加叫我心烦。"

"您看，我猜也会这样。"

"所以，从此以后，我每想到自己，所用的尺度不是富有的、有得多的人的，就是不足的、有得少的人的尺度，所以在生活里多一台或少一台电冰箱也就不像对您那么重要了。"

"先生，那个叫您那么赏心悦目的国家，您去是在这一天之前还是以后？"

"以后。每次我想到它，我总是高兴的，我觉得富有的、有得多的人不去一趟很可惋惜。您知道，我并不认为自己比别人更懂得欣赏它，不是那样；不过我觉得既然到了一个地方，无论如何总该多看看，多看它一个地方，不应该是少看。"①

"尽管我不能把我换到您的地位上，先生，您说的那个意思我懂，我觉得您说得很好。您说的那个意思是大有可为的，既然到了一个地方，总该尽可能把可看的东西多看一看，而不应该不看，是这样的意思，是不是？所以，时间也更容易打发掉，更让人感到愉快一些？"

"您愿意这么看，小姐，差不多就是这样的意思。在我们人生一世的时间内，有没有决心那样做，也许只有这个问题咱们不大

---

① 此处多与少，与前文所谓人的两个尺度相呼应。

一致。"

"不仅是这样，先生。因为，不管那可能是什么事，要我讨厌它，我还没有这个机会呢。等待，还不包括在内，那是当然的。先生，您明白，我不想说您一定就比我幸福，不过，果真不幸福，那您可以对您的不幸加以补救，您可以换一个城市，到另一个城市去生活，您可以去卖别的东西，先生，很抱歉，您甚至还有别的办法。我呢，我连考虑考虑也无从考虑起，甚至连一些细枝末节也不可能去设想。对我来说，除了我活着以外，什么都还没有开始。有的时候，比方说在夏天，天气极好，我有这样的心情：也许就是这样吧，也许不知不觉无影无踪事情就发生了，有了个开端吧，可是我害怕，是呵，我怕我随着这么好的天气就这么混过去了，同时把我心里希望得到的东西忘得一干二净，迷失到细枝末节里面，把首要的本质的东西偏偏忘掉。在我的生存之中，我面对着的是细枝末节，那我可就完蛋了。"

"但是，小姐，允许我再说一句，我觉得您很爱这个小孩。"

"还不是一样，我才不想知道这个呢，我才不要陷到这种处境之中，开这么一个头，自寻烦恼，甚至闹得只好乖乖忍受下去；那样的话，我再说一遍，我仍然还是完蛋。我的工作很多，我得去干。即便人家天天把工作都给我增加一点，我也干。最后甚至给我加上艰辛困苦的工作，我一句话不说，也干。因为，我不去干，拒绝它，那说不定意味着在这种情况下我认为我的处境可能因此得到改善，变得轻松，可能变得能维持得下去，干脆地说吧，变得可以忍受下去。"

"生活有可能过得轻松，同时又拒绝它，小姐，这总有点异乎寻常。"

"是呵，先生，我什么也不拒绝，人家要我做的事我没有拒绝过。我从来没有拒绝过，在开始的时候，拒绝并不难；来者不拒，永远这样下去，就越来越容易了，我的工作也就越来越多。从我能记得起来的时间算起，一直是来者不拒，都顺从，都接受，一直到再也受不了的那一天。您也许会说，这很简单，但是，要从中脱身出来，我可没有办法。有人什么都能适应，但是十年以后，我可以肯定，我看他们依然如故，和我现在一样，还是老样子。在任何生活状况之下，人都能生存下去，即使像我这样的生存状态，也混得下去；不过，千万小心，千万注意，我不要深陷到这种状态里面不能自拔。您看，有几次，我真是非常心焦，是的，焦虑，忧愁，因为，竭力避免适应任何一种生存状态也免不了有这种危险，危险又是这么大，就是避掉了，很可能也还是逃不脱。先生，您讲了下雪天，讲了樱桃，讲了正在建设的公寓大楼，还有什么新鲜事儿再给我讲讲？"

"旅馆有时候业主易手，新来的老板是讨人喜欢的人，愿意和顾客聊聊，原来的老板嘛，殷勤待客那一套他厌烦了，他见了你不理不睬，也不和你说话了。"

"先生，每天我总是老样子，难道我不该感到惊奇？不这样，难道达不到那个目的？"

"我相信，任何人每天发现自己在那里依然故我，都会感到惊奇。我认为人们对他能做到的都感到惊奇，他不可能确定对此一事感到惊奇，而对彼一事就不感到惊奇。"

"每天早晨，我都对我在这里依然故我觉得惊奇，一次比一次都更厉害，我倒不是有意这样。一觉醒来，立刻我就感到惊奇诧异。在这个时候，有些事情就又浮上心头。我也曾经是一个小女孩，和所有别的小女孩也没有什么两样，从表面上看，看不出有什么不同。樱桃成熟的季节，啊，姑且就这么说吧，我们一起跑到果园去偷樱桃吃。直到最后那天，我们还一起到果园去偷樱桃。因为在那个时候，就在那样的季节，我就是被那样安排在那里的。除开您已经给我说过的事以外，包括旅馆老板在内，先生，您再说说，好吗？"

"完全和您一样，我也偷过樱桃，从表面上看，我和别人没有什么不同，不同的也许是我很喜欢这些人。旅馆老板，已经说过，除此之外，那里还有一架新的收音机。这很重要。一家没有音乐的咖啡馆变成了一家有音乐的咖啡馆。到那里去的人当然增多，而且在那里逗留到很晚才走。这就使晚上的收入很不错了。"

"您说是收入很好？"

"是呵。"

"啊，有时我觉得早知如此……我的母亲来过，她对我说：'好啦好啦，现在到时候了，走吧，结束了。'您知道，我听之任之，就像要上屠宰场的牲口，没什么两样。啊！先生，早知如此，我是要反抗的，那样，我也许就得救了，我会求我的母亲，我会好好求求她，我一定要祈求！"

"但是我们原来并没有料到。"

"樱桃季节像往年一样，一直延续到最后季节过了。已成过去的樱桃季节在我的窗下带着歌声年复一年地过去了。我曾经躲在窗后偷偷看它一年一年地过去，为了这个，我还挨过骂，受到申斥。"

"等到我去采撷樱桃，为时已晚，太迟了。"

"我躲在窗后，就像犯了大罪的罪犯。瞧，先生，我的罪就因为我是十六岁。您是说太迟了？"

"太迟了。作为男人的一生，可能是太迟了。您看。"

"先生，还是给我讲讲坐满人的、演奏音乐的咖啡馆吧。"

"小姐，没有这些咖啡馆，我就活不下去。我很喜欢它们。"

"我相信我也很喜欢它们。我也可能到那个地方去，站在柜台前面，就站在我丈夫身边，我们听着收音机。有人和我们讲些什么事，又谈了别的一些什么事，我们应承着，我们答话，我们两个在一起，在那个地方，和别的人在一起。有时我很想到那个地方去走走，可是您看，一个像我这种情况的年轻姑娘，单身一个人，那是不可能、不许可的。"

"我忘了：有时候，有一个人正在注意看您。"

"我知道。走近了？"

"是呀，走近了。"

"无缘无故的？"

"是无缘无故。这样谈起话来就不是一般性的。"

"那又怎么样，先生，那又怎么样呢？"

"在一个城市停留我从来不超过两天，小姐，至多三天。我出售的东西不是那种人家急需的。"

"可惜，可惜，先生！"

已经减弱的微风又吹起来了，吹散天上的浮云，按这温煦的空气，又一次让人推测夏天是快要到了。

"真的，今天天气真好。"那个男人又这样说。

"夏天快来了。"

"也许，有事无须有意开头做，要发生的明天自会发生，原谅我这么说吧，小姐。"

"啊！先生，照您这么说，要做的事今天已经排得满满的，无暇顾及明天。那我呢，我今天什么也不是，空空如也，一片沙漠。"

"小姐，总之一句话，您从来没有做过您可以认为是您已经做过的一件事？"

"没有呀，我什么也没有做过呀，我一天到晚不停地干活，但没有一件事可以说像您刚才说的那样是我做的。我对自己甚至连提出这个问题的可能性也没有。"

"我再说一句，小姐：我不愿意说和您的意见相反的话。不过，不论您做什么，您现在生活的这一段时间，以后终究是对您有用的。您说的那个沙漠在您的记忆中总有一天还会回想到它，而且它还会以一种惊人的准确程度自行扩大，叫人逃也逃不掉，避也避不开。人们认为它并没有开始，也没有出现，可是它已经开始，已经出现了。自以为什么也没有做，可是，已经做了。自以为朝着解决问题的方向前进，其实在走回头路，要解决的问题绕到背后去了。所以，这个城市我当时也没有按照它的原样去估量它。旅馆也不见得好，我订下的房间已被人占了，时间已经很迟了，而且我也饿了。城市是很大的，除了这个城市本身，在这个城市里没有一个人没有一件事在等我，请想一想：对一个第一次看到它的疲倦的旅人来说，这样一座大城市，只注意自身事务的大城市，那又可能是怎么一种情况？"

"不，不，先生，我简直无从想起。"

"除了一个很坏的房间，面对着又吵又闹又脏的天井，只有这么一个房间在等着你，没有别的，没有人，没有什么事需要你。但回想起来，我就知道这次旅行把我改变了，在旅行之前我看到的许多事情把我引到这里来，这种种事情现在是清清楚楚了。只有到了事后，人们才知道他究竟到了怎样的城市，小姐，这您总是理解的吧。"

"如果您是这样理解的，那么，您也许是对的，有道理的。事情也许已经发生，这个嘛，它就应当是在此之前我希望它发生的某一天。"

"是呀，小姐，人们以为事情没有发生，但是您看，我倒觉得：在您生活里那将要发生的事是十分重要的，因为，那恰恰就是您准备过一种虽在犹无的生活的那种意志。"

"对，不错，我懂了，先生。但是，也请您全面了解我，哪怕事情此时此刻已经出现，可是我也无能为力，仍然是无所知，我没有充分的时间旅行的事，我希望今后有一天我也能像您那样有所知，希望将来我回顾过去，一切一切在我背后都显示得清清楚楚，明明白白；但是现在，我确实是深深地沉陷在这一切之中，想要有所预见也不可能。"

"是这样的，小姐，是呀，不能亲见的事别人就不可能给你讲清楚，不过试图有所作为的诱惑力是很大的。"

"先生，您真好呵，但是，别人对我讲的我究竟还是不大理解呵。"

"应该理解，应该理解呵。小姐，请相信我，我是懂得您的意思的，但是，无论如何，这项工作任何时候都必须进行，总该去做吧？很明显，我这里并不是给您提什么忠告、建议……不过，比如说，不是您，是别的人，他总不能不经过一番努力就希望获得一个没有艰苦辛劳的工作的未来吧？如果是别的人，难道他不愿意那么办？这一点请您考虑考虑。"

"先生，由于我不管干什么从来都不拒绝，所以工作越来越多，这我也逆来顺受，决不抱怨，长此下去，时间越拖越迟，总有一天，我会完全失去耐性，情况如果是这样，您说您怕不怕？"

"您的这个意志，而又不能让它变得缓和一些，我的确感到不安，小姐，但是我所以同您谈这件事并不是因为这一点，而是因为我觉得像您这样年纪的人竟选择在这样严峻的条件下生活，那是难以忍受的。"

"先生，其他的解决办法我没有呵。相信我，这个问题我考虑很久了。"

"小姐，我可不可以问一问：有几口人？"①

"七口。"

"在几层楼上？"

"七楼。"

"房间多少？"

"八间。"

"哎呀！哎呀！"

"没什么呀，为什么呢，先生？不能这样计算。我准是没有说清楚，您也没有听明白。"

"小姐，我认为工作永远是可以计算的，不论是什么情况，工作总归是工作嘛。"

"我这个工作嘛，不对不对，肯定不是那么一回事。这种工作，可以说，只有做得越多越好，多做总比少做好。如果在它之外容得你有时间玩，有时间让你思考，那可就完蛋啦。"

"您才二十岁呀。"

---

① 指这个做女的姑娘的主人家有几口人。

"是呀，正像人家说的，去干坏事，我还没有那个时间呢。我觉得问题不在这里。"

"正好相反，我倒倾向于相信：问题是在这里。那种人，他们大概也没有忘记这一点。"

"他们叫我们去干这种工作，我们接受了，那不是他们的错。如果我处在他们的地位上，我也照样这么办。"

"小姐，我很想给您讲讲我把我那个旅行箱放在旅馆房间之后是怎样进城来的。"

"好呵，先生。不过，不要因为我弄得您心中不安。如果有一天，我会失去耐性，我自己也会大吃一惊的。我总想到那种情况，是有失去耐性的危险，所以我一定是要大吃一惊的，没办法，您明白吗？"

"小姐，那是在黄昏的时候，我把小旅行箱放好……"

"先生，您知道，那是因为想得太多，我们都是这样。工作把我压得站不起来，能容得我们去做的事只有这么一项，这就是思考，左思右想，想个不停，疯了似的。可是也并不尽像您那样，束手无策什么也不做。我们是在痛苦中思考呵。时时刻刻，在痛苦中思考呵。"

"是在傍晚，工作之后，晚饭之前。"

"我们这些人，想的永远是同样的事，同样的人，永远在痛苦之中。这就是为什么我们是那么谨慎小心，本来是用不着担心的。您看，您刚才谈到职业，这不就是一种职业，叫您在痛苦中想象一整天？您是说，在傍晚，放下您的旅行箱之后？"

"对。是在傍晚，在旅馆房间里放下我的旅行箱之后，恰恰是在晚饭之前，我到城里去散散步。我去找一家饭馆。不是吗，当价钱受到限制，要找一家合适的饭馆很费时间，不容易找到。正在寻找的时候，我不觉就从市中心走出来了，无意之间走到动物园这里。起了风。人们从紧张的工作中走出来，到这个动物园里来散步，这个动物园我给您说过，是处在俯临全城的高地上的。"

"可以肯定，先生，生活是美好的。不是这样，嘿，那就不值得活了。"

"也不知是怎么一回事，一走进公园，我就变成一个生气勃勃的人了。"

"先生，我不懂，一个公园，一看到它，一个人怎么就觉得幸福快乐起来了？"

"我说的这个其实是司空见惯的事，小姐。在您的生活里，类似的事您以后会听到很多。您知道，我的生活状态就是这样，比如说，谈谈我的这种生活，对我来说，倒也成了一项意外收获。所以，在公园里，突然之间，我感到很舒畅，好比公园既为别人同时也是为我而开辟的。我不知怎么给您说才好，就好像转眼之间我突然变得高大了，就好像我终于与我自己生活中出现的许多事件变得相称相配了。叫我离开这个公园，我简直下不了决心，办不到。微风习习，光线变成蜜黄色，甚至动物园的狮子的皮毛也熠熠放光，在兽笼里幸福得直打呵欠。空气里弥漫着火焰和狮子的气息，我呼吸着这种空气，觉得像是友爱的芬芳，友爱之情终于也扩展到我身上来了。所有走过的行人，彼此互相关切，互相注意，在黄昏蜜色的光照下，疲劳辛苦尽都解除。我记得我当时觉得这些行人也很像那些狮子。突然之间，我觉得我很幸福。"

"怎么幸福，就像一个人得到了休息？就像一个人感到炎热气闷竟找到了清凉？幸福得和别的人通常那样？"

"我想还不止于此，或许是因为我不曾有过那种经验，那种习惯。我只觉有一股强大的力量往我头上冲，弄得我不知如何是好。"

"一种使人痛苦的力量？"

"也许是，之所以叫人痛苦，就因为它施展不出来，得不到满足。"

"先生，我看那就是希望吧。"

"对，是希望，我知道。毕竟是希望呵。但希望什么呢？什么也不希望，对希望的希望。"

"先生，如果世界上许多人都像您，那我们就什么也说不上了。"

"但是，在那个公园每一条小径的尽头，的确是在每一条小径的尽头，人们都站在那里眺望大海。大海嘛，我承认，按通常我生活的习惯来说，大海于我本来也无所谓，我并不在意，但是，在那个公园里的情况却是：所有的人都要去看看海，甚至海边出生的人也要去看看，甚至笼中的狮子似乎也在那里注意看那个海，我这样认为。人们都要看的东西，哪怕对你习以为常的东西来说无关紧要，你又怎么能不去看一看呢？”

“您说太阳已经西沉，既然如此，大海大概不那么蓝吧？”

“它是蓝蓝的，我从旅馆出来，随后我走进动物园，它色调变得暗淡，越来越平静。”

“不，既然起了风，它就不会那么平静。”

“要知道，风是很小的，轻轻的，只在高空吹动，在城市上空吹过，在平原上没有风。我不知道风从什么方向吹来，可以肯定不是从外海吹来的。”

“还有，先生，这夕阳可能不会照到所有那些狮子。要不然，所有的狮笼一定朝着动物园一个方向，一律正对着夕照。”

“小姐，我可以肯定，情况正是这样，它们都是朝着一边的。夕阳照到所有的狮子，没有例外。”

“所以太阳就沉落在前面的海上。”

“是，是这样，您猜对了。城市和动物园还照射着夕阳，大海已经处在暗影之下。这是三年前的事。记忆犹新。我很喜欢讲讲这些往事。”

“我明白。人们以为闲谈是不必的，其实不对。我常常就像这样和一些不相识的人闲谈，就像咱们现在这样，是的，永远都是在像这样的广场上。”

“要想说说话，那种要求是非常强烈的，奇怪的是人们对这一点一般都不加注意。好像只有在广场上，这样谈谈才是正常的。小姐，刚才您说是八个房间，是吗？八个大房间？"

"我也不很清楚，我可不能像别人那样八个房间都走进去看看。一般说，我觉得那些房间都很大。也许也不见得那么大。说真的，那也得看在什么日子，以此为转移。有些时候，我觉得它们大而无边，另一些时候，我又觉得小得叫人气闷。先生，您为什么问这个问题？"

"小姐，不为什么，无非是好奇。没有什么，就是好奇。"

"先生，我知道，那可能有点傻头傻脑吧，我有什么办法？"

"我要是理解得不错的话，小姐，您大概很有点像一个雄心勃勃的人，别人有的他都想有，他心怀这样的愿望，看来总是一往直前，以致人家也可能误会……可能认为他……像英雄似的……"

"先生，英雄这个词儿我不怕，我根本想也没有想到。您看，我竟被剥夺成了这个样子，我豁出去了，没有什么做不出的，可以这么说。我有多大力量甘愿一死，就有多大力量活下去，是不是？先生，您告诉我：这样的勇气我该拿来奉献给现存的怎样一种幸福？是谁，是什么，可以把它那个强度放松一点？不论谁，他真要得到我希图得到的，处在我的地位上，他必定也要这么办。"

"那没有问题，是这样，小姐。在某种场合下，任何人都做他认为应当做的事，是不是？在有些场合，做一个英雄，也是不可避免的。"

"要知道，先生，一件什么事，不论什么事，一旦我拒绝去做，那我就一定要妥善把自己安排好，把自己保护好，全神贯注做好我正在做的事。我一定以某件事作为开头，接下去再抓另一件，再下去，抓什么？我的权利我要专心注意，反正我一定认真对待，我认为这些权利是客观存在着的。对此我一定要认真思考。这样，也许我就再也不会感到烦恼厌倦了。这样，我也许就毁了。"

他们两人陷入沉默。太阳被云遮住，随后又放出光芒。接着，姑娘又开始说：

"先生，您走进动物园，感到如此高兴幸福，后来，是不是仍然是快乐幸福的，说给我听听？"

"我高兴了好几天。是可能的嘛。"

"您认为人人都可能是这样，是不是？"

"从未有过这种经历的人也可能有。尽管这个想法叫人受不了，这种事情毕竟有。"

"这是您提出的假设，先生，是不是？"

"是吧，也可能我错了。小姐，说真的，我也不知道。"

"可是看起来对这个问题您很有体会，先生。"

"不不，小姐，我并不比别人知道多少。"

"先生，我想再问一下：在那些地方，太阳沉入大海之前，是很快就落下去，所以暗影跟着很快就漫过市区，是不是呢？太阳沉入大海十分钟以后，那种情况就出现了，是吗？"

"是，小姐，而且我可以肯定，我就是在那个时刻到那里的，您知道，在那个时候，霞光满天，好像是烧起了一场大火。"

"先生，我相信。"

"别说了吧，小姐。"

"要说，要说，先生。其实您也可以在另一个时候到那里去，后来就什么变化也没有发生，不是吗？"

"对，那也可能。但是，我是在那个时候到那里去的，尽管在一日之内也不过仅仅绵延几分钟时间。"

"问题不在这里吧？"

"是，问题不在这里。"

"那么，后来呢？"

"后来，动物园依然如故，不同的是天黑了。海上浮起一片清新气氛，白天天很热，那一派清新凉爽真叫人心喜。"

"说到最后，到底也该去吃晚饭，是不是？"

"我并不觉得怎么饿，突然之间，我渴了。那天晚饭我没有吃。也许我根本没有想到。"

"您走出旅馆不就是为了去吃晚饭？"

"是呵，后来我就把这件事给忘了。"

"先生，您看看，我嘛，我每天每日可都像生活在黑夜里呵。"

"小姐，那是因为您自己要这样，不对吗？您既然已经身在其中，您就可以下决心从那里跳出来，一句话，就像从漫漫长夜一觉醒来。宁愿叫黑夜把自己紧紧裹起来，我知道那是怎么一回事，是的嘛，不过，我看，那也还是白费心思，白天的危险照样可以穿透一切出现在您眼前。"

"好啦，黑夜也不见得那么浓厚，先生，我也不信白日对黑夜就有那么大的威胁。我二十岁。什么事也没有发生。我夜里睡得很好。总有一天，我要醒过来，总有那么一天。"

"这么说，尽管每一天形形色色各不相同，小姐，但时间同样在您面前消逝而去。"

"今天晚上，他们要请几个朋友，每逢星期四都是如此。我也要吃羊腿了，不过那是在过道的一端，在厨房里，孤零零一个人吃。"

"他们谈话的声音您听起来也是一模一样的，在远处听起来甚至叫人相信每个星期四谈的都是老一套？"

"是呵，我一点也听不懂，一向如此。"

"您坐在那里，孤零零一个人，昏昏沉沉，似睡非睡，面前摆着多余下来的羊腿。有人叫您去把羊腿从席上撤下来，上别的菜。"

"不是人叫，是打铃叫，您搞错了，不是什么人跑来把我叫醒，我是在半睡半醒中伺候人家吃饭。"

"他们让人伺候着，他们根本不知道您可能是怎样一个人。所以您已经解脱了，总之，他们既不让您觉得难过，也不会使您开心，您睡就是了。"

"对了。随后他们也就走了，于是房里又归于寂静，一直到第二天早上。"

"于是第二天早上您又开始尽可能十全十美地伺候他们，可是关于他们您也全无所知。"

"当然。可是我睡觉睡得很好，唉！我的睡眠也就是一阵昏天黑地，他们根本不可能睡成这样。可您为什么讲这个，先生？"

"也许为了让您回想回想这些事吧，我也不知道。"

"先生，是这样，没有问题。但是，您看吧，有一天，总有那么一天，总有那么一个时间，在两点半，我走进客厅，我要说话。"

"应该。"

"我说：从今天晚上起，我不干了。太太会转过脸来望着我，大吃一惊。我说：为什么我还要干，从今天晚上开始……从今天晚上开始……但是，不行呀，这么重要的事怎么说得清我还不知道呀，不行呀。"

那个男人这时闭着嘴没有应声，人们也许认为他正在注意那令人心旷神怡的微风吧，这时风正在吹动。年轻姑娘对她刚刚说过的话会有什么回应倒也无意去听。

那个男人说："再过几天，就是夏天了，"接着，他又悲怆怨叹加上说，"啊！咱们的确是最末的人当中最末的人。"

"人家说：该。"

"人家说完全应该，小姐，是呵，是呵。"

"不过有人有时也问为什么竟是这样，先生。"

"为什么不是别人偏偏是我们？"

"是呵，但处在我们现在这种情况，人家还问，是我们，不是别人，可是事情来得也并不相同。有的时候，人家这样问。"

"是的，有些时候，在某种情况下，归根结底，这是可以放心的。"

"对我说，不行，我不能放心，不行，不行。想必我仅仅知道这只是和我有关，同别人并不相干，我所知道的仅限于此。要不然，那我可真是完蛋啦。"

"谁知道呢，小姐，这种事在您也许很快就可以了结，也许就在刹那之间，谁知道，也许就在今年夏天，说不定就在今年夏天，您就走进客厅，宣布说：从今以后，您另谋高就，不再给这个世界服务了。"

"实际上，又有谁知道？我说这个话，您又该说了，说这是出于骄傲。我觉得，我说世界，那是就世界整体而说，您明白吗？"

"明白。"

"先生，将来总有一天，我推开客厅那扇门，只那么一下就行了，看吧，仅此一次就成了永不再来的一次。"

"您将永远记得那一刹那，就像我记得这一次旅行一样。从此以后，我不可能再重复这一次旅行，使我这样幸福的一次旅行再也不可能有了。"

"您为什么突然之间这样悲哀，先生？我有一天将要推开那扇门，在这件事上，您看到有什么可悲可哀的？您认为那完全不值得期求？"

"不是的，小姐，我认为那完全应该，而且还不止于此。要说有点让我觉得悲哀，那也是真的，您说您要推开那扇门，门一经打开，那就永远不可能再重复第二次，以后您就再也不可能那样做了。何况我常常觉得再回到我所喜欢的地方去，像我刚才对您说的那个地方，时间要等那么长，那么久，我甚至怀疑，禁不住总问自己，任何地方都不去岂不更好？"

"先生，很对不起，您是可以理解的，我对于看到一座城市，希望再见到它，在等着再见到它的时机到来这段时间，您竟感到心头充满着悲伤，我不知这究竟是怎么一回事，我不可能了解。您反复对我说，说这是不愉快的，不论您好心怎么说也没有用，我还是不明白。我什么都搞不懂，但是我知道一条：总有一天，我非推开那扇门不可，我一定对那些人讲个一明二白。"

"是的，小姐，当然。上面那些考虑，不必介意。您给我讲了，我脑子里生出这样一些想法，我决不希望我这些想法挫伤您的勇气。甚至相反，您看，我还要对您提这样一个问题：请问，您还等什么，小姐，门，推开嘛，打开嘛，比如说，为什么不在今天晚上就推门进去？"

"单独一个人，我可不行。"

"您的意思是不是说，小姐，没有钱，得不到指导，只好下次再说，您是说那么办是徒劳的，无济于事？"

"我是这个意思，但还有另一层意思。我说我孤独一人，我就好像——我不知怎么对您说才好——就好像失去了方向，丧失了意义。是这样。孤独一人，我不可能有什么变化。我只好照老章程去参加参加舞会，等待有一天，有一个男人走来，请求我嫁给他，做他的妻子，我照办。在这之前，不行，办不到呵。"

"不去试一试怎么知道就一定是那样，像命中注定似的？"

"我试过。试过以后，我就知道是怎么一回事了，我知道单是我一个人……除了安于现状之外，孤独一个人在一座城市里……是的，就像刚才您说的，我就一定变得没有方向，六神无主，我想要怎么样自己也不知道，不知所措，甚至我是谁也茫然不知，改变生活的愿望根本就忘得一干二净。我只好那么待着，什么也不做，对自己说：算了算了，没有必要，不值得，算了吧。"

"您说的意思我有点清楚了，是的，小姐，我看那也相当不错嘛。"

"必得有一个人选中我。照这样，我才得到力量去改变生活。并不是说人人都得如此。我是说我必须这么办。我已经试过，我知道那是怎么一回事。并不是因为我饿过肚子，不是的，既然饿过肚子，那么，对我来说，也就没有什么关系了。在我身上究竟是怎样一个人饿了要吃我甚至都不大清楚。"

"您的意思我明白了，小姐，我理解这意思也许可能是……是的，我猜到了，虽然我从来没有像您——您希望的那样——有人选中我，也许，机缘凑巧，这事竟发生在我头上，大概我也不会对这件事的重要性提出问题。"

"先生，您知道，必须明白，我可是至今不曾被任何人看中过，除非看上我那些平常不过的工作能力，还要尽量把我搞得成为某种不存在状态，所以我必须有某一个人选中我才行，即使仅仅是一次。不然的话，我活不下去，让我自己看看，也说不上是存在，因此搞得我完全不知道我需要有所选择。这就是为什么我那么急于结婚，您懂了吧。"

"对对，小姐，那没有问题。但是您为什么自己不去选择，总希望被别人选中，这我怎么也搞不懂。"

"我知道这种事看来似乎不可能，但无论如何还是要发生。正因为我是听任人家选择，所以所有的人不论谁对我都是适当的，只要他有点想要我，就这么一个条件。一个男人仅仅注意到我，单凭这一点，我就觉得他合意，那么，不论谁只要他想要我，我总觉得行，这样的话，我又怎么知道是不是合意？不会知道。对我来说，只能去猜测猜测，我是孤独一个人，我根本不可能知道。"

"就是一个小孩也知道什么合他心意。"

"可我不是一个小孩，如果我让我成为一个小孩，希图得到这种廉价的欢乐，嘿，我很清楚，欢乐处处有，俯拾即是，那第一个走来的人我跟了他去就是了，他要我，同样也是为了这种欢乐，那我就和他一起去追求欢乐吧，在那个时候，我就彻底完蛋了。我是能够过另一种生活的——不错，您或许会这样对我说；不过，这样一来，就要重新开始，直接面对生活，我没有这样的勇气。"

"您不曾想过另一个人，以您的名义让自己做出这样的选择，可能不合您的意，以致日后可能造成他的不幸？"

"这我倒是想到的，要想到过的，但是，不论我开始要做什么，在开始之前，我不会想到以后我会给别人造成什么可能的痛苦不幸。我只能拿这么一件事告诫自己：如果人生在世，有所抉择，不免失误，如果这一切是难免的，那么好！我也是难以避免的嘛！如果一定是这样，如果人人都非这样不可，那么，那种不幸，那种恶果，我避也避不开，躲也躲不掉。"

"小姐，放心好了，将来总有人看到您曾经有一天存在过，这您可以放心，对于他们以及对于别的人，都是一样。不过，要明白，您所谓时机错过在别人有的时候也可能发生。"

"什么时机错过？没有被人选中？"

"如果您同意，就算是这个意思吧。被选中——这种事，如果发生在我身上，那我才奇怪呢，简直叫我好笑，我相信。"

"我可一点也不认为有什么奇怪不奇怪的，我。我倒觉得完全正常。反过来，没有被选中，我倒觉得奇怪，一天比一天更加叫我觉得惊奇。这种事我就搞不懂，对这种事我就是适应不了，不习惯，受不了。"

"小姐，这种事是会发生的，我可以向您保证。"

"先生，我谢谢您了。您讲这一点，是为了叫我开心，要么是说这些事在我这方面已经有了苗头、有目可见了？"

"当然是有目可见，是这样。说真话，我这么说虽不是出于深思熟虑，但也不是为了叫您开心，一点也不是。我说的是明摆着的事实，就是这样。"

"那么，先生，就您自己而言，这您又是怎么知道的？"

"这个嘛，因为……恰恰我对这个问题并不感到奇怪，是呀，事情本来应该是这样……所以我根本就不觉得可怪，但是您倒大惊小怪，奇怪您怎么不像别人那样依着您的希望被人家选中。"

"先生，要是我处在您的地位，我就不惜一切代价抱着强烈愿望，有所追求，我决不这样安于现状。"

"但是，小姐，我既然没有那种强烈愿望……愿望就只能来自外部。不是这样，那又怎么办呀？"

"啊，先生！您的话让我想去死。"

"尤其是我，还是这只是一种说话的方式？"

"先生，这是一种说话的方式，那没有疑问，既是说的您，也是说的我。"

"小姐，不论对谁，我都不喜欢让一个人心里产生如此强烈的反应，哪怕一生中只有一次。"

"先生，请原谅。"

"哎呀，小姐，这也无关紧要嘛。"

"我还是要感谢您的。"

"感谢什么？"

"先生，我也不知道，感谢您的一片好心吧。"

Ⅱ

那个小孩从广场花园里悄悄走出来，又一次站到姑娘面前。

"我渴了。"小孩说①。

姑娘从手提袋里拿出一个热水瓶和一个金属杯子。

那个男人说："对了，两片果酱面包吃过，该喝点水了。"

姑娘拿起热水瓶，打开瓶塞。里面的牛奶在阳光下还在冒着热气。

"先生，"她说，"牛奶我给他带来了。"

小孩贪馋地把一杯牛奶喝尽，把杯子还给那个姑娘。在他红红的嘴唇四周留下一圈奶迹。姑娘手势轻巧准确地给他把嘴擦一擦。那个男人对小孩笑着。

"我这里讲他，"他说，"只是因为注意到他，仅仅是注意，没有别的。"

小孩完全无动于衷地看了看这个对着他微笑的人。然后，他转过身去，往沙坑那边走了。姑娘以目相送，看他离去。

"他叫雅克。"她说。

"雅克。"那个男人这样重复了一句。

关于这个孩子他并没有多去想他。

他继续说：“我不知道您是不是注意到，这些小孩喝过牛奶以后，牛奶在嘴唇四周还留着一层印迹。很有意思。他们说话、走路，已经很有些自己的举止风度了，可是在他们喝牛奶的时候，一下子，真相大白了……”

“这小家伙不说牛奶，而是说我的奶。”

“当我看到这类事情，比如看到牛奶，我心里突然就充满着一种信心，什么道理我也说不清，好像有什么不可名状的重压减轻了不少，是呵，我认为这些小孩又把我招引到动物园这些狮子这里来了。我看他们都像是些小狮子，我看他们真像是狮子，是这样。”

“他们叫您感到幸福，同对着太阳摆着的笼子里面的狮子让您感到幸福可能不是一回事。”

“他们是叫人感到某种幸福，不过两者并不相同，确实是这样。他们叫你心神不安，永远搅得你意乱心慌。倒不是我特别偏爱狮子，您知道，并非如此。不，这不过是一种说话方式。”

“先生，说不定您对那个城市过于重视，您生活的其他方面因此不免有所失，受到损害。或者说，尽管我没有亲眼看见它，您还是希望我理解它带给您的幸福？”

“也许是吧，小姐。把那种幸福给一位像您这样的小姐好好描述一下，我倒是十分愿意的。”

———————

① 一九五五年版：他宣布说。

"谢谢您，先生，您真好，不过，您看，我不是说处在我这样的处境，我就特别不幸，比其他与我处境相同的人还要不幸，不，不是这个意思。其中另有缘故，我担心的是，世界上任何一个地方我都不可能亲自去看一看。"

　　"请原谅我，小姐。我说我愿意把我在那个地方度过的某些时刻细细讲给像您这样的人听，我决不是在暗指您是一个不自知的不幸者，也不是说您了解一些什么事情就会对您有好处，不是那个意思。我不过是说：我觉得您体会人家说的话比别的人更相宜更适合。我向您保证，意思就是这样。不过，对那个城市无疑我强调得过分了，您无疑可能也被搞糊涂了。"

　　"没有，肯定没有，先生，决没有这种事，被您错误地认为我是不幸的——这样的情况下，我不过是想给您指出，预先告诉您：是您搞错了。有些时候我哭过，那是显然的，是真的，但也仅仅是由于缺乏耐性，心里气愤发火，如果您愿意这么看的话。不，在我身上，真正的伤心我还未遇到过，我等着就是。"

　　"我明白，小姐，我明白，您有时也会搞错的，是不是，对那件事有什么不妥之处，也会视而不见。"

　　"不会的。今后我变成不幸者，那就和所有的人一样，或者，今后我不是不幸者。我倒真想和别的人一样也是不幸的，或者我尽我所能不要成为不幸者。如果我生活不是幸福的，但愿一切全由我自己承当，彻底地承担起来，您明白，尽可能彻头彻尾全部一个人担当；那么好！接下来，我将按照自己希望的方式死去，将来会有

229

人哭我。一句话，我别无他求，只求有一个平平常常、普普通通的命运。不过，先生，还是请您给我说说那已经过去的一切究竟是怎么一回事。"

"这我也不太清楚。您知道，我没睡觉，但我也并不觉得累。"

"还有呢？"

"我没吃饭，但我也不觉得饿。"

"还有呢？"

"我所有这些微不足道的作难之处也都烟消云散了，仿佛它们根本不曾存在似的，甚至仿佛在想象中存在着。它们好比遥远的往事又在记忆中复现，我付之一笑。"

"归根结底您总要吃，总会感到疲倦吃力，不可能不是这样。"

"那没有问题。不过，我在那个城市停留时间不长，还不至于感到饥饿和疲劳。"

"您在别的城市再一次感觉累的时候，累的程度是不是加深了？"

"我在大路旁边的树林里一睡就睡了一整天。"

"就像流浪汉，叫人害怕的流浪汉？"

"是呵，很像，我的旅行箱还带在身边。"

"先生，我明白了。"

"不，小姐，我不相信您会明白。"

"我意思是说我可以试一试，先生，总有一天可以办到，您刚刚给我说的，总有一天，我可以全部理解的。这是任何一个人都能够做到的，不是吗，先生？"

"是的，我认为您总有一天能够完全理解，能够透彻地理解。"

"哎呀，先生，我说的这个，要想做到这一点，您简直无法想象该是多么困难，由自己独自一人获得同大家一样的命运，是多么困难。我的意思主要是说，您要知道，克服这种厌倦情绪有多么困难，这种厌倦情绪来自你自身，而且仅仅为着你自己，一心企求获得大家都有的好处——克服这种厌倦情绪，是多么困难呵。"

"不知有多少人试图得到那种种好处事实上都因此而受到阻碍。我佩服您，您要战胜这种困难。"

"唉唉！意志不是一切。直到如今，如果说已经有一些男人喜欢我，可是至今没有一个人对我提出要我做他妻子的要求。对一个姑娘感兴趣和想要娶她做妻子，是不同的两件事。就说是无可回避的吧。没有别的办法可想。我这一生至少应该得到一次认真对待。先生，我想问问您：一个人要是每日每时、日日夜夜一心想要得到一件什么东西，他总该得到它吧？"

"我不相信他一定能得到，小姐，最好的办法是去试一试，得到它的机会最大，我看不出有什么别的办法。"

"先生，咱们这是随便谈谈，对不对，而且大家互不深知，您可以跟我实话实说。"

"不错，小姐。可是我还要说一句，我看不出有什么别的办法。也许我经验不足，真实情况我还不能全部了解。"

"因为我听到人家说，一件东西根本无意得到，竟反而得到了。"

"但是，小姐，一定要得到的东西怎么会不想得到它？"

"是呵，我也和自己这么说。说真的，这样的做法我可从来没有拿它当真。我认为这样的做法是企图得到某种事物的个别部分的人才有的，他们已经得到了什么东西，由此又指望得到别的，这样的做法我看不是像我们这样的人的做法，对不起，先生，像我这样的人，我的意思是说，想要得到一切、得到全部的人，而不是得到其中的一部分，不过，在……怎么说呢？"

"在根本上。"

"也许是吧。不过，我还是希望您能给我再说说那些小孩的事。您说过，您是喜欢小孩的。"

"不错。有些时候，我找不到什么人可以谈谈，我就和小孩谈话。您知道那是怎么一回事。和小孩谈话，谈不了多少。"

"啊！先生，您说的对，我们是最末的人当中最末的人。"

"不过，依我说，我的意思也并不是说我有些时候感到有谈话的要求，要求竟是那么强烈，以致我非跟小孩子谈话不可，因此我感到很不幸或者很伤心。不，我不是这个意思，因为我对我过的生活毕竟还是稍有选择的，要不然，别的不去选偏偏选上不幸，那我定是发疯了。"

"刚才我说的意思并不是这样，我很抱歉。我不是那个意思，我看天气是那么好，不由得嘴上就把那个话说出来了。您该了解

232

我，可不要不高兴。天气好有时候反叫我什么都怀疑，什么都不相信，不过这仅仅是几秒钟之间的事。我很抱歉了，先生。”

“没有什么关系，没什么。有的时候，我来到广场，经常是已经有好几天没有说话了，要知道，一句话不说，随便谈谈的机会也没有，就这个样子，我没有机会说话，除非和买我的东西的人说上几句，那些人总是匆匆忙忙，又是那么多疑，不相信人，甚至除开兜售我的纱线讲几句，其他一句话也没有。在这样的条件下，几天过去以后，于是这种感觉出来了，那是必然的。和一个什么人扯得过分，说得太多，也叫人心烦，就是有一个人总是那么听你说话，也叫你觉得不大好受，弄得你焦躁不安。”

“对，对，我知道，就仿佛什么都可以不要，不吃，不睡，除了想说说话，别的都不想干。先生，您在这个城市，不必和小孩打交道了，是不是？”

“在这个城市嘛，是呵，小姐。在这之前，我也不是和小孩在一起呀。”

“这我明白。”

“我是站在远处看看他们。近郊区的小孩可真不少，都是很自由随便的，像您带的孩子那样大小，刚五岁吧，他们就自个儿穿过市区到动物园去玩。他们随时可以吃，下午就在狮笼前头遮阴的地方睡午觉。我远远地看着他们，是的，他们就在狮笼背阴的地方躺下来睡觉。”

“真是那样，反正小孩有的是时间，谁跟他们说话他们就说，他们随时随地都愿意听你说，但是能跟他们说的话不很多。"

"是呀，恼人的地方就在这里，他们对孤独单身的人并无成见，不论对谁，他们可不是不信任，正像您说的，就是没有多少话好和他们说。"

"还有呢，先生？"

"噢！在他们看来，我们彼此都相差不多，如果我们给他们谈飞机、火车机车的话。能和他们谈的不过是这些，永远是这一类事情。总之，没有多大变化。"

"其他的事情他们不懂。比如说，不幸，跟他们说也没有多大益处。"

"你如果跟他们谈别的事，他们听不进，他们就跑开了。"

"有的时候，我独自一个人说话。"

"我也有这种情况。"

"我不是自己对自己谈，不是。我是和一个想象出来的对象谈，他不是随便什么人，不过，他是我的仇敌，就是仇敌本人。您看，我没有朋友，就像这样，我给我自己制造出来一些敌人。"

"小姐，您对他是怎么说的？"

"我骂他，折辱他，根本不作解释，一点也不告诉他。先生，说给我听，为什么会是这样？"

"谁知道？无疑因为敌人根本不会理解您，被理解那种欣慰感受您接受不了，这种事情提供给您的轻快之感您无法忍受。"

"毕竟是说明了一点什么吧，是不是，毕竟不是一句关于我的工作的什么话吧。"

"是的，小姐；既然没有人听您说话，既然这么做您觉得高兴，就那么做好了，不要去制止吧。"

"我讲到不幸，小孩不能理解，那么，我就讲讲普遍的不幸好了，也就是说，讲讲所有的人而不是某一个个别的人的不幸。"

"这话我是理解的，小姐。不幸是人们不堪忍受的，其实小孩也懂。无疑只有他们的不幸，人们是无法忍受的。"

"那种人，幸福的人，并不多，是不是？"

"不，我不这样看。有些人认为做一个幸福的人那可非同小可，而且他们认为他们是幸福的，其实他们也不见得就那么幸福。"

"我或许相信这就是所有的人的一种责任，做一个幸福的人是一种责任，就像人们总在寻求阳光避开黑暗一样。先生，您看，比如说，比如说我，我带给自己的所有不幸。"

"小姐，这当然像是一种责任，肯定是这样，我也是这么看的。但是您必须明白，您如果寻求阳光，那就是以黑夜作为出发点。您不能不是这样。人总不能在黑夜里生活。"

"可是我是在黑夜里呀，先生，别人寻求阳光，我和别人一样，也那么做，寻求幸福也是一样呵。我那样做正是为了寻求我的幸福。"

"是呵，小姐。所以对您来说，事情也许比别人更加简单，您没有别的选择，别人是另有选择的，所以说他们对他们所不知的别的事情都觉得厌烦，是可能的。"

"我所伺候的那位先生，说他幸福，人们也许会相信。他是一个做大生意的人，钱多得很，可是人恍恍惚惚，是啊，是一个很苦恼的人。我相信他从来没有看过我一眼，我相信他看到我也不会认识我。"

"小姐，您毕竟是一个有人会看的人。"

"但是，他什么人也不看，可以说，他根本不知道使用他的眼睛。所以，有时我觉得他不像人们相信的那样幸福。他好像对什么都感到厌倦，包括看一看也厌倦。"

"他的女人呢？"

"他的女人也一样，人们也许会说她是幸福的。可是我，我知道，并不是那么一回事儿。"

"这种人的女人容易战战兢兢，担惊受怕，她们的眼睛总是垂下来，她们的眼睛也厌倦了，好像不再有梦想的女人那样，不是吗？"

"我说的那个女人不是那样，她的眼睛清澈有光，什么也不能出其不意让她感到意外。她可算得上生气勃勃。不过我知道并不是那么一回事。干我这一行，这种事是懂得的。在晚上，她常到厨房来，闲得没事儿干似的，那是谁也瞒不过的，她那样子是找我来做伴儿的。"

"正是刚才我们说过的，其实，那些人究竟有福也难以承受。他们当然渴望幸福，一旦到手，他们又心急如焚，梦想得到其他东西①。"

"先生，我不知道是幸福难以承受呢，还是那些人对幸福理解得不对头，要么他们也不清楚他们应该得到怎样一种幸福才是幸福，要么就是他们不大知道拿幸福怎么享受，要么他们在过于珍惜眼前的幸福的同时对幸福也感到厌倦了，这我也不知道；我知道的是人们总是讲到幸福，这两个字存在着，而且发明出这两个字来也不是无因的。可是我怀疑这两个字既无根据也无目的，这倒不是因为我知道许多可说是幸福的女人，每天晚上不免还要扪心自问，问她们为什么过这样的生活，有这样的存在，为什么不是其他。我现在就是这么个看法。"

"那当然，小姐。说这种幸福叫人难以承受，我们说这话的意思也不是因此就能够丢开它不要。小姐，我很想问问您，每天八点钟这个女人就来找您？她是不是问您这一时刻觉得如何？"

"是呀，就是在这个时间呀。我知道这是怎么回事儿，先生，真的，我知道许多女人恰恰在这个时间，别的倒也没有什么，偏偏对她们自己所有的一切感到心烦意恼，不过我是不会远远避开的。"

"所有的条件集中到一起，事情在进行，情形就是这样，那些人是设法反其道而行之。他们发现幸福未免是含有苦味的了。"

"先生，这对于我并没有什么重要意义。我倒也很想尝尝这种

---

① 一九五五年版：他们又心急如焚，梦想要……

幸福的苦味儿。"

"我这么说，小姐，不过说说而已，别无他意，有什么呢。"

"先生，可以说，您虽然不想让我泄气，却在给我打预防针。"

"有那么一点儿，小姐，是有那么一点儿，不过在很小的限度内，我可以保证。"

"凭我的职业，我对幸福那些不适当的方面早有所知，您就放心好了。其实我也是无所谓的，幸福或别的什么，我都无所谓，但是，总得给我一口饭吃呵。照我现在这样，工钱必须给我，这是没有什么道理好说的。我做得一丝一毫不差，和所有的人一模一样。一旦死掉，现金就拿不到了，那简直不可想象。只有在傍晚的时候，太太走来看我，轮着我也用太太那种神色看着那笔现金，那就算是账结清了，两讫了。"

"人们无法想象您也会眼神疲惫，小姐。这您大概是不知道，不过，您的一对眼睛很美。"

"将来到一定的时候，先生，它们将是美的。"

"想到您有一天也会和这个女人有些相像，这总有点叫人失望，可是您也没有别的办法好想。"

"该怎么就怎么吧，先生，要是一定那样的话，我反正逃避不了。这正是我最大的希望之所在。我的两只眼睛不再美丽的时候，也会像所有的眼睛一样，变得暗影重重了。"

"我说您眼睛美，小姐，我主要是说眼神。"

"这是因为您弄错了，先生，您无疑是搞错了。即便您没有搞错，我嘛，眼神归我所有，我也不可能就此感到满足。"

"您的意思我明白，小姐。不过在别人看来，您是有一双很美丽的眼睛，这一点不承认也难。"

"不然的话，那我就真的完蛋了，先生。如果我仅仅满足于我有这样的眼神，我也是完蛋。"

"那么，您刚才说的那个女人，她到了厨房，又怎么样了？"

"对，她有时到这里来，一天之中，只有在这个时刻才到厨房里来。她总是问我这样的话：怎么样，你好吗？"

"就仿佛您头一天晚上和今天都有不同的变化似的？"

"是呀，就像是那样。"

"这些人对我们的事一向怀有错觉，这也许同我们的服务没有关系，可是那里面却掺杂着这种错觉。"

"先生，您是不是也曾为哪个老板服务过，所以您对这类事很了解，就像您刚才说的那样？"

"不，小姐。这一向是摆在像我们这种处境的人面前的一种威胁，所以对这种事我们比别的人看得清楚。"

这时，在这男人和姑娘之间，出现了长时间的沉默，人们也许认为他们只对这一天温煦美好的天气十分注意，此外全不理会。后来，还是那个男人先开口说话，他说：

"咱们在原则上是看法一致的，小姐。我再重复一遍，我说到那个女人，还有那样一些人，也就是不想做完全幸福的人的那些人，我意思并不是说不应该仿效他们的榜样自己也去试一试，哪怕失败。我的意思也不是说应该放弃您要一套煤气灶的愿望，事先就回避您继之而来的拥有其他一些东西，譬如电冰箱，甚至还有幸福这样的愿望。我丝毫没有这个意思，一分钟也没有。相反，我觉得它完全正当，合情合理，小姐，您相信好了。”

“这么一说，先生，您大概是想走了吧？”

“哪里哪里，小姐。我希望您不要误会我的意思，就是这样。”

“照您刚才说话的样子，我还以为您是想给刚才说的话归纳出几点结论，因为有什么事催着您快点走。”

“不是的，小姐，我不忙，不忙。我已经给您说过，我是完全赞成您的，我还要补充一句：我弄不大清楚，我再说一遍，我不懂：人家让您做的附加工作，一直要您做的，而且不管是什么工作，不管怎样您总是照单全收。小姐，我很抱歉，又回到这个问题上来，因为我还不能完全接受，虽然对于您接受做这些工作提出的理由我是了解的。我担心……我担心的，您看，就是您认为您必须承担的可能最苦的差事，目的是为了有那么一天苦尽甘来，您终于也有那么一天。”

“但是，什么时候才会有这一天？”

“不不，小姐。我相信，没有人负有使命跑出来奖赏我们个人的贡献，特别是我们这些默默无闻不为人所知的人。我们是被抛弃的人。”

“如果我对您说，不是为了那个目的，而是为了使这种职业的可耻可怖依然保持原状，怎么样？”

"我很抱歉，即使是这样，我也不能同意。我认为您事实上已经在过着一种生活，小姐，而且您不得不坚持不懈地把这种生活重复下去，同您谈这种事，我很感厌烦苦恼，是呵，我认为这是既成事实，您已经开了头，而且对您来说，时间同样也在过去，而且时间您已经白白浪费掉了，时间您已经丧失了，比如说您接受干这种苦役或别的什么，本来您是可以避免的。"

"先生，您真好，您肯设身处地为别人想问题，又那么体谅人。我嘛，我还是无法避免。"

"您是有办法的，有别的事好做的，您看，是有嘛，不抱希望，乐得悠闲就是。"

"我既然下决心准备从那里面摆脱出来，也许这是真的，也许就是这样吧，这就是表明事情已经开始的一个消息。并且我，有的时候，禁不住要哭，这大概也是一个信息，也许我不应该再对自己隐瞒，故作不知。"

"人总是要哭的，这不成问题，问题是您存在着，就是这么一回事儿。"

"有一天，我去我们工会了解情况，我发现我们从事的大部分公务都属于正常的职权范围。这是两年前的事。现在我可以告诉您，我们做的工作实质上有时候就是照管一些年纪很大的老太太，有的是八十二岁，体重九十二公斤，而且神志不清，糊糊涂涂，大小便白天黑夜随时屙在裙子里，她们说些什么，没有人肯听一听。太难办了，是呵，我不能不承认，有时我们只好去找工会。竟然有这样的情况：这类事情是并不禁止的，甚至人们根本不去考虑它。其实就是想到了，先生您知道，不论什么工作总会有人接受的，我们拒绝干的事情总有人偏偏肯去接受，那种叫人耻于去做的事儿有人偏偏去做。"

"小姐，您说是九十二公斤？"

"是呀，根据最近称出来的重量，她还在往肥里长呢；我请您注意：两年前，在我从工会问过情况回来以后，我居然没把她给杀掉；她已经够肥的了，可是我才十八岁，而我居然没有把她给杀掉，没有，杀她是越来越容易，越来越方便，那是肯定的，因为她越来越老嘛，而且，尽管那么胖，又那么脆弱，在浴室里给她洗澡的时候，只有她一个人，浴室就在过道尽头，这个过道刚才我已经给您说过，过道有这个广场一半那么长，只要把她按到水里三分钟就万事大吉。还有，她这么老，她这一死她的孩子也不会发现有什么不对头，另一方面她自己也不会觉得有什么不好，她是任什么都不知道了，一概不知，所以我要请您注意，我非但没有那么办，而且相反，我把她照顾得周周到到，照料得很好，自始至终是为了那些理由，就是我给您说过的那些理由，因为我如果把她搞死，那等于说在这些可能发生的事情之中我面临着我的处境可能因此得到改善，直截了当说，我的处境变得叫人忍受得了；如果我不好好伺候她，对我的计划来说，依旧同样是相违背的、相互抵触的，这一点且不去说它，归根结底总归会有人把她伺候好就是了。'丢掉一个，找来十个'，这就是我们独一无二的地位。没有法子呀，没有法子呀。只有一个男人，只有他才能把我从那种处境救拔出来，工会无济于事，我自己也无能为力。让我再说一遍，请多多原谅我吧。"

"哎呀！小姐，我真不知给您说什么好。"

"那就不谈吧，先生。"

"是呵是呵，不过，最后再提一下，像这样一个女人，我觉得，而且您也说了，是不好办。但是，没有人，连她本人对于那么办也不觉有什么不妥，您也说过。还有，我这并不是给您出主意，是不是？不过，我觉得，在某种情况下，有人，别的人，比如说，为了稍稍改善自己的生活，可以那么去做，同样，也可以对未来抱有希望。"

"不，先生，对我这么说也无济于事。我宁可叫这种厌恶变得越来越严重。这是我摆脱困境的惟一途径。"

"随便谈谈总是可以的，是不是，小姐？不过，我不明白，这会不会有点像从那种期望求得宽慰必须履行的义务？"

"先生，我认识一个人，其实我可以说给您听，而且也可以去做的，和我差不多的那么一个人，就曾经试着去干，去谋杀。"

"不不，也许她自以为是那样，但是，这不可能是真的，她并没有杀人。"

"杀了一条狗。她十六岁。您也许会对我说那算不上是一回事儿，但是她那么做了，她说那是非常像的。"

"一定是不给它吃，那，那不算是谋杀。"

“怎么不算？他们两个吃得一模一样。要知道，这是一条售价昂贵的狗。所以，如果说他们一个人一条狗吃得与别人不同，但是他们两个吃的完全一样。有一天，她偷了它的牛排，只此一次。后来，一块牛排就不够了。”

“她是那么小，就像别的小孩一样，馋肉吃。”

“她把它毒死了。她趁它睡觉的时候，在狗食里面掺上一些海绵。她对我说，它睡不睡也没有多大关系。那条狗拖了两天才死。是呵，是一样的嘛。她知道，它要死了，她亲眼看它死掉。”

“小姐，她要是不那么做，反倒是不合情理的。”

“为什么对这条狗这么气恨，先生？尽管它吃了那许多东西，毕竟是她仅有的朋友嘛。人们都不认为是坏事，可是您看！”

“小姐，这样的事不应当有。可是这样的事现在终于发生了，于是也轮到我们不可避免地做出我们不当做的事。避免不了，绝对避免不了。”

“人家知道狗是她害死的，把她辞掉了。因为害死一条狗也说不上触犯刑律，也不能拿她怎么样。她说她宁可叫人家惩罚她，因为她非常懊悔。这种职业就叫你生出这些可怕的怪念头。”

“小姐，那您就离开那里好了。”

“我整天工作，不停地干，我宁愿做得更多，但不是这种工作，而是别的，在光天化日之下做的工作，看得见的工作，像其他所有的人那样可以计算得出的工作，挣钱的工作。我真想到大马路上干那种砸石头的工作，到炼铁炉上干炼铁的工作。”

“去做呀，小姐，到大路上去砸石头，把现在的工作丢开。”

“不行呵，先生，我已经给您说过，独自一个人，我办不到。我试过，我办不到呵。孤独一个人，没有爱，我相信我只有饿死，我没有力量活下去，坚持不下去。”

“修路砸石头的女人，是有的，是有，也是女人嘛。”

“这我知道，我每天都想到的，没有忘记，您不必担心。您看，我本来应当就从这里起步。现在我才明白，我不行，不可能。这种状况真叫人寒心，以致身在其外就不如身临其中有意义，这我刚才已经给您说过，甚至在自己看来连摄食养生以便活下去也不具备充分理由。不行呵，不行呵，今后我是非有一个男人不可的，我只能因他而存在，到那个时候，我才能有所作为。”

“小姐，您知道这是怎么一回事，这叫什么？……”

“不知道，先生，我不知道。我只知道我必须在这种奴隶状态下努力坚持下去，以求有一天，比如说，重新获得饮食养生继续活下去的兴趣。”

“我很是对不起了，小姐。”

“没有的事，您看，我总得留在那里呵，要多少时间——时间我总有呵。请相信我，这决不是我缺乏诚意，不是的，这是因为在您所说的那样的希望面前本来就用不着什么自我安慰，因为如果我试着去做的话，我知道，为我自己，我是无可希望的。我等待着。在等待之中，我注意不要去杀人，也不要害死狗，因为那样，问题就非常严重，就害得我这一生都是恶劣的，成了一个坏人，就会冒这样的风险。先生，咱们还是谈谈您的事吧，您不停地到处旅行，而且您又是这么孤独。"

"我总是在旅行，小姐，不错，而且我又是孤独一个人。"

"也许有那么一天，我也出去旅行。"

"一次只能看到一个方面的事，世界这么大，要看看世界只能由自己去看，用自己的眼睛看。看到的少而又少，不过，您看，所有的人都喜欢出去旅行。"

"敢情好，尽管一次所见少而又少，我推想，总归是排遣时光的一桩好事儿。"

"是最好的办法，没有问题，至少可以这么认为。坐在列车上，时间完全充分地流逝而去，时间充满一切，包括睡眠。坐船，那更好。您看船走过的航迹，时间一条线似的流逝而去。"

"但时间经过是这样慢，可能让您有这样的感觉——您脱离肉体飞走了。"

"小姐，说不定您也可以小小旅行一次，过一个星期的假日。只要想去，就能够去。在等待的过程中，我说，从现在起，您就可以那么办。"

"等待的时间的确是很长的。我已经参加了一个政党，我认为那倒不是在我这方面说事情会有进展，而是我不会觉得事情还要久久拖下去，时间可以短一些，但是，总归要拖得很久的。"

"正因为这样，在您参加政党期间，也到舞会去跳舞，您认为对您有益的事您应该去做，为的是有一天能从那种处境拔身出来。

总之，在等待过程之中，您所希望的事情真的开始取得进展之前，您完全可以做一次小小的旅行。"

"这可不是故意转移话题，我不得不说：有时候，这么办还嫌等得太久。"

"只要您稍稍去掉一点这样的情绪就行了，小姐，您完全可以出去旅行一个星期。"

"星期六，舞会之后，有几次，我都大哭一场，刚才不是已经给您说过了。怎么可以逼着人家喜欢你、要你？爱情不是逼出来的。说不定就是这种情绪，您刚才说的，让我在男人看来很不讨人喜欢。这是一种怨恨的情绪，它怎么会讨人喜欢？"

"我说的不是这种情绪，小姐，我是说有一种情绪阻碍您去请一个星期假。我并不劝您也像我一样，认为希望过奢，徒劳无益，多此一举，不是的。但是也要明白，人们觉得对自己有益的，比如说，让这样一个女人有必要的时间过她要过的生活，但求有一天从当前的处境中摆脱出来而不是其他，为了这个目的，人们把要求于您的都尽力做到，在这样的时刻，比如说，作为一种补偿方式，几天的假期应该是能够接受的，出去散散心，到处走一走。即便是我，我觉得，我也要这么去做。"

"先生，您的意思我懂了，但是，您说说看，我拿这几天假期怎么办？干什么？我甚至不知道拿它派什么用场。度假当中，我会看到不少新鲜事儿，但是从中一点乐趣也得不到。"

"应当学学呀，小姐，即使是行之不易。展望未来，今后您应当去学一学。可以学起来的，是这样，怎么看新事物是可以学起来的。"

"但是，先生，在等待明天的过程中，我已经筋疲力尽，气也喘不过来，我今天又怎么能领会那种乐趣，感到心欢意畅？不行呀，连看看新事物这份耐心我甚至也没有。"

"那就不谈吧，小姐。我无非给您提一个无关紧要的小小建议。"

"哎呀，先生！您要是知道的话，那我该多么喜欢！"

"如果有一个人邀请您跳舞，小姐，难道您马上想到他可能娶您？"

"就是呀，是这样呀。您看，我是太讲究实际了，一切不幸就是这样来的。不这样，又有什么办法？我觉得在没有得到自由之前，不可能爱任何人，这个自由只有一个男人能够给予我。"

"小姐，如果我可以这样说，我要问您一句：一个男人他不请您跳舞，您是不是认为他依然可能娶您？"

"我想不大可能，因为，看起来，在舞会上，在跳舞的动作和跳舞的带动下，我认为一个男人对我是什么人可能会转眼就忘掉，或者，他知道我是何许人，可能对这一点比在别的场合不那么反感。是的，跳舞我跳得很不错，以致我本人身份处境不大看得出。我变得和一般人没有什么两样。我自己嘛，也忘记自己是何等样人。哎呀！我有的时候简直不知怎么办才好。"

"您在跳舞的时候，还想那个问题？"

"不想，跳舞的时候，什么都不想。在跳舞之前或者过后，我才想它，而在当时就像是在睡梦之中。"

"小姐，那是什么都可能发生的。人们以为什么也没有发生，但是过后一看，事情发生了。有亿亿万万人，您期待的事在他们身上没有发生。"

"我担心您对我所期待的东西怕是误解了，先生。"

"这就是说，我谈的不仅是您认为您所期待的，还有您并不认为是您所期待的。也就是您在无意中期待却并不迫切需要的东西。"

"对了，您要说的意思我明白。那的确不是我立刻就想到的。不过我也很想知道您那方面是怎么一个情况。说给我听听，先生，您愿意说说吗？"

"和所有的人一样。"

"和我知道我有所期待一样？"

"相同。这种事您根本不知道，又怎么对您说呢？我认为这种事可能出其不意突然出现，也可能慢悠悠的，以致叫人只能略略有所察觉。这类事情出现了，发生了，就不再使人感到有什么奇怪了，人们还以为事情早已就有了。有那么一天，您一觉醒来，瓜熟蒂落，事情已告发生。就好比那套煤气灶，一天，一觉醒来，您甚至不知道它怎么到您这里来的。"

"先生，您到处旅行，而且一直在旅行，如果我理解得不错，有些事件发生，您很少介入是不是？"

"这是到处都可能发生的，小姐，甚至偶然也发生在火车上。和您一心向往要亲身生活其间的事件的惟一区别，就是这些事件是没有结果的，对它们人们也无能为力。"

"可叹！先生，没有结果的事情却时时刻刻生活于其间，您就是这么做的，说到最后，该是多么可悲！我看您呀，有时您也应该痛哭一场。"

"哪里的话，哪里的话，这就如同所有其他的人一样，习以为常了。痛哭嘛，我的天，至少每一个人都要痛哭一次，地球上亿亿万万人中每一个人至少要痛哭那么一次。这本身并不说明什么问题。其次，我应该说，还有一点什么也让我感到安慰。我每天清晨一觉醒来，睁开两眼，我都感到很是愉快。刮脸的时候，我还唱歌呢，一向都是如此。"

"噢！先生，您说这话，我可不信唱歌能说明什么问题。"

"但是，小姐，我活得愉快；在这方面，我不认为人家会发生误解，我的意思是说，任何人都不会误会。"

"先生，那个情况我不清楚，所以我大概理解您很困难。"

"小姐，不论您有什么不幸，简单一点说吧，原谅我强调这一点，我说，如果我敢于这么说，我说您应当多拿出一点良好意愿。"

"但是我不能再等下去，先生，不过我还是在等待着。就说那个老太婆吧，我不可能给她洗澡，可是我毕竟还是在给她洗。我在不可能那样做的情况下仍然那样做了，难道不是这样？"

"按照良好意愿，我认为您可以给那个老太婆洗澡，就像洗别的什么东西，比如说洗一个平底锅。"

"不成呀。我也试过，可是，办不到。还对你微笑呢，臭极了，是活人嘛。"

"唉，那可怎么办？"

"有的时候，我真不知怎么办。这种事情开始的时候，我不过十六岁。开头我没有注意，后来，您看，我现在已经二十一岁，就像这样，在我这方面，什么事也没有发生，任什么也没有出现，一片空白，您看，反而外加上这么一位上了岁数的老祖母，到现在都不死，直到今天，不见有人向我求婚，要我做他的妻子。有时，我问自己：莫非我在做梦，莫非这许多艰难困苦都是我凭空搞出来的。"

"小姐，也许您可以换一个人家，选择一个没有那么老的老人的人家，也许在这样的人家做事更好一些，我的意思是说，相对而言更好一些，那当然。"

"不是那么回事，任何一个人家对待我永远和他们自家不一样。其次，在这种职业范围之内换一换人家根本没有什么意思，因为真正需要的是这种职业根本不存在。如果我真落到像您说的那样一家人家，我也不一定就受得了。再其次，由于今天换一家，明天又换一家，换来换去换不出什么名堂来，最后弄得我只好相信，我怎么知道，最后还是只好相信命运，可能我还是回到这个观念上来：那也值不得再坚持下去了。没有办法呀，我现在这么看，我

251

势必就只好停留在这上头，留下来，一直到我走掉那个时刻到来——有时我倒是相信这一点的，相信到怎么一个程度可说不上来，我没法给您说，就像此时此刻我知道我在这里，反正就是这么个处境就是了。"

"所以您留在这里——在这样的情况下，出去旅行一下，您可以去嘛，小姐，我相信您是办得到的。"

"旅行，也许可以，我可以试试看。"

"是呀，可以试试嘛。"

"不过，照您的说法，先生，要去的那个城市想必是很远很远的了。"

"我是分阶段一步一步去的，我是这里停一天，那里等一日，一步一步用了半个月时间才到达的。有条件的，坐火车一夜就到了。"

"一夜，就到了？"

"是呀。在那个地方，已经是盛夏的天气。我这可不是说那个城市对别的人而言也像我觉得那么美，不是的。在别人看来，甚至可能觉得它不合口味。那个城市，我看到的无疑和别人不同，那些人也许只是见到这座城。"

"假如人们已经知道某一个人在这个城市遇到某种机缘，我想，他也就不会完全以同样的眼光去看这个城市了。咱们这是随便说说，是不是，先生？"

"是呵，是呵，小姐。"

他们都不说话，沉默了。不知不觉之间，太阳已经落下去了。同时，对于冬天的回忆笼罩在城市上空。这一次开始先说话的是那位年轻的姑娘。

她说："我想说：这样的机缘总该在那边的空气里留下一点什么，人们在呼吸的时候，总感觉得出。您不认为是这样，先生？"

"我不知道。"

"先生，我想问您这样一个问题：在火车上，如果这种情况发生在您身上，那您能告诉我吗？"

"不，小姐，决不会有那样的事。在我身上，发生这样的事，就这样，完了。要知道，像我这等流动商贩，感到合意、合得来的人很少。"

"先生，我是包揽家务的女仆，而且我还抱着希望。可不该那么说。"

"请原谅我吧，小姐，我说不清楚。您嘛，您一定能改变您的生活；我嘛，我不相信我会有什么变化，我是决不相信的。有什么办法呢，我是毫无办法的，尽管我不愿意，我不能忘记我是这样一个旅行商贩，流动小商人。我在二十岁的时候，穿着白色运动短裤，我还打网球呢。不管怎么样，事情就这样开始了。也不太清楚是怎么搞的。后来，随着时间的推移，人们发现在生活里解决问题的办法不多，事情就如此这般安排就绪，后来，终于有一天，一切都已经成为定局，哪怕仅仅想变一变，也会叫人大吃一惊。"

"那应当是一个可怕的时刻。"

"不不，神不知鬼不觉地过去了，就像时间流逝一样，小姐，不该让您发愁、悲伤。我这生活，我是没有什么可抱怨的，我想也不去想它，随便什么芝麻绿豆小事都可以给我消愁解闷，说真的。"

"先生，说到究竟，您的生活可以说还没有全部说出来。"

"小姐，我向您保证，我不是一个喜欢抱怨的人。"

"我也知道生活是可怕的，同样我也知道：它是美好的。"

在这男人和姑娘之间，沉默又一次出现。夕阳更低了。

"虽然我乘火车路程是一小段一小段走的，"那个男人又开口说了，"但我认为车费并不贵。"

"用费嘛，我也没多少，说真的，"姑娘也接着说，"总的说来，那是花在舞会上的费用。可不是，即使火车票很贵，您看，要是我心里想，我也可以出去旅行。不过，我还是要说，不论到了哪里，我就怕那种虚度光阴的心绪。我也许会问自己：你不去跳舞，跑到那儿去干什么？你的位子目前是在这里，不是在别的地方。不管我到了什么地方，我总要想到这个问题。事实上，那是在十四区，要是您想知道的话。那里军人很多，这些人并不想结婚，很不幸啊，不过，也有一些别的人，人们也搞不清楚。是的，那是在尼维尔十字，名称叫做尼维尔十字舞会。"

"我很感谢您，小姐。不过，要知道，在那边，经常也举行好几种舞会，您都可以去，不清楚您是不是决定出去走走，旅行一趟。在那里是没有人认识您的。"

"都是在公园里，是不是？"

"对了，在公园里，露天。星期六，通宵达旦。"

"我知道。那么说，我必须说谎了，关于我是什么人我得讲谎话骗人了。您一定会说，我在那里什么也不是，但是，这种状况就好像我隐瞒了什么似的，好像我有什么错在隐瞒着。"

"您既是那么急于要结束您那种状况，闭口不说也可以说是撒了半个谎。"

"我认为我只能对我承担责任的事撒谎，否则不行。再说，这也很怪，我好像是被限定非去参加尼维尔十字舞会不可，别的舞会就不许去。这是一种小型舞会，对于我这种情况的人以及对于我想利用它达到目的倒是适合的。别的地方我觉得有点不对路，陌生。您要是去的话，先生，要是您原意，在等别的人邀请我跳舞的时候，咱们可以先跳一两次。我跳得很不错。我并没有专门学过。"

"我也是呵，小姐。"

"真有意思，您不觉得，先生？为什么我们都很会跳，这是怎么一回事？咱们跳得好，别人不行，怎么搞的？"

"您意思是说，宁可咱们跳，不是跟旁的人跳，他们跳得不好？"

"是呵。我很清楚。哎呀！您要是看到他们就好啦！他们什么都不懂，跳舞就像看中国字一样难……哎呀！哎呀！"

"啊！小姐，您笑了。"

"又怎么禁得住呵？跳不好舞的人总叫我觉得好笑。他们左试右试，一门心思跳，无济于事，他们不会跳。"

"这大概是一种不是一学就会的事儿，您看，就是因为这个缘故。您认识的那些人，他们乱扭乱跳，或者拖过来拖过去？"

"她嘛，跳跳蹦蹦，他嘛，叫人家拖着跳，是两个人一块儿跳……啊！……我没法给您描述。您也许会说，也不怪他们……"

"当然不能怪他们。但还会叫人感到他们跳舞跳得这么不行也是说不过去。"

"也许人们搞错了吧。"

"也许，是的，但说到底，跳舞好坏也没有什么了不起。"

"先生，对，这没有什么大不了的，不过，看呀，仿佛在我们身上也有一点潜在的力量，噢！当然，没有什么了不起的……您不觉得那样？"

"不过他们毕竟也可以跳得十全十美，小姐。"

"那当然，先生，不过，其中总有点别的什么东西，我不知道是什么，是专门保留给我们的，我不知道怎么回事，可他们就是没有。"

"我也不大清楚，小姐，不过我相信是这样。"

"先生，我要坦率承认，我非常喜欢跳舞。说不定这是我现在做的事中，我惟一希望我这一生继续做下去的。"

"我也一样，小姐。您看，不论在什么场合，甚至在像我们这样的处境下，人们都是爱跳舞的。我们要不是那么喜欢的话，我们也许就不会跳这么好了。"

"究竟喜欢到什么程度，说不定我们现在也弄不清，谁弄得清楚？"

"有什么重要性吗，小姐？只要过得去，咱们就继续下去好了，用不着去弄清楚。"

"先生，可叹的是：舞会一结束，一切又灌回到脑子里来，一切又回想起来了，特别是星期一。我一边给她洗澡，一边咒骂她'老混蛋'。不过我不认为我心怀不善，当然了，没有人跑来对我讲这个事，所以我只能相信我自己。我骂她'混蛋'，她还对着我笑。"

"我可以直说，小姐，您并不是那样的。"

"可是当我想到那些人的时候，那的确是糟极了，您要是知道就好了，在这种事情上仿佛这些人也不可忽视，算得上一点什么。我自己和自己评理也没有用，我不可能从别的角度去考虑那种事。"

"这种种考虑不值得注意。您不是那样的人。"

"您真这么看？"

"我是这么看的。总有一天，不论是对待您一生的时间还是您本人，您一定是十分宽宏大度的。"

"先生，您呀，您可真好。"

"小姐，我对您这样说并不是出于好心善意。"

"但是，先生您自己，您自己又怎么样？"

"不怎么样，小姐，没什么，我已经算不上年轻，像您可以看到的那样。"

"但是，您曾经想到自杀，您不是说过吗？"

"哎呀，那不过是懒得去吃饭，不过如此，值不得认真看待。不不，什么事也没有，没什么。"

"先生，那不可能，或者，有什么事发生过，或者您希望在您身上什么事也不发生。"

"除去每一个人每一天发生的事以外，我这里什么事也没有发生过。"

"先生，对不起，在那个城市，难道什么也没有发生？"

"我曾经不是孤独一个人。后来我又发现我是孤独一个人。我相信这是一种偶然。"

"不，不，如果一个像您这样的人，对什么都不抱希望，那就是说他发生过什么事，这不是正常的嘛。"

"小姐，以后您慢慢会明白的。有一些人就是这样，他们的生活有如此多的乐趣，以至于他们可以摒弃希望。我一边吟着歌一边刮胡子刮脸，天天早上都是如此，还要怎么样？"

"那么，到过那个城市以后，您又痛苦过吗，先生？"

"是呵。"

"那么，这一次您没有想关在房间里闭门不出？"

"没有，这一回不是这样。因为，我知道有的时候一个人也可能不再是孤孤独独一个人，哪怕是事出偶然。"

"先生，告诉我，上午起身以后在其他时间您做些什么？"

"我出去做生意，接着我吃饭，然后我出去走走，接着我看报。看报是我的消遣，非寻常可比，好极了，我把报纸全部看完，包括报上的启事。我看完一份报纸，我还得回想一番，咀嚼咀嚼，我都记不得自己是谁了，太投入了。"

"从这个角度上我还要说：除开做这些事以外，除开上午，卖您的货品，坐火车，吃饭，睡觉，看报，除开这些以外，您还做些什么非肉眼直接可见的事？我的意思是说，看似什么都不做，但还是有所为的那些？"

"您的意思我懂了，是的……我认为，在可以看到的作为以外，我不知道我还做过什么。有几次，我也很想知道我还做了些什么，我说不清，大概还不充分、不够，大概我也没有怎么充分想办法去弄清楚，那种情况也许可能出现过，但是我始终不知道。噢，您是明白的，我相信，在生活之中事物总是在发展着，但为什么是那样，不可能全知，这也是司空见惯的。"

"先生，我看总可以比您现在设法更多地知道一些吧。"

"您要明白，我全靠那么一根线在维系着，我也靠这根线掌握着自己，所以，生活对于我比之于您要轻松一些。全部问题实际上就在这里。所以，有些事情是否有知，我可以随它去不加计较。"

说到这里，他们又一次沉默了。但是那位姑娘还有话要说：

"还有，先生，请原谅我，我不能完全了解您是怎么达到现在这样的情况的，怎么做起这种小买卖来的。"

"我已经给您说过，是逐步地，一点一点地。我的兄弟和姐妹都达到了目的，取得了成功，他们知道他们要什么。我嘛，我再说一遍，我不知道。他们也说他们不懂我怎么在人生的道路上总是走下坡路。"

"这话说得真有趣儿，先生，看起来，说您缺乏勇气应该比较恰当。不过我嘛，我仍然不懂您怎么竟走到这一步。"

"说真的，对于事业成就我一向不在意，对我来说，事业成就这句话意义是什么自始我就搞不清；问题也许就出在这上头。您看，我这个职业，我就看不出竟是那么微不足道。"

"原谅我用了那么一个说法，不过，我觉得，我可以这么说，我的职业也不至于竟是那样。为了鼓励您多谈谈，我才说到它，为了让您知道我觉得您好像是一个神秘人物，但不是为了让您去犯错误。"

"我明白，我可以向您保证。搞出这个说法来的是我，我很过意不去。我知道社会上有很多人是能按照我这种职业的真正价值去看它，一点也不看它不起。我没有什么不愉快的，实说吧，我刚才说话心不在焉，信口而说。讲自己的过去我总觉得心烦。"

他们又沉默了。这一次，关于冬天的记忆淹没了一切。太阳已经看不见了。太阳的行程已经达到这一步，自此以后，城市整体就把它给遮住了。那姑娘默默不语。于是就由那个男人再一次开始说话。

"我很想告诉您，"他说，"我真不愿意让您觉得我是想劝您做什么事情，哪怕一秒钟我也不愿意。即便讲到那个老太婆，也不过是一种说话的方式。由于总是听到那些人……"

"哎呀！先生，别说了。"

"对对，不谈不谈。我刚才不过是说，为了理解那些人，至少试着设身处地探索一下那个可能把他们从难熬的等待中拉出来的问题，所以提出一些设想，一些假设，不过我说话里面还包括这样的意思，就是说，从上面那样的要求到提出建议——这中间还需要跨一大步，我本意很想一步跨过去，但是我自己也还没有弄清楚……"

"先生，关于我的事就不谈吧。"

"那就不谈了，小姐。"

"先生，我还有点事儿要问问您。自从到过那个城市以后，再给我说说……"

那个男人沉默了，不说话了。姑娘也并不坚持。后来，她那样子看来也不一定要听到回答，但是他竟答话了。

他说："我已经说了，到过那个城市之后，我曾经很不幸。"

"怎么不幸，先生？"

"我看可能有多不幸就多不幸。我认为我过去从来不曾这么不幸。"

"已经过去了吗？"

"是的，已经过去了。"

"过去从来不曾是孤独一个人，从来不是？"

“从来不是。”

“不论是白天还是黑夜？”

“不论白天黑夜，从来都不是。那种情况仅仅持续了一个星期时间。”

“后来您就发现自己完全成了孤零零一个人？”

“是的。从此以后我就完全成了孤独一个人。”

“您刚才说因为疲倦困惫，让您睡了整整一天，您的旅行箱就放在您的身边？”

“不，是因为我不幸。”

“对，您说过您曾经是不幸的，有多不幸就有多不幸。现在您还那么看？”

“是的。”

现在，那位小姐不说话了，沉默了。

“小姐，不要哭，我求求您。”男人面含微笑说。

“我忍不住。”

“有些事情就是这样，避也避不开，没有人可以避免得了。”

“噢！先生，并不是那样，这种事我并不怕。”

“这也正是您希望的呵。”

“是，我希望那样。”

“您是有道理的，因为一个女人没有经受那么大的痛苦，不会那么迫切要求生活下去。别哭了。”

“我不哭。”

"您看夏季很快要来到了，那扇门①您就要一劳永逸地把它推开来。"

"您看，先生，有时这我也无所谓。"

"您看吧，快了，快了。"

"我看您应当在那个城市留下来，先生，无论如何您应该试一试。"

"我尽可能在那里多待了一些时间。"

"没有呵，您肯定没有尽力设法留在那里，我可以肯定，您看嘛。"

"为了留下，我已经做了我认为我应当做的一切。不过也可能我没有搞对头。不要再去伤脑筋吧，小姐。您将会看到，很快会看到，夏天一来，对您来说，事情就要成功了。"

"也许是吧，谁知道？不过我也经常问自己这是不是值得。"

"值得的。您刚才也说过，既然已经如此，也并没有提出一定要求非那样不可，但是，既然在这里，也就必须这样去做。此外，也没有别的办法。所以您要那样做。从现在到夏天，去把那扇门打开。"

"有时我觉得我不会去打开它，一旦我准备那么做，我就会畏缩后退。"

"不，您会那么去做的。"

---

① 指前文所说推开主人客厅那扇门，走进去，有所宣告。此处这扇门似成为某种象征，门一打开，局面将为之一变。

"先生，您说这个话，是因为您认为我选择的方法是从我当前处境摆脱出来的惟一好办法？最后能有所作为？"

"是，我相信是这样，我相信这些方法对您是最适宜最好的办法。"

"您看，您说这个话是因为您认为别人可能选择别的方法，而不是上面说的那些方法，您认为除开我选择的方法还存在着别的方法。"

"毫无疑问还有别的方法，是嘛，但是这些方法对您肯定不合适。"

"真是这样，是吗，先生？"

"我认为是，小姐，不过，不论是我，或是任何什么人，当然，都不可能对您完全肯定说是。"

"先生，刚才您说，由于旅行，见多识广，就变得明理、有理性。所以我才拿这件事向您讨教。"

"说到希望这样的问题，我肯定不见得就像您所说的那样，小姐。如果真是那样，那也不过是在日常琐事、在一些小小的难题上，在重大问题上，就不是那么一回事了。尽管如此，我还是要重复一遍，虽然我对您使用的方法并不完全、不是全部有把握，但是对于从夏季到来开始您必将打开那扇门——我是完全有把握的，肯定的。"

"这我可要谢谢你了，先生。不过我还要再问一下：您呢，您又怎样？"

"春天到了，天气好了，我就要走了。"

最后一次，他们两人又默不作声了。同样也是最后一次，那个姑娘又是先开口说话。

"先生，您在树林里睡醒之后，是什么叫您站起来，又开始继续您的行程？"

"我不知道，那种事一定是要发生的。"

"您刚才说：那是因为您知道人有时可能不是孤独一个人，哪怕是事出偶然。"

"不是那个意思，这样的事，是在事后，几天以后我才知道的。当时，不，我什么都不知道。"

"所以说，先生，您看，咱们是大不相同的，不管怎么说。我嘛，我认为，我也许就拒绝再站起来。"

"不对，不对，小姐，拒绝谁，拒绝什么呀？"

"什么都不是。反正我拒绝就是。"

"您搞错了。您也会像我那样做的。天很冷。我觉得冷得很，我不能再睡，我就起来了。"

"咱们不一样，咱们是不同的。"

"是不一样，无疑，是这样，在如何对待我们的烦恼这一点上，采取的方法不同。"

"不不，差别应该还不限于这一个方面。"

"我不认为。我不认为我们的差别比一般人之间的差别更大。"

"我实际上搞错了也是可能的。"

"何况我们彼此是了解的，小姐，至少试图彼此了解。我们都喜欢跳舞。您刚才说，在尼维尔十字？"

　　"对了，先生。这是很有名的舞会。像咱们这样的人有很多是经常去。"

Ⅲ

小孩从广场深处悄悄走出来，站到那个姑娘面前。

"我累啦。"小孩说[①]。

那男人和姑娘看了看他们四周。天空事实上已经不像刚才那样金光灿灿的了。已经是黄昏时分。

"真是不早了。"姑娘说。

这一次，那个男人没有讲什么话。姑娘把小孩两只小手擦擦干净，收起他的玩具，放到手提袋里。不过她也没有从长凳上站起来。小孩突然不想玩了，坐在了她的脚边。

"闲谈当中时间过得更快。"姑娘说。

"接下去时间又好像过得非常慢。是呵，小姐。"

"确实，先生，好比那就是另一种时间似的。不过谈谈倒是很好的。"

"很好，有好处的，只是事后，在谈过之后，有点叫人心烦，时间过得就慢了。也许自始就不该多谈。"

"也许是吧。"停了一会儿，她这样说。

"就是因为以后时间过得这么慢，我要说的意思就是这个，小姐。"

"说不定还因为咱们两个人等一会儿就要回到沉寂无言之中。"

"不错，是这样，咱们两个人等一会儿又要进入沉寂无声之中，仿佛已经是这样了。"

"先生，今天晚上就没有一个人再跟我说话了。就像这样，等一会儿，我就这样上床睡觉，在沉寂无声之中。我二十岁②。我在这个世界上做了什么，世界竟是这样？"

"算了算了，小姐，在这方面不要多去冥思苦想吧。宁可想想将来对这个世界您能做些什么。是的，也许根本不应该说话。既然说了，就好比一种早已放弃的美妙习惯又重新找到一样。尽管这个习惯您从来不曾有过。"

"真是这样，就好像人们真的深知谈话的乐趣似的。这应该是出自本性，理所当然的，所以那么强烈有力。"

"听到有人找您说话，那也未必不是出于本性，不那么强烈，小姐。"

"那当然。"

"过不多久您就会明白，小姐。我希望您能这样。"

"先生，我说得太多了，我很抱歉。"

"噢！小姐，这也是世界上必然有的事，如果那么做了，也不必因此感到歉疚。"

---

① 一九五五年版：他宣布说。
② 前文她曾提到她二十一岁。看来不是笔误，是有意为之。

"谢谢您，先生。"

姑娘从长凳上站起来。小孩也站起来了，拉着她的手。那男人仍然坐着未动。

"天已经有点凉了。"姑娘这样说。

"在白天人们就会发生这样的错觉，不过夏天还没有到来，的确是这样。"

"是呵，人们真把这一点给忘了。这有点像谈了半天话，又回到沉默无言一样。"

"实际上是那么一回事儿，小姐。"

小孩把姑娘往自己身边拉着。

他一再说："我累了，我累了。"

那姑娘看样子并没有听他。

"我还是该回去了。"她最后这样说。

男人仍然坐着不动。他茫然看着小孩。

"先生，您，您还不走？"姑娘问道。

"不走，我再等一会儿，等广场花园关门再走。"

"今天晚上您没事儿吧，先生？"

"没事儿，没什么事儿。"

"我嘛，我不得不回去了。"犹豫了一下，她这样说。

男人稍稍从长凳上站起来一下，他微微现出一点赧颜。

"小姐，这一次，比如说，您不能稍稍……晚一点回去？"

姑娘微微犹豫了一下，接着，她指了指那个小孩。

"先生，非常遗憾，不好办哪。"

"我这么说，意思是谈谈话散散心，特别是对您，对您有好处，就是这个意思。"

"噢！我也是这么理解的，先生，不过，我不可能。通常规定的时间已经超过了。"

"那就再见吧，小姐。您说，您星期六是要去尼维尔十字舞会？"

"是呵，是呵，每个星期六，先生。您要是来的话，可以一块儿跳几次，您愿意的话。"

"也许行，小姐，只要您同意。"

"很高兴呵，就这样，我是说，先生。"

"我也就是这么个意思呀，小姐。好了，也许很快再见面，也许是星期六，谁知道。"

"也许是吧，先生。再见了，先生。"

"再见，小姐。"

姑娘迈出两步，又回过身来，说：

"先生，我刚才是想说……您不能起来散散步，别那么坐着等关门？"

"谢谢了，小姐，我看不了，我还是喜欢在这儿等关门。"

"走一圈逛逛也没什么，我是说，先生，您也去散散步？"

"不了，不了，小姐，我还是留在这里等吧。逛一圈也没什么意思。"

"天气渐渐凉起来了，先生……我所以这么坚持说，那是因为……您也许不知道广场花园关门以后像那样叫人多么心上起愁……"

"这我知道，小姐，我还是喜欢再待一会儿。"

"您一向都是这样，先生，一直等到广场花园关门？"

"也不是，小姐。我和您一样，一般我也不喜欢这个时刻，不过今天我很想等一等。"

"也许您有您的道理。"姑娘怅怅若有所思地这么说。

"为什么会这样，小姐，就是因为我卑怯。"

姑娘上前走近一步。

她说："哎呀！先生，您说这个一定是因为我的缘故，因为我说了那些关于我的话，肯定是这样。"

"不不，小姐，我那么说，是因为每到这个时间总是迫使我看出并且直接说出真实情况。"

"我求求您，不要再说这样的话。"

"但是，小姐，自从我们谈话开始，我说的每一句话都透露着这种卑怯。"

"不对，不对，先生，这样的事不是两个字可以说得清楚的，这是不正确的。"

男人略略一笑。

"不过这也不是什么严重的事，请相信我好了。"

"先生，我不明白广场花园关门怎么突然叫您发现了您卑怯？"

"因为为了避免……失望，小姐，恰好相反，我毫无作为。"

"在这样的情况下，先生，走一走、遛一圈的勇气也没有？"

"为了避免失望，您看，不论做什么都可以分散注意力，不去注意这一次失望。"

"先生，那么我请求您，就请随便去兜一圈好了。"

"小姐，不行呵，我的全部生活就是这样。"

"就这一次，仅仅这么一次，先生，试试看。"

"不行呵，我不愿意就此改变生活。"

"哎呀，先生！我看我真说得太多了。"

"完全相反，听您说话，非常高兴，听您说话，我感到我平时被我的卑怯弄得有多么麻木，多么迟钝。不过这种卑怯既没有比昨天更大，比如说，也不比昨天小。"

"先生，我可不明白这卑怯到底是怎么一回事，不过迎面看着您的卑怯，反叫我对我的勇气感到有点惭愧。"

"在我这方面，小姐，您的勇气叫我觉得我的卑怯是更加突出。是这样，说吧。"

"看您这样，先生，勇气也好像没有什么用，归根结底好像人家也用不到它。"

"其实我们能做什么就做什么，您有您的勇气，我有我的卑怯，这很重要。"

"当然，先生，但是卑怯为什么那么诱人，而勇气却不，您不这么看？"

"向来是卑怯占上风，小姐，要知道，这是很容易的。"

那个小男孩拉了一下姑娘的手。

"我累啦。"他又一次宣告说。

男人抬起眼来，神色有些机阢不安。

"您会被责怪吗，小姐？"

"免不了的，先生。"

"很抱歉。"

"先生，这没有什么关系，您知道的。换成别人也和我一样，都要责怪的。"

他们一言不发，又这样等了几分钟。有很多人从广场走出去。在一些街道尽头，天空是一片淡红色调。

最后，姑娘说："确实如此，"她说话的声音很像是从睡梦中发出来的声息，"确实，人只能做他能做的，先生，您嘛，您有您那个卑怯，我嘛，我有我的勇气。"

"不管怎么说，咱们有饭吃。这一点咱们是办到了。"

"对，是这样，和任何一个人一样，我们也每天都有饭吃。"

"还有，时不时的，总可以找到机会谈一谈。"

"对了，尽管让人感到痛苦。"

"一切一切都叫人痛苦。有的时候，吃也叫人感到痛苦。"

"您意思是说饿了很久，饿得非常厉害以后才吃？"

"是这样吧，是呵。"

小孩在哼哼唧唧。姑娘看看他，好像这才发现有这么一个小孩似的。

"我可真该走了，先生。"她说。

她第二次转过身来，对着小孩，温和地说：

"就这么一次，要乖一点儿。"

她又转过身对着那个男人。

"那么，咱们就再见吧，先生。"

"再见了，小姐。也许在舞会见。"

"是呵，也许，先生。您已经知道您是不是也去？"

那个男人做了一番努力，以便做出回答。

"不，还没有定。"

"这真奇怪，先生。"

"我是卑怯的，确实如此，小姐，您总该知道。"

"您去不去，请不要以卑怯为准则，先生，我这里请求您了。"

男人还竭力在想，想想如何做出回答。

"去，还是不去，要我弄清楚，实在是很困难的。我无能为力，是呵，我现在还弄不清楚。"

"一般情况下您不也偶尔去去吗，先生？"

"我去，是呵，但到了那里我一个人也不认识。"

这一次姑娘又笑了。

"为了开心欢喜，怎么欢喜您就怎么办。您会看到我跳得不错。"

"小姐，如果我真是去的话，那当然是因为欢喜，相信我好了。”

姑娘笑得更欢畅了。那个男人对这种笑却难以承当。

“先生，您责备我对我这种生活的乐趣太不重视，刚才我好像是懂了。”

“是，小姐，确实是这样。”

“而我不该对它如此怀疑。”

“您要是知道，小姐，您对它了解得太少了。”

“我好像有这样的印象：您对它的认识不如您认为的那样清楚，先生，我这么说我很抱歉。我说的是跳舞的乐趣。”

“是呵，小姐，和您一起跳。”

小孩又哼哼唧唧地叫了。

姑娘对他说：“咱们这就走，”然后又对那个男人说，“我给您说再见了，先生，也许这个星期六再见。”

“也许，对对，小姐，再见。”

姑娘拉着小孩匆匆远去。那男人看着她走去。他望着她，尽可能看着她走远了。她没有回过头来看一看。①

---

① 一九五五年版中，此后还有一句：他把这一切看作是对参加舞会的某种鼓舞、促进。

昂代斯玛先生的午后

王道乾　译

前不久我买得一处房屋。所在地点十分佳美。让人觉得就像是在希腊一样。房屋四周的树木也都归属于我。其中有一株树巨大无比，在夏天，绿阴如盖，我不会以溽暑为苦了。我要找人修筑一座露天平台。黄昏时分，在平台上，我将眺望希腊夕照……

在这里，在某些时刻，阳光是纯一而绝对的，把一切都照得通体分明，是多重性的，同时又是准确无误的，猛烈地射向那惟一的一个目标……

——一九六〇年夏日听到的谈话

第一章

它是从那条山路左侧走过来的。它窸窸窣窣穿过矮小灌木和荆棘丛，来到山岗上这个地界，这里全部覆盖在树林之下。这里就是山上平台的边缘。

这是一条棕色的狗，身个儿小小的。它肯定是从另一侧山坡那些小村镇上跑来的，从那边上来，翻过山顶，约摸有十公里路程。

山的这一侧，猝然断陷，十分陡峭，下面就是平原。

这条狗急步从山路上窜下来，待到沿峭壁而行时，立刻换成缓慢的碎步。它嗅着浮在平原上空醉人的阳光。这平原上，在村镇四周，都是庄稼地；这个村镇有许多条大路向地中海一处海边伸展过去。

屋前有一个人坐在那里。那狗没有立即看见那个人。这是它从山那边远处那些小村镇跑来的路上仅有的一处房屋。坐在屋前那个人正在望着前面一片空无所有、只有一群群飞鸟有时横空掠过、闪耀着阳光的空间。它坐了下来，又热又倦，气喘吁吁。

多亏停下来喘息一下，它觉得它并不是完全孤独的，它后面有一个人出现，它的孤独就给打破了。昂代斯玛先生坐在柳条椅上，椅子随着他吃力的呼吸节奏发出悠悠缓缓的轻轻响声。这种具有独特规律的节奏是骗不过那条狗的。

它掉转头来一看，发现有人在，它的两个耳朵一下竖了起来。它已经跑得很累，这一来累也不见踪影了。它仔细打量着那个人。自从它长大可以满山跑来跑去，山上的来龙去脉都熟悉了解，屋前这个平台它当然是一清二楚的。总不至于因为年老，除开别的房主，连昂代斯玛先生也认不出。在它通常在山上走过的行程中，这里有那么一个人出现，这还是第一次也说不定。

昂代斯玛先生坐在那里不动，他对那条狗既没有表现出什么敌意，也没有显出什么友善。

狗以一种带有静观意味的固定方式朝他看了一会儿。这种不期而遇，使它有点畏惧。它觉得自家是负有义务的，不能就这么一走了之，所以它垂下耳朵，摇着尾巴，朝昂代斯玛先生走近几步。这一番用心，在人那方面没有引出任何相应的表示，它随即放弃再做努力的打算，趁着还没有触及到人，急忙止步，站着不动。

一阵倦意又袭上身来，它又喘起气来了；接着，掉过头去，穿过树林走了。这一回是奔村镇那个方向走了。

它大概每天都到山上来，寻找母狗，或者找食吃；它大概一直要跑到西坡三个小村子那边，它大概每天下午都要兜这么一大圈，沿途搜索各种意想不到的获取物。

"母狗，臭垃圾，"昂代斯玛先生心里这样想着，"这条狗我总是看到它，它有它的习惯。"

这条狗也许想要喝水，应该给它一点水喝，应该让它穿过森林、一个村子一个村子跑过长途旅程，在这个地方给它一点安慰，在可能的限度内，也应当让它艰苦的生活得到一些便利。从这里走去，一公里之外，有那么一个水塘，它肯定可以在那里喝水，不过水塘里的水不好，不干净，水让杂草的浆液浸得浓厚浑浊。那里的水必定是发绿的，粘搭搭的，蚊虫孑孓滋生，不卫生的。对这条渴望天天都活得快活的狗来说，需要有很好的清水给它喝才是。

瓦莱丽会喂它喝水的，在它经过她住的房子的时候，瓦莱丽会给这条狗喝水的。

它又转回来了。这是怎么一回事？它又一次穿过平台，平台前面是悬崖，正面对着天空。它再一次打量着那个人。这一回，那个人向它做出好意的表示，尽管如此，它也不想靠近他。它慢慢掉头走开，是再也不打算回头了，这一天，就这样走开了。它沿着惯常穿行的小径，在飞鸟飞行的高度上向着灰蒙蒙的空间，一溜烟地走了。它走在山崖怪石嶙峋之上，步态尽管那么谨慎小心，它的指爪抓在岩石上嚓嚓有声，在附近的半空中，它曾经在这里走过，留下了记忆的痕迹。

这里的一片森林深远浓密，荒无人迹。林中空地也难得见到。惟一一条从林中穿过的山路——就是那条狗沿着走下去的那条路，在这里这处房屋后面，猝然转弯。所以狗沿路转过去立刻就消失不见了。

昂代斯玛先生抬起手来，看看他的表，已经是四点钟。所以这条狗经过这里的时候，米歇尔·阿尔克照原来约定的时间还未见来，已经迟误了。两天前他们两人相约，讲定时间，到这里平台上见面。米歇尔·阿尔克说四点差一刻来，说这对他是适宜的时间。现在已经四点了。

昂代斯玛先生把手放下，坐着的姿势变动了一下。柳条椅格格的声音更响了。接着，他那坐在椅子里的身躯，才又恢复了有规律的呼吸。刚才走过一条橙黄色的狗，印象在记忆中已经变得模模糊糊，影影绰绰了，只有他那个七十八岁高龄的肥硕躯体，此外一无所有。他那肥厚庞大的躯体在静止状态下，很容易变成为僵硬笨重，所以昂代斯玛先生不时要在柳条椅上挪动挪动，变换变换位置。这样他才能坐着等待。

四点差一刻，这是米歇尔·阿尔克说的。季节还是很热的，与别的地区相比，这个地方夏季午睡歇晌的时间无疑要长一些。昂代斯玛先生的午睡时间，不论是夏季、冬季，一向都按医疗保健要求严格保持同等的时间。所以他不会忘记别人也要歇晌，尤其是星期六的午睡，在村里广场各处的树阴下睡个午觉，睡得很实，有时还特别喜欢睡在屋里。

昂代斯玛先生曾经对米歇尔·阿尔克解释过："那是为了修筑这里的露台，露台要俯瞰下面的山谷、村镇和大海。露台修在房子的另一面，那没有什么意思，修在这一边才对。只要露台建造得美观、牢固，而且宽大，需要花费多少，我都准备照付。当然，在原则上，这，阿尔克先生，您肯定是明白的，我想提出一份预算。自从我女儿瓦莱丽希望有这样一个露台，从那一刻起，一笔不小的款子我就已经准备好了。不过，预算还是有必要，这您是明白的。"

米歇尔·阿尔克是明白的。

瓦莱丽还要买下那边的水塘，那条狗刚才就在水塘边上歇脚。那也不在话下。

在这一片山林之间，只有这一处房屋，昂代斯玛先生前不久已经把它买了下来。这处房产连带庭院所占面积，包括山上最高处全部平面土地在内，这山上的平地沿山坡呈阶梯形层层下降，一直通到山下平原，村镇，直到海边。今天，海上风平浪静。

昂代斯玛先生住在这里村上已有一年光景。一年之前，他年纪是这样大了，理所当然应该罢手不要再辛劳工作，在悠闲清静中等待大限之日来临。他为瓦莱丽买下这处房屋，现在他亲自来看看，这还是第一次。

> 我的爱，紫丁香有一天将要盛开
> 丁香花开将永远永远花开不败

不知是谁在山下这样高唱。也许是午睡时间过了？也许是吧，午睡时间过去了。歌声无疑是从村镇上传出来的。不是从村里，难道会是别处？在下面村镇和昂代斯玛先生给他女儿瓦莱丽刚买下的这所房子之间，确实没有任何其他建筑物。

这里除开你这一所房屋之外，没有其他房子，任何建筑物也没有。以后，正因为这座房子归属于你，所以它就成了绝无仅有的了，即使换成别人，不论他是谁，也依然会做出这不可预料的事，用生石灰把它粉刷得雪白，掩映在这松林深处。

昂代斯玛先生曾经对米歇尔·阿尔克解释过："我买下这所房子，主要因为在这一类房子之中它是独一无二的。请看，在它的四周，到处都是森林，只有森林。到处都是森林。"

那条山路，在距房屋百米远的地方，车辆就不能通行了。昂代斯玛先生乘车上来的时候，也是到此为止，车辆开到这里只好停下，这是一片林中空地，地面平平的，汽车开到这里，可以掉头。是瓦莱丽开车来的，后来，一掉转车头，又开车走了。她没有下车，也没有上来到这处房子里来，连那样的意愿也没有。她劝她父亲好好耐心地等待米歇尔·阿尔克，说等傍晚天清气爽——她并没有确定什么时间——她再来接他。

几天前，他们曾经在一起谈到这条山路，以及把整个这块地方，一直到水塘那边，全部买下来的可能性，那样的话，这条路就划归私有，除了瓦莱丽的朋友以外，别的人就不准通行了。

昂代斯玛先生的朋友已经都不在人世，不存在了。水塘一经买下，就没有人来这里了。没有人来了。只有瓦莱丽的朋友算是例外。

她在山路溽热气氛中刚才还哼着唱着：

我的爱，紫丁香有一天将要盛开

现在，他独自坐在这张跷脚的柳条椅上，柳条椅是他刚才在那屋里一个房间里面找到的。天气热得很，她就好像一点也不觉得热似的唱着：

　　丁香花开

可是他却吃力地爬到山上，照着她的意思，一步一步往上走，谨谨慎慎地走到平台上来。在别的一些什么地方，在一个清新凉爽的黄昏，或黑夜，也许她照样也唱着同样的歌。难道还有什么地方她会闭口不唱？

　　将永远永远花开不败

　　他在向山上走的时候，歌声还可以听得到。后来汽车马达声把歌声冲乱。歌声减弱，声音听不清，随后零星片段还能让他听得见，接着，就空空然什么也听不到，声音消失了。等他上到屋前平台上，她的声音，她的歌声，就一点也听不见了，其间经过很长一段时间。同样，他那肥硕的身躯安坐在这柳条椅上，也颇费张致，费去长长一段时间。当他这么安坐下来，那就什么也听不到了，瓦莱丽的声音，她的歌声，甚至汽车马达声，都听不到了，真的，任什么也听不到了。
　　昂代斯玛先生前后左右完全处在静谧不动的森林包围之下，那房屋也是如此，整个山岭也是如此。在树木之间，在浓阴密叶下，埋藏着各种声响，甚至他的女儿瓦莱丽·昂代斯玛的歌声也深深埋藏于其中。

是的，是这样。是山下的村镇从午睡中醒来了。从这一个星期六到下一个星期六，夏季就是这样过去的。舞曲声断断续续地从山下一直飘到山上平台这里。这就是工人度周末的一段憩息时间。昂代斯玛先生已不需再工作。别人可需要在繁重工作之余休息休息。从此以后，这可是别人的事了。昂代斯玛先生对他们只能有所期待，期待着他们的善意。

村镇上那照得白闪闪的矩形广场上，有一群人从中穿行而过。昂代斯玛先生只能看见矩形广场的一角。他无意站起来，走上十步，走到那条深沟前面，看看广场的全貌；站在那个地方，看广场可以一目了然，广场上有一排绿色长椅，因为天气很热，空无一人，在那一排绿色长椅后面，瓦莱丽的黑色汽车停放在那里，他只要走上几步，瓦莱丽的汽车他就可以看在眼里。

那里刚刚有一场舞会在进行。

舞会已经停下来了。

在昂代斯玛身后过去不远，就是那个水塘，浮萍遮满水面，上面是大树遮着，水塘边上静悄悄的，那不是几个小孩在那里捉青蛙，捉上来慢慢戏弄它们，乐得哇哇大笑吗？刚才那条狗从这里经过，肯定它每天都要在水塘边上喝水；刚刚他还决定买下水塘，据为己有，除他女儿瓦莱丽以外，任何人都禁止来；从此以后，昂代斯玛先生就总是想到水塘边上的这些小孩。

在他四周，突然发出一阵短促而干裂的喀嚓喀嚓声响。有一阵风在森林上空吹拂而过。

"嗬，这么快，"昂代斯玛先生脱口而出，声音很大，"这么快……"

他听到自己在说话，吓了一跳，赶紧闭上嘴。在他四周，森林如层层柔波，整体地向一侧弯曲倾斜。在昂代斯玛先生一生中，这是他今后难得再见到的景象。一片森林一齐朝向一个方向倾侧，整齐划一之中又有差异，树木有高有低因而显出不一致，树木枝柯槎牙轻重不一，倾侧深浅也不一样。

昂代斯玛先生还没有想到举手看看他的表。

风止了。森林又恢复它长在山上固有的静谧姿态。还不到黄昏降临的时刻，那不过是一阵风偶然吹过，并不是山间黄昏吹起的晚风。可是在山下，在村里广场上，人愈聚愈多。想必那里发生了什么事。

昂代斯玛先生清楚地想着：我必须和米歇尔·阿尔克讲一讲。好热，好热。我额头上全是汗水。他还不来，迟了怕不止一个小时。我真想不到他竟是这样。让一个老头坐在这里空等。

下面是一场舞会，在这样的季节，每逢星期六，一向都是举行舞会的。①

---

① 在法国小村镇，在夏季周末一般都在广场上举行露天舞会。

电唱机一放再放的乐曲是从中心广场播送出来的。空中布满乐曲声。放的就是刚才瓦莱丽唱的那个曲子，就是他在他们家里听她走过走廊经常唱的那个曲子；她说房里那些走廊太长，她说走过那些地方怪心烦的。

昂代斯玛先生侧耳倾听，那乐曲他听得很专心，听得心恬意满，等米歇尔·阿尔克也就不那么叫人心急难耐了。瓦莱丽唱这个歌的歌词他都记得。他一个人孤孤单单，身衰体弱，今后也休想再跳舞，那是无能为力的了，尽管这样，也禁不住依然感觉到跳舞的诱惑，他又看到这无法克制的紧迫要求，与他暮年相平行的这种诱惑力的存在。

瓦莱丽有时觉得房里的走廊太长，长得叫人厌烦，她就在这走廊里跳舞，昂代斯玛先生记得多数情况都是这样，除非是她父亲昂代斯玛先生在午睡，午睡时间很长，一睡就是几个小时。瓦莱丽赤脚在走廊里跳舞的嗒嗒声，他每次都听得清清楚楚，每次他都觉得他的心也在随着狂跳，弄得他神眩魂乱，心也要跳死了。

昂代斯玛先生不言不语，在耐心等着一个人。

他听着那舞曲的曲调。

他逝去的青春留给他的不过这一点点，他有时还把穿在黑皮鞋里的脚有节拍地那么动一动。平台上沙土干爽平滑，在上面轻移舞步倒很相宜。

"要有一个露台，"瓦莱丽说过，"米歇尔·阿尔克也主张把它修好。我跟你分开。可是我还要回来。每天都来，天天都来，天天回来。时候到了。是要离开你了。”

也许她正在广场上跳舞？昂代斯玛先生说不清。瓦莱丽，她很想有这样一所房子。她这样的想法一有表示，昂代斯玛先生就给她把房子买下来。瓦莱丽说她是有理的。她说于她并非必要她就根本不提要求。她还说，水塘也要，别的我什么都不要。

给瓦莱丽买的这处房屋，昂代斯玛先生这还是第一次看到。这处房屋他并没有亲见，仅仅为满足她的心愿，就把它给她买下来，给他的女儿瓦莱丽买下来了。这是几个星期前的事。

昂代斯玛先生坐在柳条椅上，在柳条椅格格声中，环顾审视瓦莱丽看中的这个地方。这房子是小小的，但环绕房屋四周的地面却是平坦一片。什么时候只要瓦莱丽有意扩大四周环境，那么，从三个方向上开拓起来是易如反掌的。

“你看嘛，我的房间一定要朝着露台。每天早晨我就在那里吃早餐。”

瓦莱丽将是身穿睡衣，从睡梦中醒来，一睁开眼睛，一如她所意想的那样，就看见大海。大海有时也像今天这样，是一片宁静安谧。

那时我们的希望朝朝暮暮无时不在

那时我们的希望永远永远长驻久在……

整整有二十分钟，舞曲声隐隐约约不断传来，声音愈来愈强

291

烈，不停地反复着，变得愈来愈纠缠不休，聒噪恼人。这时广场上不停地跳着，整个广场在舞着，跳着。

海面有时可能是白浪滚滚，有时甚至隐没在雾中恍然若失。有时海上展现一片深紫色彩，浪涛汹涌；有时海上有暴风雨袭来，吓得瓦莱丽慌忙从露台上逃走。

所以昂代斯玛先生为他的孩子瓦莱丽很是放心不下。对她的爱无情地支配着他行将结束的生命。昂代斯玛先生担心瓦莱丽一觉醒来，在这高悬在海面上的露台上，猛烈袭来的暴风雨会把她吓坏，她会一览无余地看到海面上肆虐的狂风暴雨。

在村镇广场上的，想必多是青年人。在荒凉空寂的水塘边，即使对于方才匆匆跑过的狗来说，那些花开得也不很茂盛，稀稀落落，到明天恐怕都要凋零萎落了吧？瓦莱丽应该到她的水塘那里去看看她的花，有一条近路通到那里，很快就可以走到的。买下这处水塘，所费无几，那是毫无疑问的。瓦莱丽自己想要得到它，也理所当然。瓦莱丽仿佛看见青蛙在水塘的水面上游水，直在笑，不是吗？瓦莱丽手里抓着青蛙仿佛玩得很开心，不是？就那么吓唬它们，逗弄着它们，不是？反正昂代斯玛先生也弄不清。即使弄死它们那一段时间已属过去，难道她不会变换别的法儿捉弄它们取笑？看它们鲜蹦活跳地攥在她的手里，看它们吓得死去活来？反正现在昂代斯玛先生是什么也不知道了。

"米歇尔·阿尔克叫告诉您，"一个小女孩说话了，"他马上就来。"

昂代斯玛先生根本没有看见这个小女孩到来。或许她走近的时候他迷迷糊糊睡着了？他突然发现她，就站在眼前，就在平台上，远近就同刚才那条橙黄色的狗出现的地方一样。是他睡着了，她才走到近前，要么是睡着以后已经来了很久了？

昂代斯玛先生说："谢谢，谢谢你来这里。"

那小女孩，站在那里，保持这么一个距离以表示敬意，打量着那嵌在柳条椅里面的肥大身躯，看到这么胖的人，在她这还是第一次。大概她在村里已经听人谈起过。他那头部很像是长者的模样，光着头，笑容可掬，脑袋下面的身体穿着很是阔气，一身深色漂亮的服装，干干净净，精心刷得一尘不染。他那庞大的形体只能看出大致一个轮廓，巨大的形体上庄重得体地穿了这么一身非常漂亮的衣服。

"怎么说，他这就来？"昂代斯玛先生亲切地问。

她点点头，是说他就要来。她的脸型从侧面看去显得长了一些，竟然是这样，所以，单从她看他让他觉得很不舒服这种看人的眼神，昂代斯玛先生推想她大概还是一个小孩。

一头乌黑的头发，黑发下面一对眼睛显得灼灼有光。小小的脸颊，相当苍白。她的眼神对昂代斯玛先生这样一副形体相貌渐渐适应了。她的眼光从他身上移开，打量着房屋四周。这个地方她认得？也可能。她大概跟别的小孩结伴来过，甚至水塘那边也去过——恐怕很快她就去不了了——大概她是去过的。在这之前，这村上的孩子和后山远处村镇的孩子大概都在那个地方相会过，无疑是这样。

这小女孩等在那里不动。昂代斯玛先生很费了一番力气，在他的坐椅上摇晃着，从他坎肩口袋里掏出一块一百法郎硬币。他把钱拿给她。她走到他跟前，单单就是为接过那一百法郎硬币。这么一来，她是一个小孩这样的印象，他得到了证实肯定下来了。

"先生，昂代斯玛先生，谢谢啦。"

"啊，你倒知道我姓什么，"昂代斯玛先生和蔼地说。

"米歇尔·阿尔克，是我的父亲。"

昂代斯玛先生微微一笑，像是对那个小女孩致意似的。她也做出一个小怪脸表示回礼。

"您有什么话要我告诉他吗？"她问。

昂代斯玛先生没有料到这一着，捉摸着怎么说，过了一会儿，他想好了。

"不管怎么说，天时还早，不过，要是他来得不太迟的话，那就很感谢他了。"

他们这一老一小相对而笑，对这样的回答都感到满意，好比这完美无缺的回答原就是那孩子所期待的，也是昂代斯玛先生为让她开心才想出来的。

她非但不走，反而走到这将要修建的露台的边沿上坐下来，她从那里望着下面的深谷。

音乐一直不停地飘扬上来。

小孩听着音乐，听了有几分钟，接着，她掀动着她的裙子——

蓝色的——下摆玩，把裙子拉到腿上叠过来，还把裙子往上翻，又把它铺开，多次这样弄来弄去。

后来，她打呵欠了。

当她转过身对着昂代斯玛先生的时候，昂代斯玛先生发现她整个身体突然受了一惊，颤抖了一下，她两个手分开，一百法郎硬币从手上滑落到地上。

她没有去拾它。

"我有点累了，"她说，"我就下山把您对我说的话告诉我的父亲去。"

"噢，不急，不急，你尽管在这里歇着，"昂代斯玛先生央求她说。

我的爱，紫丁香有一天将要盛开

他们两个人都在听这首歌曲的叠句，当这首歌唱到第二段，小姑娘跟着用尖声细气含糊不清的声音也唱起来，转过脸去朝着阳光灿烂的深谷，把身边坐着的老人完全给忘了。尽管下面音乐声很大，可是昂代斯玛先生独独听到孩子的歌声。他知道，像他这样上了年纪的人，不论是对谁，尤其是孩子，有他在眼前，也根本不会有什么妨碍。她转过身去，自顾唱着，就像在学校里唱歌时那样打着拍子，把这首歌曲从头到尾唱了一遍。

这首歌曲唱过，一阵嘈杂声随之而起。歌声每唱过一遍，男人、少女欢呼吵闹声又交错响起。有人叫着要再唱一遍，但是歌曲并没有再唱。很奇怪，广场上是一片沉寂，几乎阒无声息，笑也笑够了，闹也闹够了，笑闹得太厉害了，一下都停下来，几乎无声无息了。这时，这个小女孩还在吹着口哨，吹这首歌子的曲调。口哨声音尖细，音调也不该那么慢悠悠的。看来她还没有到跳舞的年龄。她吹口哨吹得也不好，可是吹得专心、用力。口哨声在树林里穿行，听的人的心里也有它的回音，这小女孩自己一点也不理会，自己也听不到。瓦莱丽在房子走廊里也吹口哨，她吹得很好，而且动听，在她父亲午睡醒来之后她才吹口哨。我的小瓦莱丽，你从什么地方学会的？吹得这么动听？她也说不上来。

小女孩吹完歌曲的叠句，就注意察看下面村里的广场，看了相当一段时间，然后回转身来，对着昂代斯玛先生，现在她是一点也不害怕了。她那眼色看起来反而是喜悦的。那么，那么，她是不是要人夸她而夸她的话却没有说出？难道她记性这么坏，居然以为这个老人会夸她吹得好？那又为什么这样开心？她那满含幸福的眼色保持不变，后来，突然之间，发生了变化，变得十分严峻，这严峻的眼色同样是凝固不变的，难以解释的。

昂代斯玛先生说："你口哨吹得好。是在哪里学的？"

"我也不知道。"

她的眼睛在询问，她问昂代斯玛先生：

"我这就走吧？我这就下山吧？"

"哎，不急不急，"昂代斯玛先生劝阻说，"你急什么，你歇歇，还早呢。那一百法郎掉到地上了。"

这好意关切反让她感到为难。她捡起那块硬币，接着又打量他沉陷在椅子里堆成一大堆的威严的躯体——正好遮在白色屋墙阴影之下，这一块庞然大物。是不是她想从他打战的双手、他的微笑上发现某种急切不安的信息？

昂代斯玛先生琢磨着说什么，使她的注意力分散。可是昂代斯玛先生一时又找不到适当词句，仍旧一言不发。

小女孩说："您看，我也并不怎么累。"

说着她的眼光就避开了。

"噢，你尽管待着，不忙不忙，"昂代斯玛先生说。

浮现在昂代斯玛先生脸上的笑容不再是自自然然的。除非开向花园的那扇落地窗窗口上有瓦莱丽出现，除非那一脸皱纹被无法控制的兽性的欢快给抹平，昂代斯玛先生是不会笑的；只有想到礼节需要他才笑上一笑，还要费劲做一番努力，才能做出一个性情愉快的老人惯常所有的那种笑容。

"你不急嘛，我担保，你有时间，"他翻来覆去地这样说。

小女孩站起来，好像是在想什么。

"那么，我去蹓一圈儿去，"她用决定的口吻说，"我父亲来了，我就跟他一起坐车下山。"

"那边有一个水塘，就在那边，"昂代斯玛先生说，拿左手指着将要归瓦莱丽所有的那一片树林。

这，她是知道的。

她沿着山顶方向往上走去，刚才那条橙黄色的狗就是从那个方向上来的。她笨拙地走着，她的腿瘦瘦的，线条可说优美好看，像小鸟的脚爪一样；老人眼含笑意，颔首望着。他看她渐渐远去，一直到看不清，什么也看不见了，只见她那衣裙像一个小小的蓝点。随后，他又陷入孤独之中，这种被遗弃的孤独之感正因为她来过（当然她的到来这件事本身是这般审慎而深有用心），更加显得深广无边，令人张皇失措。

她那件连衫裙刚才在照满阳光的平台上显得非常蓝。昂代斯玛先生闭上眼睛，它那色调依然清晰可见，可是在此之前，从这里走过的那条狗，它那橙黄色的毛色却已经淡忘，难以分辨了。

他猛然后悔让她走了。他叫喊，要她回来。

"你父亲究竟是在干什么呀？"他问。

到此为止，她对于年迈力衰的人尽管敬畏，但总觉得厌恶，现在她变得很有些肆无忌惮。于是从树林里传出一声气势汹汹的刺耳的叫声：

"他在跳舞。"

昂代斯玛先生的等待又重新开始。

等待，说起来显得矛盾，这等待现在倒是心平气和的，不像刚才那么叫人难熬。

他望着那光芒耀眼的深谷。大海从这个高度看去几乎是一片蓝色，他发现，海和天空是同样的蓝色。他站起来，两腿舒展一下，更好地看一看大海。

他站起来，往深谷那边走上三步，深谷里的光线已经开始呈现黄色的色调，正像他预料的那样，村里广场树阴里一排绿色长椅附近，瓦莱丽的黑色汽车就停放在那里。

接着他又转回身，走到椅子跟前，又坐下去，再一次估量着自己这庞大躯体，穿着深色服装，沉陷到椅子里去。坐好以后，他就准备等待米歇尔·阿尔克，不但是等他，还要等那个小女孩，等她回来，是预计要等她的。这时候，就在这一段空白时间内，昂代斯玛先生将要看到死亡的恐怖。

他神智清醒循规蹈矩重新坐到椅上，准备等米歇尔·阿尔克，他将要迟到，他准备承受下来，他对他礼貌不周，他也情愿以完全宽容的态度处之，因为在这一刻他想到瓦莱丽毕竟是近在咫尺——她的那部黑色汽车不就在那边吗？不就停在村里白闪闪的矩形广场上吗？——可是，就在这一刻，昂代斯玛先生看到了那可怕的死亡。

这是不是因为看见那个小女孩走在路上，步履不稳娇弱地走在满地松针之上？是不是因为想象她一个人在树林下踽踽独行？她心惊胆怯地朝着水塘急行？是不是因为想到她父亲叫她来通知老人，这个见了就叫她厌恶的老人，这虽说是苦役，可是她还是得顺从照办，哪怕顺从最后也还是让傲慢给摧毁无遗？

昂代斯玛先生觉得自己被一种欲念所吞没，去爱另一个孩子，他感受到这样的欲念，他的感情只能顺应这种欲念，此外他是无能为力的。

他有时也许会讲起在他漫无止境的风烛残年曾经发生过这样一次意外事件，他总是坚持说：自从这个小女孩向着荒凉的山顶走了以后，而且她走路的身姿那么袅娜娇弱，是往水塘方向走去，他知道，瓦莱丽决然不会一个人单独去水塘那里的，从这个时刻起，就是在那一天，他觉得，那强烈的欲念就在他心里盘踞滋长。就是在那一天，而且是最后一次，他想改变他的感情，倾心于那个小女孩的欲念在他心里滋生出来了；可是那个小女孩，却以某种粗犷甚至凛然不可犯的力量竟自往水塘那边走去，他说，从前他曾经以同样的力量对一个女人也发生过同样强烈的欲念——真是致命的情欲呵。

不过，现在，他的欲望是这么强烈，恍惚间像是闻到了瓦莱丽孩子似的头发发出的芳香，他面对着自己的无能，他生命最后阶段的这种无能，痛苦得两眼紧紧闭起。但是——在树林深处是不是掩藏着许多花卉，未曾见过的鲜花，一阵轻风吹来，把花香吹到他的面前？是不是那另一个女孩从他面前走过，他没有察觉，她留下的芳香依然飘动不散？——正因为这样，对他自己孩子那芳香四溢、金光闪闪的美发的记忆又涌现在心头，正是因为这样呵，那金发不要多久很快很快就要在这座房子里把一个不相识的男人的睡梦熏染得芳馥无比——这地狱似的可怕的记忆，就这样预先盘踞在他心上萦回不已。

一种渗透性的沉重感徐徐潜入昂代斯玛先生的身体，这种重量流布在他四肢五体，从整个身体又一点一点扩散到他的精神领域。他手搭在坐椅扶手上，变得像铅那样沉重，他的头也恍恍惚惚渺渺茫茫，头脑甚至感到一种从来不曾有过的消沉沮丧，也不知头脑是不是还保持着清醒健全。

昂代斯玛先生想要挣扎一下，他想说这样长久枯坐不动，等待米歇尔·阿尔克，天气又这么热，不应讳言，对他的健康来说这简直是灾难。但是毫无办法。沉重感在他身上越来越加重，越来越深入，更加使人消沉无力，更加叫人无法理解。昂代斯玛先生想要阻止这种情况再发展，阻断它不要再往身体里面渗透，可是这种沉重感在他身上还是不停地在扩展。

这种重量终于占领了他整个生命，并且潜伏下来，这时，这种游走性的东西在取得全胜之后，就安然睡去了。

这沉重之感盘踞在他身上安然睡去，在这期间，昂代斯玛先生却试图去爱他根本不可能爱的另一个女孩。

当它躲在他身上沉睡的时候，昂代斯玛先生又试着唤起对瓦莱丽的回忆。瓦莱丽这时就在山下村里白色矩形广场上，瓦莱丽把他给忘了。

"我要死啦，"昂代斯玛先生大声说出了这么一句话。

不过，这一次，他没有感到吃惊。他听到自己的声音，就像刚才听到一阵风吹来一样。不过，这声音这时即使出自另一个不相识的人，也不会让他感到惊诧，因为爱水塘边上那个小女孩，他是无能为力的。

这样，他只好不去爱那个小女孩了，若是他能他是要爱的，正因为他不能，所以他只有一死，一种并不置他于死命的虚构的死亡。总会有一个人去爱她，爱得如醉如狂，那个人不是他，本来可能是他，但他毕竟将不是那个人。

他并没有死，虽然他竟自相信已经死去。他静静地等待这个意识带来的如此强烈的震惊逐渐消逝。他这样的情绪，他想改变一下，但是不可能，他想采取另外一种爱的意向，也不可能；这也不可能，那也不可能，他倾其所有的力量集中于审视四周生长的树木，强使自己搜寻那些树木的奇姿美态。美丽的树也帮不了他的忙。他心里想着另一个可爱的小女孩，站在水塘岸边，并不去看四周的树，只顾注意池边青草难以察觉的萌生滋长，可是草木的生长又于他何干，也帮不了他的忙，他宁可爱他的女儿瓦莱丽，对瓦莱丽的爱永远是灿烂发光、不可言传的。这是既成的事实。

"这家伙，真是坏透了，"他又开口说道。

徒劳无用呵。你看，他在想方设法，还是回到等待中来，久久的期待，他被撇在等待之中，已经有很长的时间了，久久的等待，长久地等下去，他完全可以说是空等一场，这就是失望！瓦莱丽有多么好的金发，她走遍世界，世界也要为之黯然失色，在他看来，世界上有这样美的金发，该有多好，但是他又为什么要想到这个呢？昂代斯玛先生这样想。同时，昂代斯玛先生，他也知道这些都不该去想。如果可以去想，那为什么他又满怀痛苦，心碎欲裂，而不是柔情满怀、心喜情悦？昂代斯玛先生继续想着，这时，他发现他是在说谎，他知道只有在极端痛苦之中才会有意作如是之想。

昂代斯玛先生认为这样的痛苦未免幼稚，还带有青春气息，幼稚得可憎。痛苦持续了多久？他也说不出。反正持续时间相当久。最后，他也只好甘心承认是它爪下的牺牲物了。在他一生当中，理性从来不曾遭际到任何险境，恰恰相反，一向是受到称赞的，说它是可能存在的理性之中最完善卓越的理性；现在，这样的理性也不得不从一贯运行的轨迹上改弦更张，还要妥善地去适应。

昂代斯玛先生同意不再去发掘什么其他的奇遇，只专注于爱瓦莱丽。

"米歇尔·阿尔克今晚不会来了，为什么还要等他？"

他又大声地说。他有意把话大声说出来。他觉得他发出的是发问的声调。一点也不感到有什么可怕，他自己又作出回答。因为发现了瓦莱丽金发之美含有普遍意义，与他能感到的恐惧相比，世界上难道还会有更可怕的事物？

"事实上，究竟是谁搞成这样的？"他自己回答说，"处在我的位置上，谁能不生气？"

他往左边朝山路上看了一看，等一下那个已经被昂代斯玛先生抛弃不顾的小女孩就要从这条路上走回来。昂代斯玛先生就这样，直直坐在他的柳条椅上。可是那个小女孩并没有从水塘返回。黄灿灿的柔和的阳光照耀下的下午，这时充分展现出来了。

昂代斯玛先生在这样的身姿下睡着了。

后来，昂代斯玛先生认为这一天下午他一度成为某种前所未曾发现的事件的受害者——据他说，这新发现的事件既惊心动魄，又空无着落——他一生不曾有过闲暇去注意这样的事，由于他年事已高，本来也不一定使他这样心乱神慌，但是竟害得他这样疲于应付；他认为这件事肯定不是无关紧要的琐事。为图方便，或者因为思绪恍惚找不出一个确切的字眼，他把这一发现就叫作对他女儿的爱的灵智的发现。

话题是由米歇尔·阿尔克引起的，他独自一人在这里讲了一大篇话，他还要继续讲下去，可是米歇尔·阿尔克究竟是何许人，原来他也不甚了了。他本来是温和平静的，接下来，措词激烈、满腔愤懑的话语就滔滔不绝地在平台上响起来了。他自己也听得清清楚楚。

昂代斯玛先生处在这种绝非他力所能当的恐惧情绪之下，如同在死之盛宴上吞嚼自己的心肝脏腑一样。他隐隐约约感到这种狂吃大嚼的乐趣，同时，无疑也是由于恐惧，昂代斯玛先生想到米歇尔·阿尔克对他这样漠不关心，这时一团怒火涌了上来。

这以后他朦朦胧胧沉入半睡眠状态，那充满柔和的黄色阳光的山谷就在他面前。

在山下一片平原上，在某些点上，在灌溉过的耕地的上空，已经腾起一片细薄的水汽，这山谷下黄色柔和的阳光要把这一片水汽驱散是愈来愈不容易了。

盛夏六月中这一天，真是完美无比，是难得一遇的，不用说，也是寂寞单调的。

昂代斯玛先生打一个盹儿继续了多少时间？他也根本说不上来。他说在他整个迷瞑的时候做了一个梦，梦到一些说来可笑但又令人称心的快事，关于同米歇尔·阿尔克谈给瓦莱丽修建未来那个一年四季面对大海的露台的预算的事。

其实打个盹儿，不过片刻时间，充其量不过让那个小女孩走到水塘去玩又从水塘走回来那么一点时间。事实上她正从山顶往下走呢。

于是昂代斯玛先生又回忆起在他生命最后时刻与这另一个小女孩曾经有过接触这件事。

走在地上发出的脚步声，先是在树林的远处，渐渐由远而近。这脚步走在铺满枯叶的山路上发出的声音是那么轻盈，昂代斯玛先生就是睡去也不会受到惊扰。他还是听到了脚步声。他知道有人走过来，他估计那是在南山的半坡上；他对自己说，那个小女孩从水塘已经转回来了，他认为离平台还远，还可以再睡一会儿，所以他没有准备去迎她，管自己睡着，睡得这么实，转眼就什么也听不见了，甚至她走到离他只有几米远他还一无所知。

小女孩果然是回来了。昂代斯玛先生沉沉睡去，睡得可真好，他的脑袋，那还用说，依旧朝着她从水塘回来必经的那条山路的方向，就那么低着头睡着。

她是不是一声不出、默默看他看了好一会儿？他不知道。她兜了这一圈前后是多长时间，他也不知道。睡了这一觉，他也不知道。

"喂，先生，"小孩轻声叫他。

她的脚轻轻拍击着平台上的沙地。

昂代斯玛先生两眼一睁开，就看到别人在看他——一种已经见过的纯洁无瑕、放肆无礼的眼神。她在他身边靠得很近，这和她第一次来时是不同的。在阳光下，他看她那一对眼睛明澈有光。他发现他把她全给忘了。

"啊，啊，我一直在睡着，整个儿地睡着了，完全睡着了，"昂代斯玛先生抱歉地说。

那小女孩没有答话，她只顾拿他从上到下不动情地贪求不已地好奇地打量着。这时昂代斯玛先生追寻她的眼光。她的视线，他是捕捉不到了。

"你看，米歇尔·阿尔克还没有来，"昂代斯玛先生又这样说。

小女孩眉尖紧蹙，好像在想什么。她的视线从昂代斯玛先生身上移开，向着他身后张望着，望着他身后那一片白墙，想要看到什么，想要看到她要看却没有看到的什么东西。这时她脸上突然现出极可怕的狂暴恶狠的表情，在某种并非实有的目光的作用下，脸色勃然大变。她要看一场梦境，她非常痛苦。要看的梦境她是看不到的。

"你坐呀，你坐一坐，"昂代斯玛先生和蔼地说。

她脸色稍稍温和了一些。她的视线虽然落在他身上，但是并不认识这个老人。还是依着他的意思，她坐下来，坐在他脚边，把头靠在椅子腿上。

昂代斯玛先生坐着不动。

他一呼一吸，数着他的呼吸，尽力作深呼吸，让他的呼吸和林中静谧气氛相协调，也和那个小女孩身上一派宁静气象相互一致。

她轻轻把右手向着昂代斯玛先生举过来，小手又细又长，脏脏的，张开着，托着一块一百法郎硬币。她头也没有转过来，说：

"我在路上拾到的。"

"啊，好好，好好，"昂代斯玛先生含含糊糊地说。

刚才他真是把她看清了？遗忘应该是暂时的，把她忘得无影无踪不过是短短的瞬间，后来他大概把她丢开不去想她了。

她不作声，在墙边阴影下，头靠着椅子腿。

她眼睛是不是在闭着？昂代斯玛先生看不到她的脸，只见她两个手半开着，一动不动。右手拿着那块一百法郎硬币。太寂静了，昂代斯玛先生觉得气闷，喘不出气来。

我的爱，紫丁香有一天将要盛开

丁香花开将永远永远花开不败

歌声持续唱着，她一动也不动。歌声停了，她才抬起头来，倾听村中广场传来的欢声笑语、呼喊喧闹。笑语叫声停了，她仍然还是那样，扬着头，坐着不动。昂代斯玛先生坐在椅子上动来动去。

小女孩开始笑了起来：

"您这椅子，快要散开来了，"她说。

她站起来，他这才认清这曾经见过的小女孩。

"我块头大，"他说，"椅子又不是给我定做的。"

他也笑了。可是，她一下又变得不苟言笑，板起了面孔。

"我父亲还没有来？"她问。

昂代斯玛先生急切回答说："他就要来，他就来，你要是愿意，你可以等着。"

她留下来没有动，不过，很通情知理地想这段时间怎么消磨才好；父亲是把她忘记了，转眼之间，她也成了孤儿。因为刚才穿过树林迷失方向，一阵心慌，她的神色就像孤儿那样仍然显得孤僻而且粗野。她把手伸到脸上，用两只手在嘴上抹了一下，又揉揉眼睛，就像刚刚睡醒时所做的那样。

她在水塘边上怎么玩的？她的手让干泥弄脏了。她先是把那一百法郎硬币还给昂代斯玛先生，大概后来松手让它滑落下来了。实际上她两手空着放下来垂在裙边。

"我走吧，"她说。

昂代斯玛先生猛然想起瓦莱丽对他说过这样的话：

"米歇尔·阿尔克的大女儿和别的女孩不一样。米歇尔·阿尔克认为他这个女儿与众不同。听说，病并不那么严重。不过有些时候，一下子把什么都遗忘得干干净净。可怜的米歇尔·阿尔克，他的女儿真是不一般。"

她嘴上说她一定要走，可也并不急于想走。也许在这老人身边她感到心安？或者，在这里或在别处反正都是一样，都无所谓，宁可在这里等着，也许会另有想法出现，反比刚才想要回家的想法更好？

"我去告诉父亲说您还要等他好久，要吗？"

她微微一笑。她的脸相完全呈现出来了。她在等昂代斯玛先生回答的这一瞬间，有某种狡狯意味暗暗渗入她的微笑。而昂代斯玛先生脸颊涨得红红的，高兴地叫着她。

"你的意思是说，只要天没有黑下来，就一直等米歇尔·阿尔克？"

这样的回答她听懂了吗？是的，她懂了。

可是，她走了，她在平台的灰色沙地上看见那块一百法郎硬币。她注意地看了看，俯下身去，又一次把它捡了起来，把它拿给昂代斯玛先生。她的眼色是一目了然的。

"您看哪，"她说，"有人把它丢了？"

她还在笑着。

"是呵，是呵，"昂代斯玛先生肯定地说，"你收着吧。"

她的小手，准备要攥起来，啪的一下就合起来了。

她又变得迷迷惘惘，神不守舍的样子。她往昂代斯玛先生身边走近几步，伸出她的左手，一百法郎硬币不在这只手上。

"过后我会害怕的，"她说，"我跟您说再见啦，先生。"

她这手是热热的，还沾着水塘里的污泥，被弄得很粗糙。昂代斯玛先生想伸手拉住她的小手，可是她的小手怵怵地又巧妙地避开了，她的手柔韧纤细，即使做出种种动作，也像是从地上拔出来的一枝嫩草一样。她手伸出来，心有所不愿，伸出来又后悔，她伸出手来如同一个很小的小孩明知可怕又不得不顺从。

"说不定米歇尔·阿尔克到夜里才来吧？"

她指着山下，下面山谷里村上正在举行舞会。

她说："您听。"

于是她站在那里不动，她那身体的姿态令人费解地就那么固定化了。随后，不知为什么，她那姿态一下子解体，变了，也许因为下面舞会已经停止？

"你在水塘那边干什么了？"昂代斯玛先生问她。

"什么也没有干，"她说。

她沿着刚才那条橙黄色的狗走过的山路走了，有把握不会搞错方向，很乖觉的样子，慢慢地走了。昂代斯玛先生动了一动，像是要拦住她不放她走，她并没有看见。于是他站起来，想办法留住她，想想怎么说好，但是来不及了，他叫着：

"你要见到瓦莱丽……"

她已经走到山路转弯那个地方，转过去就不见了，她答了一句什么话，可是她没有掉头往回走。

昂代斯玛先生听到吹口哨的声音。

他又回来坐到椅上。他尽力分辨这小女孩在沉寂的森林中留下的话语，但是一无所获。是不是她说她不认识瓦莱丽？或是她说：瓦莱丽知道她的父亲在等她？或者答非所问，说的是不相干的别的事？

小女孩的回声在昂代斯玛先生四周飘摇荡漾，很久很久都没有消散，这回声可能含有某些或然的意义，但是一点也没有捕捉到，回声渐渐远远飘去，渐渐消散，消融到悬浮在深谷阳光上千差万别的闪光之中，变成无限闪烁的光芒组成成分之一。回声终于消失了。

昂代斯玛先生剩下孤零零一个人。孤零零一个人等待一个没有确定时间来的人。在大树林中，只有他孤零零的一个人。

总有一天，这森林中的树木必是要砍倒的，藤蔓荆棘必将连根拔除，从浓密的丛生杂草的乱树中清理出一块土地来，开辟一些宽敞的林中空地，让清风吹进来，空气自由流通，最后把这座乱木荒林混乱无序的大建筑推倒。

下面村镇广场上，天清气朗，多么明丽，谁想看一看，都看得一清二楚，尽收眼底。在他女儿瓦莱丽未来的露台的建筑基地上，露台的轮廓已经设置妥当。将要着手的建设，人们已经耳闻其事。人们都知道，他正在等米歇尔·阿尔克。他穿着一身常穿的深色服装。不错，人们也能看到他，他那深坐在柳条椅上穿暗色衣服的身影，人们在下面也可以分辨得出，他坐在前不久为他女儿瓦莱丽买下的房屋的白墙前，后面衬着白墙，他那穿深色衣装的身躯是显而易见的。这是一个深色的斑点，远远望去，随着时间一分一分流逝，逐渐变得暗淡，渐渐扩大开来，他出现在这空无一物布满阳光的平台上，也越来越变得无可否认了。在山上这一侧地上尽是沙砾；是的，瓦莱丽应当能够看到他，看到她的老父亲，如果她有意想看他的话，看到他正在等待米歇尔·阿尔克。别人也能够看到他。他在那里，呈现在众目睽睽之下，每个人都知道只能是他，昂代斯玛先生。购买这一处山地这件事在村子里议论纷纷。这份产业是以瓦莱丽·昂代斯玛的名义由她父亲买下来的，包括山上森林四十五公顷在内。他们父女二人在下面山谷中心的村上已经住有一年之久，据说，他决心从纷纭事务中抽身引退，事业使他操劳忙迫，事情总是办也办不完，以后，他和他这个孩子，就要在这里长居久住了。按他惟一的心愿，不过是这几个星期以来的事嘛，他为他的孩子买下一直到水塘边的这一侧山岭。他还要把水塘也买下来。

"哎呀，这位阿尔克先生，啊，这个家伙！"昂代斯玛先生脱口说出这样的语句。

他自己的声音对他是熟悉亲切的。

他吃力地从椅上半起身，把椅子往前拖了几步，更靠近平台的边缘，为的是往下看得更清楚。面前虚空一片，他不去看它。从歌声推断，可知舞会还在进行。更确切地说他在看他自己瘫在椅子上——比刚才那个小女孩在面前的时候更显得是堆在椅子上，还穿着这么一身深色料子的衣服。他的肚子撑在两膝之上，紧紧裹在深色料子缝制的坎肩里面，这料子是他女儿瓦莱丽给他挑选的，因为这料子质地好，色调浓淡适中，身材肥大的人穿起来很舒服，保证更能把庞大身躯掩饰起来。

昂代斯玛先生孤独一个人，无所事事，带着烦闷的心情，看着自己最后竟自变成这般模样。那条山路上，一直不见有什么动静。从他现在所在的这个地方，如果他愿意的话，瓦莱丽那辆停靠在那边的黑色汽车，他应该是看得见的。

但是，他说过，在一段时间内，他是既看不到瓦莱丽那部黑色汽车，也不能够去想那个小女孩。在一段由他看是同样长久的时间范围内，在不同事物共同处于同一条件下，有这许多回忆笼罩着他，一个记忆牵引出另一个记忆，纷至沓来。他知道：如果不是同样都使他感到惶恐，他是既不敢正面去想瓦莱丽的金发，也不敢面对另一个被他弃之不顾的小女孩狂乱的感情的。就是四周的树木，昂代斯玛先生也不要看，这天下午，就是这些树木，也同样无缘无故具备了这种百思莫解意想不到的存在。

昂代斯玛先生收视返听，审视着自己。他从他自身的表现找到了安慰。这种安慰叫他厌恶，他整个身心都灌注了这种不可逆转、确定不移的厌恶之感。这天黄昏时分他感到的这种厌恶，与他过去一生所具有的信心无分轩轾，完全相等。

一阵风吹来了。米歇尔·阿尔克始终不见踪影。

时间在消逝，昂代斯玛先生还在等待，再次适应着这种等待。

因此，这就又产生了一个希望，他心里暗暗抱着希望：刚才那个小女孩第二次离去，不是回到村镇去，但愿她还在平台附近游逛没有远去；他因此回转来适应这样的设想，设想她还在他面前，就站在那里，就在附近什么地方，甚至他热切想见到她，他热切期待小女孩回来的心情甚至超过他期待米歇尔·阿尔克和瓦莱丽。

从她手上失落的一百法郎硬币就在他眼前，在沙地上闪闪发光。她又把它丢掉了，又一次把它丢掉，失落了。

"她张开手，把东西都丢了，她一点不懂得好好拿住。不过她总还记得，总还有记忆吧。这是无从说起的。"

昂代斯玛先生做出努力，想要捡起那一百法郎硬币，后来他又放弃了。他非但不去伸手拾，相反，用脚去踢，尽可能远远踢开去，把它踢到看不到的地方去。他本想把它踢到平台边上草丛里去，没有踢到，仍然留在一米远软软的沙土上，有一半埋在沙土里面。

对了，她今天是不会回来了。现在她应该已经到了镇上。下山并不吃力，没有什么困难，吹着口哨，这边看看，那边看看，看看树，看看地上——她的小腿那么娇弱又那么轻盈灵便，依着她的意愿，带着她走———边走，一边采集一些什么东西，小小的圆石，或者一些树叶，这些东西一时之间对她，只对她一个人，有着难以明言的使她着迷的意趣。后来，她又随手放开，放弃所有这些占有物。

"不过，有时，已经遗忘的，她又回忆起来。"

走在这一段路上，她害怕吗？这一段路程，她是不是曾经走过一次、两次？会不会迷路？

"不会的，这些山路，她比她的弟弟妹妹都熟悉，当然她的弟弟妹妹都是心智健全的。为什么？等着看吧。"

什么时候她才会重新记起忘记一百法郎硬币这件事？若是她记起来，那又怎么样？呵，你看吧，她一定会在途中停下来，她一定会发现自己孤零零一个人走在不见人迹的山路上，一定会懊悔得要命，问自己要不要再回到这老头身边来。照她癫狂症正待发作的情况看，她肯定不会走回头路，这种丧失理智、幼稚无知的举动她是不会这么做的，她反而要继续往前走，一直往村镇方向走。

昂代斯玛先生吃力地抓起一把沙土抛到一百法郎硬币上，他不要再看到这块硬币。他再也见不到它了。他每一次这样费力动一下，都要深深地叹气抱怨。

他稍稍恢复了平静。倘使今晚他提前下山，他还有机会在村镇广场上见到那个小女孩。

瓦莱丽经常对他讲米歇尔·阿尔克这个女儿的事，昂代斯玛先生早已把它忘得无影无踪。

可是村里的广场他从来就没有去过。今天去不去？

他叹息，接着，拿定主意。如何去找这个小女孩，他自有办法。问瓦莱丽怎么去找就行。他准备送她一笔钱。等米歇尔·阿尔克这件事退居于次要地位，把小女孩也许忘记的钱再给她送去这另一种期待于是占了上风。

将要出现何等难以逆料的后果，昂代斯玛先生想；又会出现何等重大的新的责任！她会不会记得他、想到他？会的。刚才她是那样看他，如果他对她多多表示善意殷勤，只要一想就会想起来。这位有钱的先生，赋闲无事，又这么年老，他的女儿就是瓦莱丽，你不是都知道吗？当然是知道的。她来到平台上见他，她不是直呼其姓叫过他嘛。

"别人了解的事，她不一定明白，不过有些事情她毕竟也懂，也记得住，不会忘。照自己的意思说话，总会说得清。"

山下传来欢乐的叫声。一场舞会随后把喧声淹没。是带唱的华尔兹舞曲。哎呀，让他们尽情跳吧，爱怎么跳就怎么跳吧，但求他们不要因为有负于我而在跳舞的时候忍痛匆匆收场，不再跳下去。

她到了广场，以为那一百法郎一直拿在手里，又想买一袋糖果，又要负责关照父亲说昂代斯玛先生一直等他等到天黑，难道因为有这样两件事分心，小女孩这才发现她的钱已经丢失不见？忘记的事于是又重新想起？

她寻路直奔广场走去，她多么顺从，多么乖巧，她从跳舞的人群中穿行过去。她父亲也在，看他跳舞跳得多么好。她真伤心，恨不能哭它一场，她忍住了，没有哭？

"昂代斯玛先生说，只要天还没有黑，他就一直等你去。"

"真的吗，天哪，真的呀！"瓦莱丽叫出声来。

是不是宁可说她沿广场四周一心想买一袋糖果，因此发现在老人身边捡到的一百法郎原来又一次给丢了？

记性这么坏，多么善忘，她躲在一个墙角里哭？

今天晚上，事情究竟如何，他一定会知道的。今天晚上。他愿意弄清楚这件事。

“真的吗，我的天！”瓦莱丽叫着，“晚了，来不及了。”

没有，父亲叫她办的事，小女孩不会忘记，她也许在广场灰蒙蒙的地上找过那块一百法郎硬币。人们看着她，可怜她。她哭了吗？

后来她从跳舞的人群中挤过去一直走到米歇尔·阿尔克身边。要办的事办了。

米歇尔·阿尔克说：“没有更好的办法了。”

"在森林里他路也不识。等待多么心焦。"

不，不。应该办的事，小女孩已经忘记。一百法郎硬币，她忘记了，露台的事，也忘记了。她独自一个人，哭了。她的父亲兴高采烈，跳呵跳呵，什么也不顾。她在哭，在什么地方哭？谁看到她哭，谁看到她在哭？

昂代斯玛先生在等待，等着等着，等待终于又变得一平如水，安安静静。太阳高悬在天空。刚才他讲那件事的时候，他就一直在等待，一直要等到傍晚。他知道那个小女孩把他这个老头给忘了。

不等又有什么办法？等瓦莱丽汽车开来。他格格笑了起来。他是被他的女儿瓦莱丽给封锁在森林里面了。

他在这平台上静坐空等，最后他只好在心中细细盘算，对于将修建的露台的形状、面积大小，把指示要点明确地准备好，以便一一告诉米歇尔·阿尔克。他们见面的时间不会很长。他认为米歇尔·阿尔克应当如何去做，露台四周栅栏应当扩展到哪里，他要用几句话就对米歇尔·阿尔克说明白。

露台将是半圆形的，不要有任何棱角，露台要铺到阳光照耀的断崖前面两米之处。

瓦莱丽在早晨从睡梦中醒来，她，她头发散乱，她的金发披落在她的眼睛上。她醒来以后，可以透过她纷披散乱的金发从归她所有的露台上一眼望去，就看见前面的大海。

太阳已经西斜了？毫无疑问，昂代斯玛先生这样判断着。离他有几米远的一株山毛榉树，投在地上的帚形树影显得庄严伟大，令人肃然起敬。树影逐渐和白石灰墙的影子交叠在一起了。

我的爱，紫丁香有一天将要盛开
我们的希望每天每日永远永远常在

唱这首歌的人，音调富于青春活力，唱得悠扬缓慢。歌声持续了很长时间。这首歌曲重复唱了两遍。

歌唱停止以后，欢呼叫笑声也减弱了。只听到一些零星的笑声，欢笑声渐渐消失了。

歌曲唱完，昂代斯玛先生是不是还在睡梦之中？

第二章

昂代斯玛先生无疑是睡着了。他是睡着了。未来的露台的地基现在全部笼罩在山毛榉的阴影之下。在树影的庇护下，昂代斯玛先生什么都不知道，都记不清了，只觉树影婆娑，渐渐延伸扩展。

是啊，他一定是睡着了，又睡了一觉。

从现在起，打村镇广场往上看，是一点也看不到他了。山毛榉的浓阴暗影胜似房屋那堵墙投下的阴影，山毛榉树的阴影铺开的面大，正好他又是坐在树影当中。另一方面，刚才他离前面山崖边上很近，其实近也没有用。现在不能再靠前，决不能再往前靠了。

现在他能把这次睡去同前一次睡去分辨清楚，这次还做了乱梦——梦中之事既是美妙的可是又叫他感到痛苦——同以前一些琐碎可笑的乱梦也可以区分得分明；最后，那个小女孩痴痴癫癫的两个眼睛，他在耀眼的阳光下看到的，连同他想象她怎样在水塘泥泞的岸边弄脏两手的情景，也一一都回忆起来了。这证明他真的又睡了一觉。

一点风也没有，阴影不知不觉间一直在扩大；这时，他觉得好不奇怪：他又想闭目睡去。

昂代斯玛先生说："这样等下去，非休息几天才能消除疲劳，真是的，真是这样。"

这几句话是在他的孤独这种庄严的气氛下大声说出来的，他这几句话使米歇尔·阿尔克对他采取的态度这个问题因此也变得严重了。所以昂代斯玛先生为让这一点取得验证，就设法为米歇尔·阿尔克耽搁过久以及由此产生的后果，编造出一些理由来骗自己。

他就像这样继续等待着，继续等下去，他认为米歇尔·阿尔克对他犯下的过失他是不能理解的。

于是他又一次开口说话，声调和蔼可亲而且彬彬有礼，他是在说谎，是说给他自己听的。

"我不明白，我弄不懂。就阿尔克先生那方面说，那是不好的，让一个老头坐在这里空等，一等就是几个小时，像这个样子，那是不好的。"

他闭上嘴不说话了，不禁又有点惶惑。他眼睛垂下，随后又慢慢地把眼睛抬起，审视着那未来的露台建筑基地，心绪很有些焦急。

"他怎么可以做出这样的事来？"

总有一天，瓦莱丽穿着色彩鲜丽的裙子，站在这里露台上，面对着这条山路，就在像现在这样的傍晚时刻，守候着。这山毛榉，树影扶疏，轻轻摇曳，一定永远施惠于人，不论是谁，只要是站在树下，在将来，就在这样的季节；瓦莱丽也会站在山毛榉树阴之下，在等待一个人到来。事实上，也许就应该是在这个地方，瓦莱丽必然确定在这里等待什么人，她将不会久久等待的。

昂代斯玛先生在静静思忖着这件事。他在平台上不停地往后退，直退到看不到下面的村镇为止。

村镇上的广场，他一点也看不见了。广场上的舞会也停止了。

还是不见有人来。

昂代斯玛先生原想这样久候下去，时间长了，实在吃不消；但是在等待之中，他又觉得慢慢变得愈来愈适应了。下午将要过去，天色已晚，气温凉爽多了，他的力气有所恢复。尽管这样，他心里还是生气，用脚踢着平台上的白色沙土，出出气。他笑了，笑他的鞋也弄得很脏，也笑自己这一股劲头，很可笑。就像这样，时间消磨过去，不论是谁，不免都是这样，好比一个人，也是在下午，坐在花园里，在等着吃晚饭的时候，也是这样消磨时间。

一阵风吹来。山毛榉瑟瑟抖动。在山毛榉簌簌声中，有一个女人走来，昂代斯玛先生一点也没有注意到。

她走到他面前，和他说话了。

"昂代斯玛先生，"她开口说道。

她看他脚在沙地上那样踢踢弄弄，看了有多长时间？无需说，不过是一会儿，没有多少时间。不过是她从山路上走过来，走到他面前那么一点时间。

昂代斯玛先生轻轻从椅上站起，向前弯着腰。

"昂代斯玛先生，我是米歇尔·阿尔克的女人，"她说。

她长着一头黑发，相当长，平平板板的，披在两肩之下，一对眼睛清澈有光，昂代斯玛先生认出刚刚那个小女孩也是这样的眼睛，大大的，也许比小女孩的显得更大一些。她也穿平底布鞋，夏季连衫裙。因为她很瘦，显得比她人实际上更要高大一些。

她正好面对着昂代斯玛先生。

"您正在等的工程承包人，"她又重复说了一遍，"我就是他的女人。"

"我知道了，"昂代斯玛先生说。

她坐在平台阶沿上，直直的，侧着脸对着椅子。

她看来天生就是小心翼翼老成持重的，既不是愁眉苦脸，也不见垂头丧气，不过她的身体僵直，眼神有一种毫无表情的紧张——这紧张真可说到了十全十美的境界——她正在注视着老人，她这种体态，这种眼神，都出自一种寻根究底的意志，这一点瞒得过别人，可瞒不了昂代斯玛先生。这眼睛，除非是乏了累了，闭上了，闭那么几秒钟，你准会相信它天生就是如此，生来就这样死样怪气、蠢蠢可厌，但是，当这眼睛闭了起来，那简直像是换了一个人，她变得异样地美，变得如此之美——因为夜里眼皮合上，眼睛才获得了生气——以致昂代斯玛先生认为站在他面前的这个女人，并不是米歇尔·阿尔克的女人，阿尔克的女人应该是另外一个女人，这个女人他怀疑他根本就没有见到过。

难道那个米歇尔·阿尔克的女人，他曾经见过？

她说："您不大出门，我没有见过您，不认识您。"

她手指着山。

"这里山高。我稍稍休息休息。"

昂代斯玛先生好不容易从椅子上站起来，让出位子。

"请坐，请坐，"他说。

那女人估量那空出来的椅子，犹豫着，她谢绝了。

"多谢您了，我坐在这里挺好。"

昂代斯玛先生也不勉强，又沉重地把自己塞到椅子里去。那女人仍然在原来平台阶沿上坐着没有动，现在头转过去面对着悬崖下面山谷。她现在是坐在太阳地里，就像刚才她女儿那样，山毛榉的阴影还遮不到她身上。她也像她女儿刚才那个样子，默然而坐，一言不发。照说她该带有她丈夫口信来通知昂代斯玛先生，可是她一句话也不说。不过，说到底，你又怎么知道她不是专门来到老人身边就是为了一句话也不说？你又怎么知道她不是专门挑上这个地方，就是要找这样一个见证人？

昂代斯玛先生是又急又慌，恨不能立刻打破这沉默，急于要找出一句话来说说。他的手在椅子靠手上打战发抖，震得柳条椅吱吱响，这响声她并没有听见，只顾把脸对着阳光照耀的山谷。

村里的广场，由于昂代斯玛先生一直往后退，在这个地方他是看不到了。山下那个村镇隐隐约约传来一些分辨不清的嘈杂声，也可能是从别处村镇传来的，除此之外，山下深谷现在是沉寂的。

昂代斯玛先生出于礼貌，从他的坐椅上轻轻欠身起立，总算对那个女人说了一句话。

"阿尔克先生今天晚上还来不来？"

她急忙转过身来。可以肯定，她本以为说明她来的理由并没有必要。所以她说：

"肯定来，所以我才来了，就是为了告诉您嘛。是的，他今天晚上要来的。"

"啊，麻烦您啦，"昂代斯玛先生说。

"那有什么，看您想的，"她说，"路也不怎么远。该来一趟。"

从充满阳光的山谷里，歌声又开始飘到山上来。

还是那架电唱机。播放出来的歌曲声音强弱不定。声音变低了，变得好像是从很远的地方传来的。那女人专心在听，也不管声音是从远处传来还是从近处传来的。她是不是真在听？

昂代斯玛先生看她，什么也看不清，只看见她那像闪光的乌丝一般的长发如同一片方巾披在她袒露着的双肩和两臂上，她两臂双手紧紧合抱着她的双膝。是的，她什么也没有听，而是坐在那里睁着眼睛看。昂代斯玛先生估计她准是用心察看村上的广场，特别注意有树和摆着长凳的那一侧，就是刚才小女孩离开他到水塘去以后他也注意看的那一边。

"舞会又开始了？"他问。

"没有没有，不跳了，结束了，"她说。

昂代斯玛先生心绪稍稍平静一些。她答话的声调平平板板、不紧不慢。

昂代斯玛先生心里明白，反正是有什么事正在发生——他把他们等一会儿要见面这件事说成是一个事件。这个事件就在当前这一段空白时间过程中深深扎下根去，无论如何，势必如此，这一段时间总是要过去的，这一过程也是不可避免的，昂代斯玛先生感到惊讶也罢，这惊讶也是要过去的，毕竟要过去，它也会变得衰老。这一点，昂代斯玛先生是从以下的事实意识到的：柳条椅在他身下格格作响，高一阵低一阵，时断时续，接着这响声在他身下很快就听不到了，听到的只有那有节奏的、令人安心的困难呼吸声。

这时，又发生了一件事，让他感到迷惑不解，后来又让他惊慌害怕。那女人脚上一只鞋掉到地上，从她抬起的一只脚上掉下来的。这脚裸露在外，衬着太阳晒成棕色的大腿，显得又白又小。女人一直就像这样坐在山毛榉宽广的阴影的外面，换句话说，树影还没有罩到她的身上，所以她那只脚比在阴影下更显得赤裸裸、更加毫无遮掩。更加触目的是她那异常的态度：脚上的鞋脱落下来她一点没有感觉到，毫不为之所动。脚因此赤裸裸地伸在那儿，完全被遗忘了。

现在和刚才完全不同，昂代斯玛先生觉得有必要，急于要干预一下，他觉得有必要告诉那个女人一下。他想起来了。一个小女孩刚才来过又走了。回忆起小女孩的事会不会在他们两人之间因此而成为使他们分开的原因？对于这个小女孩，难道还会有人因她而不能一致？

"您离开村上出来的时候，女孩已经回去了吧？"昂代斯玛先生和蔼地问她。

那女人稍稍侧一侧身子。她说话的声调还是那样，仿佛她来到这里说话一直未曾停过似的。不过，她的脚还是那么露在外面，完全被遗忘了。

她说："是呀。她告诉我说她见着您了。她一到我就不得不跑来通知您米歇尔·阿尔克可能比他预料的还要再迟一点才能来。他说他要晚半个小时。我从村里出来，已经有一个小时过去了。"

"一个小时？"

"是呀，一个小时。"

"她没有告诉我时间，迟多久更加说不准。"

"我看也是，"她说，"她大概是忘了。看起来您也忘了。"

大海变得像是一望无际光滑无比的金属平面一样。时间一小时一小时过得更慢，拖得更长，一点点地让位给今日下午开初已经固定下来的那些时间。这是谁也无法掩饰的。

"我有时间，您知道，"昂代斯玛先生说。

"小鬼已经告诉她父亲了。只要天亮着，您就一直等下去。"

"一点儿也不错。"

他一直存心想把那个小女孩从迷狂状态下解救出来，他畏畏缩缩地说："那个孩子是在路上找到这个东西的。后来又把它忘掉。我可以把它拿给您，我怕过后我也忘记。这就是，拿去吧。"

孩子丢掉的一百法郎硬币早已埋没在沙土里不见了。他从他的坎肩口袋里另拿出一块硬币，悬空托在手上，拿给她。女人动也不动，也不回过身来，只顾死死盯着下面深谷看。

"这有什么要紧的，"她说。

她还说：

"她没有给我说起，这事她早已忘得一干二净。太孩子气了，真不该，不该这样。不过，不要紧的，没什么，过一天就像是没这一回事了。"

昂代斯玛先生把这新拿出来的一百法郎又收回去。他肥胖的身体在椅子里面动着，缩成一团。椅子又吱吱嘎嘎响个不停。

那女人换了一个姿势，坐着。她抱着两膝的胳臂分开来；她的脚伸到布鞋里去穿上鞋，看也不去看一看。

"当然，"昂代斯玛先生说，"没什么，不要紧的，没关系。"

她没有答话。

昂代斯玛先生心里想：现在他怕就怕她站起来甩手走掉，回到村里去，不过，她真是要走，他就请她留下来，不要走。尽管他知道他对于她的贪求不已的好奇心她决不会满足他，他还是希望今天下午她留在他身边不要离开。在他这里，即使一言不发，无止境地沉默下去，这天下午他还是热烈希望她不要走，留下来。

介于当前这许许多多瞬间与他闭上眼死掉这两者之间，还有若干年的时间，即使是完全出于偶然，以后他坐在汽车里在村镇街道上穿行而过，也许还会遇到她。她大概不会再认识他了，不然就是不愿意认识他。

她留下来，没有走，而且总是用那平平板板的声调讲话，从她大段内心倾诉当中走漏出来的一言半语，她偶或让它们透露出来，谁愿意听就听。

她说："音乐好长一段时间没有再放；所以，舞会应该全部结束，就是广场邻近几条街上也没有人跳舞了，因为天气热，有时候有人就在街上跳起来。这些人大概都已经走了，不过也并不忙，上山慢慢地上，不忙。应该等一等，应该等待。"

"噢，我不急，不忙，"昂代斯玛先生一再这样说。

"我知道，"她说，"人家都知道。"

昂代斯玛先生为了让她安心，表现出一片发自肺腑的热情，还有他说话亲切和蔼的声调，使他原来抱定坚强的决心也为之软化了。她对这位老人家非同寻常的敬畏的态度和表现，却一直是被忽视的。

她说话的声调有点恹恹无力。刚才她的孩子讲过的话，她一再重复。她，她只顾把脸对着下面深谷。

"我再等一等，等他来了跟他一起下山。"

她把脸俯下去，埋到她的两臂之间，她的长发一下把她的脸全给遮上了。

"我有点累了。"

不仅她们的神态表情不分彼此，而且她和她的孩子的说话声气，如果不问她的苦况的话，也看不出有什么不同，她是那个小女孩的母亲，一望可知，何况她们两个昂代斯玛先生刚刚一先一后都见到了。

"下山之前，为什么不多等一会儿，不多休息一会儿，"昂代斯玛先生说。

"我有五个孩子，"她说，"五个。我年纪还轻，这您是可以看得出的。"

她放开两个手臂，伸开来，做出一个搂抱的姿势。接着，两臂放下来，又恢复她那傲慢而又厌恶的样子，直僵僵地坐在平台边上，阳光照在她身上。

"啊，我明白了，我懂了，"昂代斯玛先生说。

对话也许就可以从五个孩子、从她作为一家的母亲的生活这方面这样谈下去；也许种种琐事眼下就可以这样似真非真地扯下去。

"那小女孩是老大吧？"

"是。"

昂代斯玛先生用这种闲谈的口吻又说道：

"在她没有到这里来前不久，对了，正好是在她来到之前二十分钟，有一条狗打这里经过。怎么说呢？一条棕色的狗，对了，我看是一条毛色棕黄的狗。是不是您那几个孩子养的狗呵？"

"为什么问我这个？"她问。

昂代斯玛先生一副可怜相地说："就和问别的事情一样呵。我在这里已经有两个小时，什么也没有看见，只看到这条狗来过，还有那个小女孩。所以我心里想说不定……"

"您别说了，别提了，"她说，"这狗是没有主儿的。专跟着小孩跑。它并不坏。这狗在村里是没有主儿的，这是一条见人就跟的狗。"

山毛榉的阴影向她身边漫过来。他们两个人都不说话，沉默着。她一直毫不放松地拚命注意看下面村上的广场，这时昂代斯玛先生看到山毛榉阴影一点一点往她身上侵来，他惶惶然愈来愈感到不安。

她一下被树影盖上了，她感到一阵凉意，她发现天更晚了，她是不是马上就走？

她意识到这个问题。

她看看她的四周，四周的景象也为之一变。这一阵凉气，这一片阴影，是从哪里来的，她转过身来，她看，她在寻找，她看看那棵山毛榉树，她看山，最后又看看昂代斯玛先生，看了很久，她在他身上搜索某种最终的确信，她好像一直在期待获得这种确信，她判定她热切希望得到的终极的确信。

"啊，真是晚了，"她叹息着，"看天上的太阳，时间竟是这么晚了，怎么可能。"

"阿尔克先生即便今天晚上不来，"昂代斯玛先生高兴地说，"比如说明天，要么周末，我总归还要来，这有什么办法呀？"

"为什么？不要，不要，我可以向您保证，他要来的。我奇怪时间怎么过得这么快。不过，我知道，他是要来的。"

她又转过脸去对着山谷，然后又转回来，对着昂代斯玛先生。

"特别是在夏天，何况又是六月天，"她说。

这一点昂代斯玛先生是知道的。

"再说，瓦莱丽没有告诉您他一定来？"

昂代斯玛先生没有马上回答。在他一生中，出其不意抓住他、不给他时间、逼他作出反应，本来是易如反掌的。可是随着年龄的增长，他的言谈举动变得越来越迟钝、慢吞吞的，这就让这个女人发生了误解。

"昂代斯玛先生，我问问您，"她又说，"瓦莱丽是不是没有告诉您说我男人今天晚上一定会来？"

"是瓦莱丽带我到这里来的，"昂代斯玛先生后来这样回答说，"事实上，阿尔克先生是她约的。我想，那是昨天的事。一年以来，约会都是由她帮我安排。"

女人站起来，走近昂代斯玛先生，不再盯着山谷下面看了，索性就在他旁边坐下，几乎就在老人的脚下。

她说："好啦，您看看吧，总必须等呀，应该等下去呀。"

在这女人面前，昂代斯玛先生自认应当受到责备。她又往前靠近一些，软弱无力地靠近他坐了下来，就像对着一个聋子说话一样，大声地说：

"您就只相信瓦莱丽？"

"是呀，"昂代斯玛先生说。

"要是她告诉您他答应来，请相信我，耐心等着就行。我了解他，就像您了解瓦莱丽一样。他是说话算数的。"

骤然间她的声音变得娇声娇气，好像从温情的深处发出来的一样。

"您看，他如果让别人为难，那是因为他没有别的办法好想，那是因为力不从心，没有办法。除非出现这样的情况，他才会对您做下错事，他就是这样的人，一点坏意也没有，不过，有时，他实在没有办法了，才好像是存着什么不好的意图似的。"

"我明白，我明白，"昂代斯玛先生应道。

"我知道您明白。瓦莱丽不是这样？"

她把自己整个儿地缩成一团。她身体苗条瘦小，就让她的长发和两臂把身体团团包住。她吃力地说：

"在当前情况下，谁能不是这样？谁？您过去不能不是这样，今天我也不能不是这样。"

昂代斯玛先生听她这么一说，心里想道：他也曾经有过这样的企图——不过这个老头，对他的过去是不是真的吃得那么准？——就是对这个女人要心狠一些，他知道，她对他的态度已经证明是冷酷无情的，他对她无情那是为了自卫。然而真正出自理智的理由果真是这样吗？或者说，是不是因为女人刚才气势汹汹决意不让自己的感情有所流露，而现在却意志消沉地匍伏在他脚下，以致自己身体也这样抛却不顾了？完全屈服于她自己的感情，突然变得那么专横的感情？她是米歇尔·阿尔克的女人，那种感情居然使她在昂代斯玛先生面前这样低首下心、抬不起头来？

在已经消逝的过去的时间里，当他还有力量使他足以把她压倒，这个老人，他记得，他早已那样做过了。

他也曾经是冷酷无情的。首先谈到瓦莱丽的，就是他，他，昂代斯玛先生。

"您认识我的女儿瓦莱丽吗？"他问她。

"我认识她，"她说。

她把身子挺直，她平静地从不想说话转到有话要说。她谈了瓦莱丽，就像刚才讲到米歇尔·阿尔克一样。昂代斯玛先生的冷酷狠心其实并没有击中目标，根本没有触及到她。

她确定："我认识她已经有一年时间。你们搬到这里来差不多也整整一年，不是吗？来的那一天，是星期一。六月里的一天的下午。就在你们到的那一天，我第一次看到您的女儿瓦莱丽·昂代斯玛。"

她回忆着那天下午的情景，从心底里升起富有深情的微笑。

说到那天下午，昂代斯玛先生也微微地笑了。

他们两人一起追忆一年之前的那个女孩瓦莱丽。

他们都不说话，沉默着，微笑着。

后来，昂代斯玛先生问她：

"您那个女孩现在和去年的瓦莱丽差不多年龄一样大吧？"

这话，她拒而不答，不过很乖觉而又和颜悦色地不予回答。

"别谈我那个孩子吧。等她长大，还早着呢。"

她好像又回到去年的六月，那时，瓦莱丽还是一个孩子。

"听说您在以前，好几年以前，曾经到这个地方来过。听说您那时刚刚丢开您的生意退休了。"

"噢！那可是多少年前的事了，"昂代斯玛先生说，"不过，她是想住在靠近海边的地方。"

"您那时起初是买市政府后面那处大住宅，后来又买地产。然后，您就买下这处房子。接着又买土地。听说，在这之前，您是同瓦莱丽的母亲一起到这地方来的。"

昂代斯玛先生低下头来，突然陷入某种虚脱状态。那女人注意到了？

"别是我搞错了吧？"

"没有，没有，您没有搞错，"昂代斯玛先生颓然无力地说。

"您非常有钱。这事人家很快就知道了。所以有人来找您出卖地产。人家说：您随随便便就买了。您有的是钱，产业买下来也不去看一看。"

"有的是钱，"昂代斯玛先生喃喃地重复着。

"要知道，这是人家能理解的，也是可以接受的。"

他倒在椅子上，深陷在椅子里，心有所怨地嘟嘟囔囔。那女人心定气静，只管自己继续说下去。

"水塘您也准备买它？"

"也买，"昂代斯玛先生嗫嚅地说。

"这么说，瓦莱丽将要掌管一大笔财产了？"

昂代斯玛先生表示是这样。

"您为什么对我讲到我的财产？"他叹气了。

她笑着回答说："我跟您讲的是瓦莱丽，您不要误会。您为什么买那么多地产，那么多，又那么随随便便毫不在意似的？"

"瓦莱丽想要整个这个村子。"

"那是在什么时候？"

"几个月之前。"

"她不会的。"

"她不会，"这句话昂代斯玛先生重复了一遍，"但是，她要。"

女人又把她的双膝屈起，两个胳臂合抱着，喜不自胜地念着这个名字：

"啊，瓦莱丽呀，瓦莱丽。"

她愉快地叹着气，叹了很久。

"哎呀，我记起来了，就好像是发生在昨天的事一样，"米歇尔·阿尔克的女人继续说，"搬家的卡车在广场上整整停了一夜。那些卡车是在您到达之前先到的。那时还没有人见到过您。到了第二天，那时候正好我站在窗口，就像我经常站在那个地方那样，我望着广场，时间已经靠近中午，看，我看到了瓦莱丽。"

她一跃而起，就那么站着，就站在昂代斯玛先生身旁。

"那时候，学校快要放学了。我记得清清楚楚。我在等我的孩子放学回家。瓦莱丽突然来到广场上。不用怀疑，我是第一个看见她的。瓦莱丽那时候是几岁？"

"差不多十七岁。"

"正是，是呀。怕是我忘记了。所以，我不是给您说过，她从广场上走过去。有两个男人——他们是在我之后看见她的——就站在那里不走了，为了看她从广场上走过去，她从广场上走过去，广场是很大的，她在广场上走着，要穿过广场，横穿过广场。昂代斯玛先生，您那个孩子，她从广场上走过去了，好像是总走不到尽头似的。"

昂代斯玛先生抬起头来，和那个女人同时静静地观赏瓦莱丽从广场上一步一步走过，这是一年以前的事，在一年以前，她并不知道在村镇广场阳光照耀之下她的步态身影是那样辉煌美好。

"那么多人注视着她，她全不在意？"昂代斯玛先生问道。

"哎呀，您要是知道就好了！"

山下充满阳光的深谷中，乐曲声突然又响起来。

原说那里没有人跳舞了，居然他们还在跳，并没有停下来。

米歇尔·阿尔克的女人，昂代斯玛先生，他们都没有注意到。

女人又说道："她全不在意，刚才不是已经说了嘛。我们，就是那两个男人，还有我，我们都在注意看她。她拉开中心食品店的门帘。她走进食品店，那时候我们就看不到她了。我们三个人没有一个人肯动一动。"

山毛榉树影这时已经掩过山谷。树影投射到深谷之中就沉落下去不见了。

"在中心食品店，"昂代斯玛先生重复着这句话。

336

他不禁笑了起来。

"对，我明白啦！"

"因为搬家卡车在广场停了一夜，所以我知道买下市政府后头那所大宅邸的人不几天就要迁来。昂代斯玛这个姓氏已经传开了。这所房子您是在几个月前买下来的。人家都知道你们只是两个人，人家说：一个是女儿，一个是已经上年纪的老父亲。"

"人家说老父亲竟是这么老？"

"是的，镇上人家都这么说：您年纪很大了，才得了这个女孩，是最后一次结婚生的。您看，瓦莱丽长得这么大了，多么好的金发，您知道，您搬到这里来，还有她在，在这两件事的关系上，我一下子还联系不起来。我总是对我自己说，那金发该有多好啊，她必是长得美极了。"

"啊，"昂代斯玛先生呻吟着，"知道，我知道。"

"她长得该是多么美，我心里这么说，不过，她的美，是不是跟别人想象的分毫不差、一模一样，当她开始走过广场的时候，从她走路的风度，从她那满头的金发看？"

说到这里，她不慌不忙地停下来，不顾老人在等着听下去。过了一会儿，她又开始说了，说话的声音变得十分清晰，音调也提高了，有点像朗读那种声调：

"中心食品店的门帘在她头发上又闭拢。所以我问我自己：带她到这个镇上来的是谁？等一会儿和她会合的又是谁？另外那两个人也感到奇怪，我们互相看着都在这么问。她是从什么地方来的？

我们都在问：这么一位金发姑娘是谁家的姑娘？我们只能说金发姑娘，因为我们谁也没有看见她的脸。只看见这么一头金发又有什么用，这也叫人无从想象呀。后来呢？她只顾在里面耽搁着不出来。"

她靠近老人，紧挨着老人身边坐下来。这一次，在她说话的时候，恰恰是在她说话这一段时间之内，他们彼此都在注意看着对方。

"后来嘛，"她说，"她到底出来了，又出现了。门帘分开来。当她从广场中间走过去的时候，我们把她看清楚了。她走得慢慢的。不慌不忙的。这时别人也不慌不忙仔细看着她，那就好比是全部的永恒，时间全都忘记了。"

"全都忘记了，"昂代斯玛先生重复了一句。

他们两个人一起又一次被留在这一刹那的时间之内。也正是在这一刹那间，好像是一次发现，可以说是一次具有永久意义的发现：她从整体上看到了瓦莱丽·昂代斯玛的美。

说到这里她就沉默了。昂代斯玛先生深深地坐在他的椅子里。他从他手扶着的柳条椅格格响动中看到自己在瑟瑟颤抖。

他问："请问太太，这个房子一再转卖，好像有人告诉过我，其中总有个什么缘故吧？"

她笑了，摇摇头。

"您肯定是无所谓的，"她说。

突然她又用严重的口气说：

"不过，其中是有一个原因，是的嘛，毫无疑问。"

阳光照射在森林之上。所有的暗影都沉落在原来充满阳光的深谷之中，阴影现在已经倾斜，拖得长长的，以致山岭上太多的阴影已经容纳不下了。

"这房子的房主我一个也不认识，"她说，"房子不断地转手，这倒是真的。人们都知道，有些房子就是这样。"

她对房屋四周迅速地扫了一眼，然后，又注意看着下面照着阳光的深谷。

"长此以往，这房子无疑是孤立的，隔绝的，"她说。

"长此以往，那是可能的。"

"因为，"她继续说，"在开始的时候，比方说，夫妻一对，也许会喜欢这样？"

"啊，那还用说，毫无疑问，"昂代斯玛先生喃喃地说。

"后来，您看这太阳光线，到了夏天，多么厉害。"

"太阳现在已经下去了，"他说，"您看。"

阳光是看不见了。在树林和田野上空，暮霭已经升起，暮色更深了。海上，是一片色调柔润的缤纷色彩。

"米歇尔·阿尔克在我们结婚后不久，您看，他也打算把它买下来，"她继续说，"不过，房子当时还叫您之前的房主占着。后来，米歇尔·阿尔克再也没有说起。我只来看过一次，三年前带着我的孩子到过水塘那边。在夏天。"

"修一个露台从来没有人想到过？那么这是第一次了？"

"怎么没有，啊，米歇尔·阿尔克就曾经想到过。"

"就只有他一个人？"

"还有别人？那谁知道呀？就算有，只要一看到这个平台，人家肯定会说就应该有这样一个想法，为什么在您之前就没有人也想到？昂代斯玛先生，要是您知道，就请您告诉我那是谁。"

"钱呢？"

"没有。"

"时间？"

"唉！昂代斯玛先生，也许时间来不及，露台还没有修好，就又要搬走，离开这所房子，因为它孤零零的，久而久之就叫人无法忍受得了，刚才咱们不是已经说过了嘛。您不这么看？"

昂代斯玛先生没有回答。

她回身转过脸来。

刹那之间，她终于看清了这个形体，这个看来令人厌恶的明确的形体。他可并没有一现真容这样的意图。这时，她对他已经过去的生活又产生了某种关切。昂代斯玛先生看她那眼睛总在自己身上久久流连不去，从她半眯着的眼睛里透露出来的视线他明白了她的意思。所以他后来说他在这女人身上所有的种种品德中发现了最伟大的一种品德，即在类似的场合，哪怕只是在几秒钟的时间之内，这种品德竟能让她为他行将熄灭、僵冷的漫长的生命着想，忘却自己，不顾自身的利益。

她亲切地问他："自从她的母亲离开您走了以后，她和别的男

340

人有没有生过孩子？是不是还打了一场官司？"

昂代斯玛先生摇摇头。

"官司拖的时间很长？花的钱也很多？"她继续问。

"官司我打赢了，您知道的嘛，"昂代斯玛先生说。

她慢慢站起来，更靠近他一些。她手扶着椅子的靠手，就这么站着，身子朝前俯着，看着他。

他们两人靠得很近：如果她倾身倒下来，他的脸正好就触到她的脸。

"您对她一定抱着很大的希望吧？"

他闻到一种夏季穿的连衫裙的气味，还有一个女人头发散乱发出来的气息。以后，除非是瓦莱丽，再也不会有人这样靠近他了。米歇尔·阿尔克的女人这样接近他，是不是使她说的话增添了一层重要意义？

"这个么，我没有想过，没有想法，"他低声说，"还没有想到。您明白的。什么想法也没有。也许，这正是我为什么使得您觉得我仿佛是六神无主吧。"

他还补充说，声音放得更低：

"有这个小孩之前，我所知道的事我都记不得了。您看，自从我有了她，我就什么也不去想，对任何事情都不存什么想法，啊，除开我知道我什么都不知道以外，我什么都不知道。"

他笑了，至少是想要笑一笑，就像他此后所做的那样，只是假笑。

"请相信我，面对生命这样一种可能性，我是糊涂了。我爱这个孩子，这爱比我的年岁、比我的衰老都要活得长久，啊！啊！"

女人直起身来站着。她的手从椅子上缩回。她说话的声调变得比较生硬，也显得勉强。

她说："我很想和谁讲一讲瓦莱丽·昂代斯玛。请放心，我保证不会叫您难堪，您能忍受得住。"

"我可不知道，"昂代斯玛先生心绪纷乱地说，"我可不知道我能不能行。"

"那可好。没有人对您谈到过她，可是看看，她长大了，有多好哇。"

现在暗影已经掩过整个平台。是这座山投下的阴影。山毛榉的阴影和房屋的阴影完全跌落到山崖之下深谷当中分辨不清了。

山谷，村镇，大海，田野，这时还照在阳光之下。

一群群的飞鸟，越来越多，从山中飞出，在照满夕阳的空中翻飞回旋，如醉若狂。

暗影漫过这里这座房屋比村镇上的房屋为时要早。还没有来得及想到，昂代斯玛先生没有想到，瓦莱丽也没有想到。米歇尔·阿尔克的女人，她是注意到了。

"瓦莱丽到这里来，就白白丢掉村里一个小时的阳光。"

"您看，阿尔克先生也没有对我说。"

"他知道？就是为我们两个要买这所房子的时候，他也没有注意到这一点，"她又说，"那是十年前的事。"

"在那地方看太阳看得太清楚了，也是叫人难受的事。"

"要注意到这种情况，就必须像咱们现在这样，站在这里来看。不然，在这之前，谁会想得到？"

她往山路的方向走了几步，又转身走回来，然后又坐下来，离开老人几米，好像很不情愿似的。

"瓦莱丽弄得我很痛苦，"她说。

仍然和刚才一样，用一种怪别扭的声调讲着有关这里的房屋的事。她说话的方式简直可以叫人相信世上所有的人，依她看，没有不是为着某种带传染性的混乱状态在受苦，不过也仅仅是为这种事而受苦，如此而已。

瓦莱丽·昂代斯玛从广场上走过去，还有随后相继发生的一切，都已经纷纷扰扰地算是过去了，成了刚刚过去了的过去，这样一种过去所特有的温馨甘美意味，再加上她的痛苦，两者相等，都带有这种混乱状态的外观。

她又一次起身往山路上走去，她这走路的姿态和刚才她的小女儿的步态完全一样，步履轻捷，有点歪歪斜斜，上身挺直，只见两腿摆动，毫不费力似的。昂代斯玛先生尽管衰老不堪，耳聋欲聩，将生未死，他依然还能察觉人家就凭这些理由还是会爱他的。而她又是这样一个女人：要她整个肉体不去感受她自己的各种情绪，各种随起随伏或持续较久的情绪，那也不可能。各种情绪，不论是颓丧、温柔、残酷，她的肉体都会按照种种情绪的形象随之在外形上变化出来。

后来她又从山路上退下来，往回走，她走路的姿态是昏昏沉沉、小心翼翼的，真是一反常态，像小孩走路的样子——叫人捉摸不透——而且，别人可能推想：就在她单独一人走在这条山路上这一刹那，她还在想着如何从她所遭受的无声无息的生活困境中解脱出来。就像她的孩子刚才也曾渴望从困境中挣脱出来一样。

当她在山路上还没有掉头走回来的时候，这里，昂代斯玛先生却已经感到他是多么渴望再看到她，渴望她留在他身边不走，一直留到黄昏，甚至黑夜，他开始怕米歇尔·阿尔克来，他来了，要看到她——这种可能，就被夺走了。

他对她笑着。

可是她从他面前走过去，也不看他。正当她走过，有一阵风从平台上吹拂而过。风是从她身后吹来的。她就从这一阵风谈起。

"起风了。天应该比我想的要晚得多。刚才咱们乱说了一阵子闲话。"

"才六点十分，"昂代斯玛先生说。

她又在刚才她离开的那个地方坐下来。始终离他远远的。

此情此景是不是她都注意到了？或者说，是不是早已注意到？

"瓦莱丽的汽车不在广场上了，"她对他说。

"啊！您看见了，"昂代斯玛先生不由得叫出声来。

歌声又传到山上来了，由于距离很远，歌声受到干扰。有人急忙调低电唱机，比上一次声音更快就低下去。

"好了，我看他们不会再拖多久，"她说，"他们这两个人都是老老实实、挺可爱的人嘛。"

"啊，不错不错，他们是这样，"昂代斯玛先生喃喃地说。

她又站起来，往山路上走过去，后来又从路上走回来，情绪激动地对着山路方向注意听林中发出的响声，她一直不放松地注意着。她走回来，停下，眼睛半眯着。

"汽车往上开的声音还听不到，"她说。

她还在注意听：

"路又不好走，比想的要远。"

她不经意地瞥了一眼堆积在椅子上的昂代斯玛先生僵而不动的庞大身躯。

"我能和您讲讲她，除开您还有谁，这您总该知道吧？"

她又走开去，然后又走回来，然后又走开去。

昂代斯玛先生眼睛一直盯着她不放，她有没有注意到？毫无疑问，她没有注意到；不过她或许知道：他的视线并不妨碍她倾听，听那森林、山谷、整个山区，甚至远到天边，近到他们这里的平台。昂代斯玛先生对这天旋地转发狂似的倾听，要削弱它，即使是制止它仅仅那么一秒钟，他觉得他无能为力，不知怎么办才好。昂代斯玛先生发现他就处在这样的不可能之中，这种不可能甚至把他紧紧锁在她身上了。

他也像她那样，而且是为了她，也去听有什么声息向着平台这边传过来，有什么迹象要出现。离得最近的树枝的响声，树枝之间嚓嚓之声，枝柯碰撞发出的音响，有时风力增强，参天大树树干扭曲发出的沉闷响声，使森林像是瘫痪似的那种静寂之中突然发出的震动，以及阵风吹过，忽然响声四起，连绵不断，还有远处狗叫声，家禽叫声，人声笑语，在这空间距离内交错混杂，汇合成为一篇高谈阔论的讲话，还有那歌声，那许许多多的歌曲。他在倾听着这一切。

紫丁香花开
……我的爱
我们的希望……

他们两个人在惟一的一个远景前一起眺望。他们两个人在一起侧耳倾听。他们同时也在听着这首歌，这首歌如同是被扼紧的喉咙发出的不绝如缕的柔声呜咽。

她每一次从山路上转身走回来，每次她的长发都让风吹得散散乱乱。风一阵阵地吹来，一阵比一阵增强。每一次当她朝昂代斯玛先生身边走过来，每一次她一只手总是不停地往后拢住她的长发，手紧紧地抓住她的头发，她的脸面这样就毫无遮掩地完完全全显露出来，这样，有好几秒钟之久，就像那已经过去的夏天的面容又显露出来了，在那已经过去的夏日，当她在海上游泳，紧紧靠在米歇尔·阿尔克的身边，那时，她应该听到有人说她是美的，对米歇尔·阿尔克，对于他，她的确是美的。

一阵大风吹来，吹得她的头发纷纷披落在脸上，要一把拢住那散乱的头发是不可能的，随它去，随它去。她的面颊遮在乱发下看不见了，她的眼睛也看不见了。她不再往平台上走，站在那里，不动，就站在那条路上，站着不动，等那阵吹乱她头发的狂风过去。

风停下来，她又有条有理伸手重新理顺她的乱发。她的脸又显露出来了。

"我曾经想过，那么多的金发，满头金丝细发，那么多，有什么用，那么多的金发，真是又愚又傻，这样的金发，何苦来？莫非为着让一个男人淹没在里面？我真不知道谁会发疯淹没在这样的金发里面。要是我，必须给我一年的时间。一年时间。多么稀奇古怪的一年时间。"

暮色开始掩过田野，暗影一点一点逼近村镇。

下面山谷里有纷繁杂乱的喧声飘浮到山上来。

山路上空寂一片，不见人迹。

"人们都到街上去了，"她说。

"太太，您刚才说，"昂代斯玛先生心情急切地脱口说出，"您刚才对我说食品店的门帘拉开来了。"

"汽车已经不在那儿了，"她说，"人们已经不跳舞了。而且，到海滩去，天太凉了，没有人去了。"

她慢慢走到老人的身边。她说话也是缓缓慢慢的。

　　"门帘是拉开来了。我有时间,我不急,让我好好讲给您听。是的。门帘拉开来。接着,她就走到广场上,从这一边穿过去,走到那一边,若无其事的样子,我不是已经给您说过了嘛。我还可以告诉您。她走到门口。珠子串成的门帘遮着她,她把珠子门帘撩开来。她走到门外,珠子门帘在她身后落下来,那珠子门帘窸窸窣窣的声音这一天我听过有一千遍,这一天我听这响声听得我的耳朵都聋了。我还可以告诉您: 她是怎样用一个游泳划水的姿势把那她还不习惯的门帘往两边分开,她分开门帘的时候,微微含笑,闭着两个眼睛,怕被门帘上一串串珠子碰伤,后来,从门帘里一下走出来,来到阳光灿烂的广场上,她睁开眼睛,面带微笑,那是不安的发窘的微笑。"

　　"啊,我看见了,我知道了,"昂代斯玛先生叫道。

　　女人还是不慌不忙慢慢地继续说:

　　"后来,她从从容容一步一步从广场上走过去。"

　　歌声又开始唱起来。

　　她不说话,专心听着歌声。

　　"就是这首歌,今年夏天在这里好像是非常流行。"

　　她又往那条山路上走过去,走过去又走回来;后来,来来去去这一套不搞了,就在她停下的那个地方坐下来,往地上一坐。风爱怎么吹,就让它吹,头发吹乱了,随它去,手闲下来就在地上随意划弄着。

她说："美，人人都认识美，以自身作为出发点，不论是谁，都可以认出美来。可是在爱的时候，人家就对你说：你多么美。难道从不认识什么是美这样的谬误出发，难道不管你听到对你讲的是真心还是假意，也心平气和，也能忍受？瓦莱丽呀，她可不是这样，瓦莱丽不是这样，我第一眼看到她，简直叫人无法相信，听到那句话该有多么甜蜜，该是怎样在意料之中呵，那她是一丝一毫都不怀疑的。她心里在热烈地期待着，盼望着，她在追求着，总有一天，有一个什么人，向她走来，对她说，仅仅是为她一个人而说，还要亲口把这几个字告诉她——她追求着，她期待着，可是自己并不知道。"

"她在穿过广场的时候，"昂代斯玛先生说，"您不是也在么。"

"她已经长大了，昂代斯玛先生，我说给您听：您的孩子已经长大成人了。"

村镇上是一片沉寂。

她默默地在专心注意着什么，一句话也不说，她的嘴蠢蠢地半张着——她的眼睛在追踪瓦莱丽的黑色汽车沿着海岸公路开过去。那辆汽车，昂代斯玛先生也看见了。

先开口说话的仍然是她。

她说："要弄清您那个女孩金发为什么美得叫人吃惊这个问题，我是非要有一年的时间不可。仅仅承认世界上有这么美的金发，接受这样的事实：瓦莱丽就在这里，还要想到她有一天也要无保留地委身于什么人，是谁？是谁？——这想法是多么可怕，要战胜这个可怕的想法——必须要一年的时间。"

瓦莱丽的汽车一闪就看不见了。

公路沿海滩而行，接着进入把海滩和山麓连接起来的松林之中。在向东的一侧，还有阳光在照耀着。

汽车已经从通到瓦莱丽这里的房屋的一条路的岔道上开过去了。

每有一阵风吹来，她就拿手拢住她的头发，把长发理好。昂代斯玛先生一面看着她拢弄头发的手势，一面听着她说话。她的手势毕竟永远是米歇尔·阿尔克的女人应该有的风姿。

"您说的那种事……其实，她已经知道，她早已经知道了……"昂代斯玛先生哀叹着。

"单独一个人是不会知道的。不会的，她并不知道。"

昂代斯玛先生从他的椅上站起来，声音低沉地说：

"她知道，她知道。"

女人是错了，她自以为问题已经确立。关于这一切，她有她的回答。

"您也许根本就不该把这个可怕的问题提出来，"她说，"也许在明天，也许就在今天晚上，她就会知道也说不定。"

她神色严厉地审视着昂代斯玛先生那丑陋笨重的肥大身躯。

"昂代斯玛先生，您没有看见她的汽车沿着海滩开过去？"

"我看见了。"

"那么，咱们两个人此时此刻是站在一个共同点上，此时此刻说不定就是她在心里把那件事领会到了的时刻。"

她立即进入另一种境界，但是却像被钉在十字架上一般被钉在了瓦莱丽曾经穿过的那阳光照耀的广场上。

"那天早晨，瓦莱丽第一次穿过广场，"她说，"金发的瓦莱丽第一次穿过广场，您，您是她的父亲，这您知道得非常清楚，她是在众目睽睽之下，在不认识的人的注视下，走过广场的，她什么也没有注意到，肯定什么都不在意，不过，她现在说她还能回忆得起来。她还以为曾经抬起头看到了我。"

"瓦莱丽是我的孩子，您不会不知道，"昂代斯玛先生满腹哀伤地说。

"瓦莱丽从食品店走出来，而且等她走过去很久，我才明白瓦莱丽是一个孩子。这是在后来。在想了一想之后。"

"她走出来手上拿着什么？拿着什么？"

"对啦！"她叫出声来。

声音沙哑、拖得很长的大笑震动着昂代斯玛先生的身体。她呢，她也哈哈大笑，笑声越来越高，笑到一半，突然一下，不笑了。

"拿着糖果！"她接着说，"她什么人也不看，什么人也不睬，不管她说什么，恰恰相反，手上偏偏拿着一袋糖果！停一下！她停下来，打开袋袋，拿出一块糖来，多等一会儿都等不及了。"

她望着那一片松林，瓦莱丽的汽车隐没在里面看不见了。

"就这样，这一下，我可想起来了：她还是一个孩子呢。她究竟有几岁呀？"

昂代斯玛先生重复着这句话。

"十六岁过了。差不多十七岁。还差两个月。瓦莱丽是秋天生的。是九月。"

昂代斯玛先生心里不知有多少话要说，要说的话如同泉涌，这是从来没有的事，他很不习惯，他战栗着。

"因为您爱她，弄得她还像一个小姑娘似的。不过您也该明白，哪怕您千阻万挡也挡不住她很快就到了离开您的那个年纪。"

说到这里，她闭上嘴，不说了。由她引起的这一阵沉默之中，对于痛苦的往事亲切可意的回忆好似柔肠百转渗入昂代斯玛先生的心腹之间。

"不过，那另一个小女孩，您的那个孩子？"他幽幽咽咽地说道。

她眼睛一直看着松林，就是这一片松林遮住了瓦莱丽的汽车。

"别提她了，"她说。

"她现在在什么地方？她现在大概是在什么地方？"昂代斯玛先生叫喊着。

"她就在那边，"她不急不慌地回答说，"那边。她以为丢了什么东西，正在广场上找。我看见她了。她就在那儿。"

她的视线从树林那边移开，在平原上移动，向村镇方向看过去。

"她穿着蓝裙子，我认得出。"

她手指着一个地方，在昂代斯玛先生所看不到的那个方向上。

"那儿，"她说，"她就在那儿。"

"我看不见，"昂代斯玛先生抱怨说。

对痛苦的往事的亲切回忆，又在他心上被牵动起来，比起对那恍惚若见的爱的无可告慰的追悔，在他心上渐渐、渐渐扰动得更加厉害了。爱好像是乍见端倪，便被扼杀，像其他千百种爱一样，在千百种别样的爱之间被忘却了。

丧服也无非是穿在这衰颓身体日久年深的皮肉上面的。不过这么一回事。这一次，头脑是得救了，免得又要为忍受痛苦而忧心忡忡。

"她根本找不到，"昂代斯玛先生说，"什么也找不到。"

在广场炎热的阳光下，在灰尘蒙蒙中，她的孩子正在那里寻找被遗忘了的东西，她是不是真的看见她了？

"她找呵找呵，"她说，"她并不是不幸的。她找到了，找到她要找的东西，完全想起自己忘记了，这时她反而感到心里不安。"

她慢慢侧过头去，又一次被松林和大海吸引住了。森林郁郁苍苍，严封密锁。大海是一片荒凉。

那大海，转眼之间，昂代斯玛先生已经看不见了，正像刚才他一眼看到一样。

她突然伸出两臂抱住自己双肩，瑟瑟畏寒的样子。

"我心里开始想：瓦莱丽·昂代斯玛一天天很快就接近离开您过独立生活的年纪。您明白吗？"

她一步一步小心地往断崖前走上几步，并不想听到昂代斯玛先生的回答。昂代斯玛先生怕她松开她的肩膀，他认为只要两肩松开上前再迈一步拉不住就跌下深谷。可是她两臂抱住双肩一直保持这样的姿势向他又转回身来。看见她逼近深渊，昂代斯玛先生吓得心惊肉跳，吓得他可能以为他这残生稍一大意就烟飞火灭了。

"昂代斯玛先生，您睡着了？您怎么不回答我呀？"

昂代斯玛先生指指那大海。昂代斯玛先生把孩子完全忘记了。

"天并不像说的那么晚，"他说，"您看看海上。太阳老高的。您看看那大海。"

她没有看，耸耸肩。

"他们总归要来的，时间越过得快，他们来的时间也越快，有什么可急的？"

不知从山上什么地方，传来一阵阵的笑声。

那个女人站在昂代斯玛先生面前一动不动，和石像一样。笑声停止了。

"这是瓦莱丽的笑声，米歇尔·阿尔克的笑声，"她喊着，"他们在一起，一起在笑。您听！"

她又笑着说：

"我问问您：他们笑什么？"

昂代斯玛先生举起他那保养得很好的僵硬的手，做出一个姿势，表示不知道。她迈着像黄鼠狼那样的步子走到他旁边，她突然好像是很开心的样子。他是不是现在希望她快快走开？他心里想，她走了，这平台上就变得空无一人，萧疏荒凉。所以，在她走过来的时候，倾其全力注意看她怎么说。

"您是不是愿意知道？我是拿糖给她吃，才认识她的。贪馋，瓦莱丽，不是吗？"

"是啊，贪馋！"昂代斯玛先生承认道。

想到这一点，真是不可救药呵，他不禁笑了。

"是我，"她说，"是我叫她走的，您正在睡午觉。"

昂代斯玛先生觉得是受到了鼓舞。

"非叫她走不可？"

"是的嘛。您这么大年纪，撇下您一个人，她又不忍。惟一可能的办法，就是在睡午觉的时候，在您歇晌睡觉的时候。"

"这房子呢？"

"在散步的时候，米歇尔·阿尔克带她看过。"

"露台呢？"

"他告诉她说，这是一个好主意。有一处房子，又这么高大敞亮，又是在山里，又有一个露台，是很好的；站在露台上，可以眺望风和日丽的好天色，可以看到暴风雨，在露台上可以听到各种声音，即便是海湾那一头传来的声音，也可以听得到，不管是在早晨，黄昏，甚至是黑夜。"

"他们刚才没有笑吧，不像您以为的那样，"昂代斯玛先生说，"没有听到汽车开上来嘛。"

"要是他们从水塘那边过来，那就只好把车留在山上更低的地方，那就要走好长一段路，所以听不到汽车声。其实也没有关系，等一下马上就可以知道。"

笑声又从山上另一个地点传过来。她细心在听。

"大概是几个小孩吧？"她问，"是从水塘那边传来的。"

"不错，不错，"昂代斯玛先生肯定说。

她那高兴的劲头冷了下来。她走到椅子边上，靠得很近。

"您怎么想？"她声音放得低低地问，"我们还有必要等下去吗？刚才是我骗了您。刚才我对您说他们一定来，这不是真的，我拿不准，不能肯定。"

"我一个人不能下山，除非送掉我这条老命，"他说，"我女儿是知道的。"

"这我可没有想到，"她说。

她笑了，大声笑了起来，这真是胡闹，一个是他，一个是她。

"我已经给您的小姑娘讲过了。我要等米歇尔·阿尔克，一直等到天黑之前。天还大亮着呢。"

"她给他也说过。"

"那就好啦，好啦，等着吧。"

她靠在椅子脚边坐下来，就像不久前那小女孩那个样子。似乎她什么也不等，无所期待。她闭着眼睛。

她的长发铺散在椅子柳条上，像是抚弄那些柳条儿似的。

她说："开始，我给她糖果，她不要。因为您过去这样教过她，不要人家的东西。哪怕是糖果也不要。有好几次呀。"

她很累了，她反反复复这么说着：

"好几次，好几次。弄得我有时几乎没有信心再试一试。"

她转过身来对着他，逼视着他，昂代斯玛先生的眼睛垂下来。要不是这个女人，要不是刚才那个小女孩，在这难以度过的一刹那，今后还会有谁这样看昂代斯玛先生？

"听说您是什么也不想了，"她仍然低声细气地说。

"我的孩子，我的孩子，"昂代斯玛先生嗫嚅地说，"我心里记得她，忘不了，就是她在眼前，也永远是一样，不变，不变，我的心里全是这样的记忆，我就懒得再去想了。"

"您听得清我说的话吧。"

"您这不是在跟我说她么。我睡午觉的时候，她溜到您的花园里去了？"

"要不是热得叫人受不住，是嘛，是在我们那个花园里。"

"我一点也不知道。不过，知道不知道，在我都一样。"

"您怎么突然说这个，"她笑着说。

"阿尔克太太，在我这样的年纪，像我这么一个老头从午睡中醒来，就是您说的那种睡眠，睡得很沉，浓得像松脂一样，根据我的许多记忆，我知道，活这么久能有个什么用，真是在开玩笑，一个太平凡、太没味儿的玩笑呵。瓦莱丽在清晨怎样，在黄昏又怎样，我还有我的想象，但是，对于这一切，我也是一无所能了。我看，想象瓦莱丽清晨起身，这样的想象也将要舍我而去，我还没有走到我生命中这样的时刻。我想，我将要背负着全部重负死去，在我的心上，我将要带着对瓦莱丽无限的爱的重负死去。我看事情将一定是这样。"

对他，她心里猛然涌出一阵冲动，一股热情，直到此刻为止，她还从来不曾有过这样的激动。

"米歇尔·阿尔克是挺好的人，"她说，"您放心，不要焦躁。"

"我觉得我并不是那样，"昂代斯玛先生说，"不过您也许是对的，我也可能是那样，只是自己还不知道。我精神上觉得乱乱的，以至我非但不感到焦躁，相反，和您建立了信任，我倒感到心喜。"

"那就请再加把劲儿，请听我说，"她恳求着说，"我可以向您发誓，我比任何人都了解米歇尔·阿尔克。等一会儿，您就见到他。请费神好好认识认识他，我这样请求您了。您会看到米歇尔·阿尔克是怎么一个人。"

"我相信您，"昂代斯玛先生茫然地说。

那女人发现她并没有引起昂代斯玛先生的注意，因此她感到惴惴不安。

"昂代斯玛先生，要是我接着再讲他，您就睡着了吧？"

"我也不知道呀，"昂代斯玛先生懵懵然回答说，"午睡的时候，想到她正在那个关着的花园里，这该有多好，多么可意。我在可悲地呼呼大睡，她关在花园里不出来。"

"听，听！"

山上是无边的静寂。暮色已经延伸到了海边。

她说："我相信听到了什么声音。"

昂代斯玛先生从这时开始感到非常厌烦，想要摆脱掉这个女人，让她走开，想赶走这最后一个接近他的女人。

"啊呀，在午睡的时候，她离开不知有多少次，您看，我记都记不清了。"

"可是，昂代斯玛先生，她在您睡醒之前回去。睡醒前十分钟，她开始看表，总是这样。后来她就朝着您的花园跑去，随后，轻轻把铁栅栏门关上，又跑到您的房间落地窗前。昂代斯玛先生，看您，您这是在想什么呀？"

"这我好像也看到过，至少有一次，只有一次。"

他忧伤地摇摇头。她也摇着头。他们两人都对昂代斯玛先生这种处境感到可悲可悯。

"现在我才相信，"她说，"您已经失去了记忆力。您什么都记不得了。"

"啊，让我静一静，让我静一静，"昂代斯玛先生突然叫道。

> 我的爱，紫丁香有一天将要盛开
> 丁香花开……

她注意听着歌声，昂代斯玛先生含有怒意的悲哀这时她是毫不在意的。

"我么，我也有我的记忆，"她说，"我只记得这样一个人，我有我对米歇尔·阿尔克的回忆。我们现在在等他。不过，有一天，我将要有一个和这个记忆全不相同的记忆。总有一天，我一觉醒来，对于此时此刻的记忆也忘得一干二净，全都忘记。"

突然之间，她的脸色大变，接着又说：

"因此我要承担一项责任。听见了没有？"

他听见了。

"是的，是的，"他说。

"啊，他们闯进我的生活，我已经感觉到了，闯到我的生活里来，几十个，几百个，许许多多不认识的男人闯到我的生活里来了，啊！他们将要把我对他的记忆给我抹掉，就是现在我在您的面前这一刹那的记忆也给我抹掉，记忆是多么沉重，几乎是无法承担的。不过，您可以看到，感谢您这么亲切，我要把它承担起来。是啊，我将会感到惭愧，把这些暂时的困难都诚心诚意地告诉给您。您难道也许要死去？"

他低低地垂着头，现在轮到他只顾看着前面的深渊。

"我看您想说什么就说吧，"他嘟嘟囔囔地说。

她转过脸去，也面向着昂代斯玛先生看着的深谷，她呼叫着说她现在是属于米歇尔·阿尔克的。

"总有一天，总有那么一天，有另外一个人找到我的身边，从他的眼色我就能感觉到第一个出现的欲望的信息，在我的血里，那个重量啊，火热的热力啊，瞒也瞒不过我。情况完全一样。换上另一个男人，他就不能靠近我，我决不能忍受，即使是他，即使是米歇尔·阿尔克，那时候，我也不能容忍。情况完全一样，如果他……"

昂代斯玛先生打断她的话。

"瓦莱丽走过广场，于里拿着一袋糖果。那么后来呢？"

一时之间，她惊呆了，后来注意听森林里的响声也就掩过了她这一时之间的震惊。

"她怎么走过那些广场您不知道？"她心不在焉地问道，"这件事您想要我给您讲一讲？"

昂代斯玛先生格格地笑着。

"嘿！"他说，"我就一点也不该知道。"

"别人比我知道得清楚得多，而且是最新的消息。您去问他们。"

"安安静静的，天热也不顾？"昂代斯玛先生坚持要问。

"是的，是的。可是怎么跟您说呢？"

“我的小瓦莱丽，她的确是很乖，很安静的，真是这样，”昂代斯玛先生说。

坐在她面前这个男人，从此以后是虽有若无、无需一提的了，这一点现在她已经确信不移。

她从他身边走开去，走到山路上，就坐在地上，转过身去，背对着他，管自己独自说话。

“哎呀，多难哪，”她这样说，“要描述这么简单的痛苦，一种爱的痛苦，是多么困难。要能遇到一个人，能够跟他谈谈，该是多么美妙的安慰！这老头有过各种困难，他都脱身解除了，只有不可避免的死这一条，无论怎样，可怎么对他说呢？”

“请到这边来，”昂代斯玛先生恳求说，“您搞错了。其他一切都无所谓，只有一件，您再给我说说。喂，请过来呀。”

她不情愿去，还是顺从了，走到他这边来。

她说：“我们曾经是那样忠诚那样专一不分日夜结合在一起，甚至我们有时候会感到羞愧懊悔，因为我们看到自己受到了如此幼稚的惩罚，不许有其他比我们的会晤更冒险的会晤。”

昂代斯玛先生威严地抬起手来，往她那边伸过去，她拒绝去握那伸来的手。

“瓦莱丽，瓦莱丽，”昂代斯玛先生发出了这样的声音。

“她走了，”她厌恨地说，“您知道她穿过那些广场，还是一年之前，她穿过那些广场、那些街道。金发的女人啊。眼睛里看到的永远是那金发。她只顾吮着糖果，眼睛还看着另一些糖果，可惜不能把所有的糖果一次都含在嘴里。"

昂代斯玛先生脸上布满了凝固不变的微笑。

"这个小瓦莱丽，一向如此，一向如此。"

在他们上山一向确定要走的那一侧的山脚下，出现了低沉的汽车的马达声，回声也在四处反响着。

那女人立刻抓住老人的手，摇着它。

"喂！喂！这是瓦莱丽的车！"她叫着。

昂代斯玛先生没有什么异样的表示。

"看您，您是多么年老，多么呆呀，昂代斯玛先生，您真是应该这样啦！听呀！汽车停下来啦！"

"您这是乱说的吧，"昂代斯玛先生说。

汽车果然是停下来了。

这时候，是一片沉寂，静悄悄的没有任何声息。接着，在山脚下，在那一侧，有两个人走在路上的脚步声历历可辨，一定是米歇尔·阿尔克和瓦莱丽·昂代斯玛，或另外两个什么人，从那确定的方向走上来发出这样的脚步声。

"您对瓦莱丽的一片爱心，同她的幸福，这两方面不能互相结合而必须两两分开，必须适应它。您和我远远地分开，但愿它是完满无缺、无可比拟的。昂代斯玛先生，您听见了吗？"

昂代斯玛先生脸上的笑容依然如故，抹也抹不掉。这样一副被这笑容所撕裂、麻痹僵化的脸相——他自己的面容——他是永远记得的，他这种笑容，他既不能为它辩解，也无法去制止。

在两个人的沉重的脚步声中，还夹杂着克制住的低低的笑声，笑声不仅没有丝毫嬉笑之意，更不带有任何欢乐之情，不过，这笑声很像昂代斯玛先生那种笑，也是一发而不可止，收也收不住。

女人仔细谛听那传来的笑声，接着，像野兽的冲动一样，她惊慌地向昂代斯玛先生身边扑来。

"这笑声，我听不出是谁在笑，"昂代斯玛先生说，"我看，大概是到水塘去的小孩的笑声。"

"他们来啦！"那女人急忙说，"他们的笑我们能听得出，这笑声不一样，这是他们的一种不同的笑声。他们在一起，他们就这样笑，我很清楚！听，听！看他们走得多么慢！多么慢！他们简直不情愿往前走。哎呀，他们走得多么慢！"

"真烦，真讨厌！"昂代斯玛先生喃喃地说。

那女人从昂代斯玛先生身边远远地走开，她在平台上走来走去，两手乱动，意态狂乱，披头散发，两个手扭在一起，在悬崖边上走着，一点不知小心。昂代斯玛先生只想把那发僵的笑容从脸上弄掉，也顾不上当前这一幅景象是何等可怕。

暗影不仅延伸到海边，而且已经笼罩在海上，几乎把整个大海都遮没了。昂代斯玛先生觉得就像从一次长达数年之久的午睡中刚刚苏醒过来。

"这件事怎样让他们知道才好？"那女人继续说，"这是留下来的惟一的一个问题。"

她在斟酌用什么字眼表达好，然后，她平心静气地宣告说：

"这也是我们惟一根本就弄不明白的问题。"

天空和大海之间，只可以看到一线亮光。昂代斯玛先生一直在微笑着。

"这个问题他们将怎么去说？全镇都已经知道，人人都已经知道，莫不是所有的人都在等待这一瞬间？"

"您说些什么，我不问，"昂代斯玛先生说，"我只要听您说话。"

"只差几分钟，他们就到了，您看天色已经不早了。"

"他们一点都不知道？"昂代斯玛先生终于这样问道。

"不知道，一点也不知道。直到今天早晨，一点也不知道。"

"我的女儿瓦莱丽也不知道？"

"不知道。瓦莱丽不知道，米歇尔·阿尔克也不知道。"

我的爱，紫丁香有一天将要盛开

"听！瓦莱丽在唱！"

昂代斯玛先生不答话。她最后一次又走到他的身边，拉着他的手，摇着他的手。

"她从村里广场走过之后，您不是还要了解我们是怎么认识的吗？我心里真痛苦极了，我必须好好讲给您听。您是这么老了，您

365

能全听得明白？"

"是您的小女儿又上山来了，"昂代斯玛先生说，"是她。她的声音我听得出。"

"几分钟之内，他们就到了，"那女人祈求说，"我只把最紧要的讲给您听。我求求您。"

"我什么也不要听，"昂代斯玛先生抢着拒绝她说。

几分钟时间内，她的手按在他的手上，摇着他的手，或来来去去抚摩着他的手；在前面的深渊之中，布满着已经失去光彩的一色光芒，就在这深渊前面，将要有人来到、将要有人令人眼花缭乱地来到之前仅有的几分钟之内，她到底把话说出来了。

图书在版编目（CIP）数据

午后／（法）玛格丽特·杜拉斯（Marguerite Duras）著；
王道乾，刘方译.—上海：上海译文出版社，2018.12（2021.9重印）
（杜拉斯全集；3）
ISBN 978－7－5327－7923－9

Ⅰ.①午… Ⅱ.①玛… ②王… ③刘… Ⅲ.①中篇小
说－小说集－法国－现代②短篇小说－小说集－法国－现
代 Ⅳ.①I565.45

中国版本图书馆 CIP 数据核字（2018）第 159317 号

MARGUERITE DURAS

Des journées entières dans les arbres
ⓒ Éditions Gallimard, 1954

Le square
ⓒ Éditions Gallimard, 1955

L'après-midi de Monsieur Andesmas
ⓒ Éditions Gallimard, 1962

All rights reserved
All adaptations are forbidden.

图字：09－2007－346 号　　09－2005－144 号　　09－2005－145 号

午后：杜拉斯全集3　　　　　　　　　Marguerite Duras　　　　出版统筹　赵武平
Des journées entières dans les arbres. Le　玛格丽特·杜拉斯　著　　责任编辑　缪伶超
square. L'après-midi de Monsieur Andesmas　王道乾　刘　方　译　　装帧设计　UN_LOOK LAB

上海译文出版社有限公司出版、发行
网址：www.yiwen.com.cn
200001　上海福建中路 193 号
山东临沂新华印刷物流集团有限责任公司印刷

开本 890×1240　1/32　印张 11.5　插页 7　字数 168,000
2018 年 12 月第 1 版　2021 年 9 月第 2 次印刷

ISBN 978－7－5327－7923－9/I·4881
定价：60.00 元